西藏，
我的最美时光

一个地质工程师的西藏15年

王元红 ◎ 著

廣東旅游出版社
GUANGDONG TRAVEL & TOURISM PRESS
悦读书·悦旅行·悦享人生

图书在版编目（CIP）数据

西藏，我的最美时光：一个地质工程师的西藏15年／王元红著．－－广州：广东旅游出版社，2014.7
ISBN 978－7－80766－828－2

Ⅰ.①西… Ⅱ.①王… Ⅲ.①长篇小说－中国－当代 Ⅳ.①I247.5

中国版本图书馆CIP数据核字（2014）第073840号

出 版 人：刘志松
责任编辑：方银萍
版式设计：邓传志
封面设计：回归线视觉传达
责任校对：李瑞苑 刘光焰
责任技编：刘振华

广东旅游出版社出版发行
地址：广州市天河区五山路483号华南农业大学（公共管理学院）14号楼三楼
邮编：510640
邮购电话：020－87348243
广东旅游出版社图书网
www.tourpress.cn
深圳市希望印务有限公司印刷
（深圳市坂田吉华路505号大丹工业园2楼）
开本：787毫米×1092毫米　16开
印张：13.25印张
字数：240千字
印次：2014年7月第1版第1次印刷
印数：1—5000册
定价：28.00元

【版权所有　侵权必究】

本书如有错页倒装等质量问题，请直接与印刷厂联系换书。

目录
CONTENTS

第一章　西藏的味道 / 2

我很受用地享受着来自珍妮的那份温润和柔美，她的金发甚至会在不经意间从我的脸上划过，让我感到了丝丝撩拨，我希望这样的时光一直持续下去，这样的感觉一直能够存在。

第二章　藏边人家 / 16

"喝茶。"多吉微笑着向我示意。

很香，闻着。更香，喝着。有点咸，油腻腻的，似乎还有一股说不出来的味道。喝了几口之后，才觉出来，那是一种奶香。

第三章　寂静与激情 / 28

这下子该我们傻眼了，谁会给县长起外号呢？也许是他的上级吧，上级喜欢拿下级开涮，老的喜欢拿小的开涮，这在中国倒是比较常见的。叫什么？谁起的外号？这让我们充满了好奇，都眼巴巴地看着王震飞，希望他能给我们揭开这个谜底。

第四章　迷失在藏地之夜 / 38

野起来，她像个泼妇；温柔起来，她又像个淑女，声音软绵绵的，低得都有点听不到了。这是怎样的一个女人呢？一会儿风，一会儿雨，一会儿又阳光普照。

第五章　神湖 / 44

　　一会儿是鱼，一会儿是羊，一会儿在水里，一会儿又在山上，变幻着，游动着，奔跑着，我很自由，也很自在。突然，我看到莽子拿着一把刀，那刀子瞬间就变成了一支步枪，正准备向我发射……

第六章　康巴汉子和他的婚恋 / 54

　　藏族的婚礼也有很多很繁复的礼仪，但是因为婚礼是在单位上举行，又因为时间非常仓促，更因为定日县城以当时的条件根本购置不到什么东西，婚礼就一下子简单了下来，好在他们在乎的并不是这个，而是两个人能够在一起。

第七章　藏地职工 / 70

　　走出老多的宿舍，纷纷扬扬的雪依然在下，风裹着雪花，让我不禁打了一个寒战。但愿老多今天晚上在风雪中一切都顺利，但愿老多将来一切都顺利，但愿老多的子女能够完成父亲的心愿，我默默地想着，走回自己的宿舍。

第八章　在西藏开了个诊所 / 84

　　鸡毛提出的是一个很现实的问题，王震飞面临的也是一个很现实的问题，而我们都面临着这样现实而紧迫的问题，该怎么办呢？女人在哪里，爱人在哪里，老婆又在哪里呢？

第九章　她叫卓玛 / 94

　　当我握住卓玛的手时，有一种过电的感觉，柔弱的小手，能够将我融化。凝视她的那一刻，我被她磁石一般吸引住了，她不就是我想要找的女人么，纯净而明亮的眸子中放射着慈善的光芒，黄里透黑的脸庞上没有一丝脂粉，自然中透露着质朴，纯真里闪耀着青春……

第十章　漫步珠峰云端 / 102

　　敞亮的不仅只有天空，还有珠峰，她将自己完完全全地裸露在我们的面前，在朝阳的照射下，冰清玉洁，山顶上还顶着一抹金黄，那就是平常人们所说的金顶了。她像一个伟岸的巨人，张开双臂，希望我们走进她的怀抱。

第十一章　6月飞雪 / 116

　　终于到了，终于触摸到冰塔了，终于置身在美丽的冰塔林之中了，那样的心情，用什么语言都无法形容。在拥抱了冰塔之后，我拥抱了卓玛，平生第一次，庆祝的拥抱，成功的拥抱，胜利的拥抱。虽然短暂，但却让我记忆一生。

第十二章　冰山探险 / 126

　　时间就像凝固了，随之而来的也许就是我们两个渐渐地凝固，变成一对拥抱在一起的冰人，待人们发现的时候，我们已经停止了呼吸，于是会有很多新闻媒体的记者蜂拥而至，将这个事件传播得很远很远，会有很多作家挖空心思，再造出中国现代版的梁山伯与祝英台，世代传颂。

第十三章　带着爱，活着回来 / 138

　　和煦的阳光照在我们身上，两个疲惫的人，同时进入了梦乡。
　　饥饿，惊惧，恐慌，疲惫……这一夜，我们过得惊心动魄。
　　畅谈，鼓励，拥抱，热吻……这一夜，我们过得非常坦诚。

第十四章　活化石与夏尔巴人 / 146

　　皎洁的月光洒在珠峰身上，她就像一个睡美人，裸露着冰清玉洁的肌肤，在这样的夜晚沉沉地入睡。如果我是一个诗人，我会写出多少首诗来赞美她啊，可我不是，我只是一个普普通通的科技工作者，仅此而已，能够奉献给她的，只有一份凝视，一份守候。

第十五章　珠峰大本营 / 164

　　在一个缺少女人的地方，男人会变傻，这一点我倒是相信，女人的温柔会让男人变得聪明、睿智、坚强，所谓的没有阴就没有阳，没有柔就无法彰显刚。但是，在一个缺少女人的地方，突然来了女人，难道男人们都应该变疯么？

第十六章　命运带来的爱情 / 174

　　火光之后是平静，被爱抚慰之后的平静，有一点疲倦，但却感受到了无边无际的幸福。而这幸福来得有点太突然，谁也没有预料过，就像天空的云彩，只是一朵又一朵不断堆积，但谁也不知道什么时候，突然间就会出现狂风暴雨。

第十七章　卓玛一去无踪 / 180

　　太阳出来之后，冬日的拉萨又恢复了往日的温暖，太阳真好，在明媚的阳光下，面对考卷，那种感觉也很好。

第十八章　百封情书换来的真爱 / 194

　　一切往事都如烟云，在眼前浮现着，又消失了。爱一个人，就要有足够的信任，如果不相信卓玛，如果不相信爱情，我不会为她在没有任何回音的情况下坚守10个月的时间。之所以一直坚持着，那是因为我爱她，也因为我相信她，相信她总有一天会爱上我，相信总有一天她会来到我的身边。

拉萨雪顿节赛马表演

第一章　西藏的味道

　　我很受用地享受着来自珍妮的那份温润和柔美，她的金发甚至会在不经意间从我的脸上划过，让我感到了丝丝撩拨，我希望这样的时光一直持续下去，这样的感觉一直能够存在。

1

一个玻璃杯，一个从内地带了1000多里路的玻璃杯，在我走出办公楼的那一刻，成为了我出气的最好道具。

因为用力过猛，玻璃杯碎了，碎得很彻底，连同里面的水，彻底地摔碎在水泥路面上，留下很多反射着阳光的刺眼碎片。

我还需要这个玻璃杯陪伴我走完后面的路，但我更需要这个玻璃杯宣泄我心中的愤懑。这是一个骗局，我被骗了，但我没有地方诉苦，我只能用这个玻璃杯（准确地说应该是罐头瓶）来稍微地缓和一下自己的情绪。

我好恨，恨那个牛姓女局长冷漠的表情，恨从她嘴里说出的那句话："你被分在定日了。"

瑟缩在柔软沙发里的我，胸腔里充满了愤怒。为什么要这样？为什么会这样？不是说好了我是分在日喀则地区的么？为什么还要二次分配？为什么还要把我发配到县局去？

那个上海来的不可一世的地区局女局长将手插在腰上，眼神在我身上扫了一遍，似乎看懂了我的心思，补充了一句："我们这里分配来的大学生都要到县里锻炼一段时间，短则半年，长则一年，好好干，以你的能力，半年就可以回来。"

2

这并不是一个招待所，只是一个用娱乐城改造而成的，暂时可以栖身的地方，从灯光我似乎还能够看到这里曾经出现过的迷醉眼神，从装饰我似乎还能够看到这里曾经摇曳过的身姿，从气味我似乎还能够闻到这里弥漫过的酒气。但现在，只有现在，我却觉察出了这里的破败，从没有过的破败，甚至有一点荒凉和凄清。

人生，就是一种辉煌过后的落寞，一种招摇过后的寂静，一种疾驰过后的静止。

一个来这里维修雷达的北京专家撂过来一支烟，我点着了。管他妈的，吸一口！燃烧，我渴望自己能够燃烧，可我却被烟呛着了，足足咳了一分钟。

当他再一次给我递烟时，我拒绝了，他觉得莫名其妙。他怎么会知道我心里想些什么呢。

身上带的钱不多，只能在外面吃碗面条或者几个馒头。原以为工作了，生活条件会改善，没想到我的生活拮据得可怜。

3

"走吧，上街去转转。"小纪招呼我。

他似乎没有我那么悲观。中专生不在县里搞业务，幻想留在日喀则地区，这似乎很不现实，于是他也就不再多想，听天由命吧。

人，如果你的期望很高，那么你的失望也就越大，这也正是"知足常乐"的由来。我不知足，所以我乐不起来，相反我一直很愁苦，苦大仇深。因为我总觉得自己被骗了。我自认为是一个才子，似乎别人也这么说，在我毕业的那所高校里，我是全校闻名的"笔杆子"，很多单位想要我，我却来了西藏，那么，不留在拉萨，最起码也应该在日喀则地区吧，可是现在，我被"贬"到县里面去了，你说，我什么心情？

去就去吧，转一转也许心情会好一些，我这么想。

4

"眼镜，进来耍嘛。"一个打扮妖艳的女人突然间出现在了我的面前，用娇娇嗲嗲的四川口音对我说。

因为声音和身影的突然出现，我确实被吓到了。随即脸就红了，全身像触电一般震颤了一下。我赶紧逃到光亮的商城里，似乎只有光亮才能将那个声音和身影驱逐。

定了定神，我已经无心再转了。回过头去看小纪，他正在偷偷地笑。我在心里骂了他一句，随即恢复了常态。

"笑啥笑，笑个鸡（纪）毛。"虽然才认识三天，我已经给他起了一个外号。

"这有什么好怕的，看你紧张成那个样子。"鸡毛若无其事地说。

"这么说你去过那些地方？"我有些狐疑地问。人小鬼大，看来这个鸡毛还真不能小瞧啊。

鸡毛只是嘿嘿地笑，并不作答。

我已经无心再转，影子一样跟着他，直到夜深。

5

鸡毛和小葛一起走了，先行到定日观测站。因为车子里坐不下，我只好留下，偌大一个破旧的娱乐城里只剩下我一个人。

娱乐城只剩下一个人的时候，就没有什么娱乐可言，有的只是寂静和寂寞，还有无边无际的无聊，令人发慌的那种无聊。那种初来时的愤懑和冲动，在寂寞和无聊中也渐渐地淡了，像水，没有什么味道。

热闹是对人而言的，一般情况下，人多的时候，就会热闹，没有人了，就既不热，也不闹了。他们都走了，就剩下我无所事事，只能在院子里瞎转悠。就那么几栋楼，就那么些观测仪器，人，我却不认识。除了那个有点男人样的女局长，我谁也不认识，可我又不愿意见到她。我已经没有那么恨她了，但我还是不想见她。

▶ 6

无聊之中，我试图在前往定日的路口拦截车辆，希望有人能够将我带到定日去。

大车过去了，小车过去了，大大小小的车子过去了，我一次都没有成功。很多车辆理都懒得理我，即使有几辆车子停下来，费用也要得很高。

我失望地回到那个临时居所，看着空荡荡的两层小楼，一股无名的怨气和怒气从心底升起。为什么要这样？为什么会这样？我招谁惹谁了？百思不得其解的我，想起了父母，想起了那个远在千里之外的家，家多温暖啊！家多温馨啊！可是我却与家人遥遥相隔，距离远得我有点想哭。

当你离开家，离开那个温暖的港湾，一切就都只有靠自己了，只有自己才是最可靠的，最真实的。我的倔劲上来了，我一定要自己到达定日，哪怕是走到那里，毕竟行李已经先行去了，我单薄得只剩下一个小小的手提包了。

是的，自己走，不靠别人。

▶ 7

不算太大的中巴车里挤满了人，外面尘土不断扬起，窗子被关闭得严严实实。车里面大多是农牧民群众，身上散发着酥油的味道。因为刚到西藏，我还不适应这种味道，但在这样的窄小空间里，我却必须时时刻刻去"享用"这样的味道。

人们兴奋地交谈着，语速时缓时急，时高时低，可我却一个字都听不懂。

我用好奇的眼光打量着他们，而他们也用更加好奇的眼光打量着我。似乎没有什么恶意，但却充满了好奇。

西藏，对于我来说，激起的都是好奇，当然也包括对生活在这里的人们的好奇。7月，天气并不寒冷，在内地甚至是盛夏时节，可是他们身上却裹着棉袄。我的记忆似乎在这个时候突然间清醒了，是的，高寒，让这里没有了夏天。

好奇过后，我就被冷落在了车子的一个角落里，似乎我来自外星，也似乎我到了外星。我的一切都与他们无关，他们的一切我都无从了解，尽管心里总是好奇，但好奇在语言面前停住了脚步，像是一个匆匆行走的人，突然间被施了魔法，停滞了，短暂地停滞了。

▶ 8

是的，似乎都停滞了，可车子依然在动，一路扬起灰尘，一路颠簸。

停滞了，可是车内的笑谈依然在进行，我只能通过他们的表情和手势猜测他们到底在谈论着什么，但我所获取的信息非常有限，只是偶尔在和他们目光相遇时，相互友好地还一个微笑，仅此而已，但却让我的拘束感慢慢地消褪了。

停滞了，可是我的思维还在活动，脑袋在急速地旋转。生命充满了太多的不确定性，从大学毕业，离开家人的那一刻起，我从来没有想过自己还会有这样的境遇，但我却真实地置身于这样的场所和环境当中。谁能够预料到自己的下一步路呢？在这样的时候，只能是走一步算一步了，那就边走边看吧，何必想太多。

这样想着，我在颠簸中进入了梦乡。

▶ 9

拉孜到了，我的行程也暂时结束了。定日不通班车，最远的班车就只能到这里了，但我的行程还得继续，接下来，我的行程中没有班车。

这并不像一个县城，只不过是一个小小的集镇而已。简单的一排两层小楼就把整个街道填满了，房子里挂着简单的货物，稀稀拉拉的顾客，购买着一些简单的商品。这里存在着一些简单的贸易，而我看到的一切也突然间变得简单起来了。

人生不就是一次简单的旅行么？何必让自己那么复杂，一碗面条就是一顿饭，一个提包就是所有的行李，一张床就能够让身心舒展，还有什么放不下的呢？

西藏，让我感受到了洁净。白云，白得纯粹；蓝天，蓝得醉人。干净得不染一丝纤尘，那是一种对心灵的净化。西藏，也让我感受到了简单，什么也不想，只需要一个转经筒，就可以是心灵所有的寄托。

暂时地，暂时地将自己安置下来，稍微地停留一下吧，旅行也需要节奏。

▶ 10

一个老外正在到处问路。听说我是路过的大学生，有人将她推荐给了我。

老外只说了一个简单的单词："Sherga（谁嘎）。"

我并没有搞明白这个单词的意思，但我猜测得到，那应该是一个地名，具体是哪个地名呢？光靠她所提供给我的那个简单的词是无法判断的。于是我对她说："Do you have a English map？"（你有一张英文地图吗？）

她果然从背包里掏出了一张英文地图。通过和自己在日喀则购买的地图进行比对后，我惊奇地发现，我们要去的竟然是同一个地方。这是一种巧合么？实在太巧了。

用磕磕巴巴的英语，我了解到她来自美国，叫珍妮，这个名字我在一本小说中看到过。我也将自己的目的地告诉了她。她做了一个夸张的惊讶的手势，于是，我们一起住进了拉孜旅社。

更让我感到惊讶的是，她和我住在了一个房间。同一个房间里，还有另外三个人，两个老外，一个藏族人。一个房间中住了五个人，就有三个老外，这让我感到疑惑，我是因为囊中羞涩，老外呢？他们也缺钱么？在放下手提包的那一刻，简单起来的我，脑袋突然被这个问题塞得满满当当。

▶▶ 11

扔下那个手提包，我在街上晃荡，像一条无家可归的流浪野狗。

一群人围在一起。出于人的本性，我也围拢了过去。

两辆自行车上沾满了泥巴，前面的那一辆上是一个男的，老外，又是老外！

更让我惊奇的是，这辆自行车后面有一辆两轮的小小的拖车，拖车里面躺着一个小小的老外，正在酣睡。洋娃娃很可爱，也就七八个月大。

另外一辆自行车载着行李，一名女老外在骑着。

在拉萨通往定日的道路上，我见到了太多的老外，他们多是以骑自行车的方式完成这段旅程，而这样的一家三口，给我的印象却是一种震撼。一个成人上到高原，都会因为高原反应而显得弱不禁风，这么一个七八个月大的洋娃娃竟然从襁褓中就开始了高原之旅，他的人生又该怎样书写呢？

20世纪90年代，我还没有见到一个中国人通过骑自行车的方式在高原上旅行，但后来这样的事情就越来越多了，多得一点都不奇怪了。这也许是一种对旅行的新认识和思考吧，我总是投给他们尊敬的眼神，因为人生有这样的历练，总会显现出一份别样的精彩。

▶▶ 12

房间不大，却放了五张床。五人中，两个女的，三个男的；五人中，一个汉族人，一个藏族人，三个老外。这是怎样的一种组合？过于复杂，现在有，将来会不会还有，我无法知晓，但这样的组合在我的一生中就只遇到过这么一次。

语言不通，我那点可怜的英语在这里并没有多少用处，见面只能用微笑。这个时候，我才发现，人类沟通的共同工具并不是语言，而是微笑。微笑让心灵缩短了距离，微笑让气氛得到了最大程度上的缓和，微笑让差异消失。

只脱掉了外套，我钻进了被窝。嗯，很多混合的味道，这样的床，有不同的人睡过，都留下了各自的味道，积淀下来，味道就变得很复杂。

大家似乎都很谦让，也都早早地上了床。我已经听到了轻微的鼾声，但依然没有什么睡意。

▶▶ 13

在车子里，我对藏族同胞充满了好奇，但我知道，随着时间的推移，我会对他们有更深的了解。

在床上，我对这些从四面八方聚拢来的、睡在一个屋子的老外也充满了好奇。他们为什么对西藏有这么大的兴趣？他们很多都来自发达国家，有些甚至是很富有的老板，可为什么不住单间，而是和我们挤在了一起？为什么不开汽车，而是骑着单车？为什么不饱餐一顿尝尝中国的美食，而只是吃点罐头，啃点面包？我是迫不得已，身上的钱已经不多了，而他们呢？他们又是为了什么呢？

如果是我，有了很多钱，还会来吃这样的苦吗？还会来西藏吗？我问自己，得到的答案是：不会。这让我想起了一句古语："由俭入奢易，由奢入俭难。"如果能留在内地，我不会来西藏；如果能留在拉萨，我不会来日喀则；如果能留在日喀则，我又怎么会愿意去定日呢？这不正是我这一段时间烦恼的根源么？如果有钱，我还会找苦吃么？是的，绝对不会。可是，这些老外为什么却纷纷前往呢？西藏，你为什么会有这么大的魅力？你的魅力又源自何处呢？

我问询着自己，久久不能入眠。

14

早上起来的时候，其他人都走了，房间里只剩下了我和珍妮，她似乎也没有睡好，满脸的倦容。除了一句"Good morning（早上好）"之外，还是微笑。微笑真是个好东西，一个曾经上过工商管理课程的同学跟我说过，人生有三大法宝：点头，微笑，赞美。这些法宝不光在商界有用，于日常的人际交往也是必不可少的。

早餐过后，我们两个一起努力，为了去定日的那个共同目标。

一辆中巴车过来了，上面有很多人，看着是黄皮肤，却也都是些外国人。

经过我和司机的协商，他们答应带上我和珍妮，也谈好了一个比较优惠的价格。我没有想到自己会这么幸运，也许是珍妮带来的吧，我心中窃喜。

上车之后，两个日本人叽里呱啦地嚷了起来，随后就用有点蹩脚的汉语向司机抗议："他们是谁啊？我们包的车凭什么让他们上来坐？"

司机赶紧过来，向日本人道歉，并充满歉意地将我和珍妮请下了车。

"狗日的日本人。"我下车的时候，用恶狠狠的语气骂了一句。

15

一切都回到了原点，我和珍妮，一男一女，一中一外，站在马路边上，向过往大大小小但却稀稀拉拉的车辆挥手，希望有人能够把我们带到定日。

拉孜距定日只有90公里的路程，却显得那么遥远，甚至有点遥不可及，我感到郁闷，但并没有在日喀则拦车时的那种落寞，因为我身旁多了一个洋妞，这既充满了新鲜感，又增添了温馨。

说了谁会信呢？但这是当时真实发生的故事，人生就是由许多故事组成的，一个又一个故事让人生变得丰富多彩。

临近中午了，站了一个上午的我们肚子都饿了，于是我提议先吃了饭再说。

很小的饭馆里，桌子和墙壁上油腻腻的一层，我用卫生纸狠劲擦了擦凳子，再擦桌子。虽然黑乎乎一片，有点倒胃口，但胃却在咕咕直叫。饥饿状态下，人的很多讲究就都不再重要了。珍妮两手一摊，嘿嘿一笑，算是回答。

一碗面下肚，精神了很多，也温暖了很多。我慌忙地抢着付了账，可是珍妮却给了我6元钱，这让我很为难。我不收，她有点急了。拗不过，只好将钱装在自己的兜里。AA制，这是他们的习惯，当习惯或者习俗发生冲突时，尊重他人的习惯，也就是尊重他人，尊重他们的民族。

▶▶ 16

终于等到了一辆车，一辆大卡车。一个藏族司机，汉语说得磕磕巴巴，价钱却收得非常便宜。

正当我和珍妮准备钻进驾驶座的时候，司机做了一个阻止的动作，随后指了指卡车的拖车，再不说话。

我先将珍妮扶上卡车，然后自己也爬了上去。车兜内空空荡荡的，有几袋面粉不很整齐地码放在前面。又是一番相视而笑，尽管对这样的环境并不满意，但我们还是为自己辛苦等来交通工具感到欣慰，毕竟，依靠这样的工具，我们就可以在当晚到达各自的目的地了。

车子驶上了道路，空空荡荡的卡车在公路上跳舞，扬起了高高的灰尘。就在这个时候，我们有了一个共同的发现，车子前面的角落里竟然还坐着一个人！他全身铺了一层白色东西，有灰尘，也有面粉，通过轮廓，我们判断他是一个藏族人。对于我们的到来，他没有过多的反应；对于车子左摇右晃、上颠下簸，他也没有太多的反应，平静得像一座雕塑；对于我们的惊讶和惊呼，他只是眨了眨眼睛。

用现在的流行语来说，这位老哥实在太淡定了。猜得出，他应该有过很多次这样的经历，所以才能见怪不怪。

▶▶ 17

90公里的路程，感觉比900公里还要漫长。因为是空车，车速并不慢，也正因为不慢，我们吃尽了苦头。我想尽力抓紧卡车边缘的护栏，但是总会突然间被摔一个趔趄，由于用力过猛，差点脱臼。因为是空车，车子轻飘得像一根羽毛，我的脑袋甚至好几次撞到了顶棚上，肿起了三个包。

珍妮更惨，她被摔动的幅度比我更大，甚至有两次狠狠地撞到了我的身上，我被她热辣而丰硕的肥臀电击过一次，但那种感觉转瞬即逝，因为我们都忙着在车厢里保证自己能够安全地站立。

几次折腾之后，我们突然发现了一个极其简单的道理，在这样的乘车环境中，我们应该尽可能地降低自己的重心，尽可能地靠前坐，就像那位雕塑一样的藏族同胞一样。

几乎同时，我们朝前走去，并且老老实实地坐在了那位藏族同胞的身旁，这个时候，我才发现他向我们笑了笑，算是打招呼，也算是对我们这种选择的一种肯定。

▶ 18

车子依然在摇晃中行进，我们没有被摔出去的危险了，只是彼此的肩膀偶尔会碰撞一下，这时我才感觉到了珍妮身体中传递过来的女性的柔软，很美好，也很撩人。与老外这样"亲密接触"，我还是第一次，况且还是一个金发碧眼的洋妞，心里突然间涌出一股骚动的暖流。珍妮似乎没有这种感觉，只是在我看她的时候，送来一个友好的微笑。

车子驶上了山路，弯道很多，摇晃的频率和幅度进一步加大。为了防止出现意外，我们自觉地向彼此靠拢，肩并肩坐在一起，我可以持续地感受到珍妮的身体传递过来的信息，很美好，真的很美好；我也可以持续地感受到藏族大哥身体传递过来的信息，很结实，也很踏实。

珍妮将手伸向我的手，接触的那一刻，我被电了一下，但却没有拒绝，紧紧地抓住了。我将手伸向了藏族大哥，他也没有拒绝，紧紧地抓住了。他们两个人的另外一只手，分别抓住了车厢上的钢筋。就这样，三个人，三个素不相识的、来自不同地方肤色不同的人，联结在一起，成为了一个整体，共同抵御着颠簸和摇晃。

▶ 19

由于语言不通，我们只是静静地坐着，静静地感受着各自身体传递过来的温暖。

人是有欲望的动物，饿的时候想吃，冷的时候想穿，饱暖之后，也许会思淫欲，这是古人就知道的道理。

我很受用地享受着来自珍妮的那份温润和柔美，她的金发甚至会在不经意间从我的脸上划过，让我感到了丝丝撩拨，我希望这样的时光一直持续下去，这样的感觉一直能够存在。

我也很受用地享受着来自藏族大哥的那份平静和安全，结实的三角肌会不时地传递来那丝硬度，这硬度是实在的，可靠的。

是的，我们都需要安全，我们联结在一起，团结在一起，相互之间就都多了一份安全。团结就是力量，这不只是一句空话，也不只是一首歌曲，我们正在切实地感受着这份力量。

不太美好的旅途，因为我们紧紧地团结在一起而变得无限美好。然而，美好的时光突然间就变短了，车子在不久之后突然间停了下来。

▶▶ 20

"下车接受检查。"一个陌生的声音在喊。

探出头去的时候，才发现是一个兵哥哥。必须听从这样的指令，无论是何种原因。松开彼此温暖的手，我们从卡车里跳了出来。

经过解释，我终于明白，我们到达了边防检查站，需要出示身份证或者护照。当我告诉士兵我是要去定日参加工作的时候，士兵说："你走错路了。"

错了，怎么会错呢？不是去定日么？车子，还有洋妞，我们一起。

了解了一番后，我终于明白，我确实是走错了，他们去的是老定日，前往珠穆朗玛峰，而我要去的是新定日，也就是现在的定日县城，我所工作的观测站也在定日县城。

该分别了，我将这个消息告诉了珍妮，她走近我的时候，我笑了，她也笑了。她不仅脸变白了，眉毛白了，金色的头发白了，身上的衣服也全白了，因为灰尘，也因为车上的那几袋面粉，现在的她简直就是一个白发魔女。估计我和她一样，算得上是白眉大侠了。

就在我准备挥手致意的时候，珍妮却突然做了一个让我不敢想的动作——把我拥在了她的怀里，两个突出的结实而又柔软的乳房瞬间就把我融化了。这还不算，她竟然给了我一个深情的热吻。我傻了，但片刻之间又清醒了，对老外来说，这样的动作就像是中国人握手一样普通，这也许只是一个礼节。无论那是礼节还是欲望，我都需要作出反馈，我还了一个吻。那感觉很好，我喜欢这样的礼节，最后向她说了一句："I'm very glad to meet you！（很高兴认识你！）"

▶▶ 21

车子再次扬起灰尘，慢慢走远，我却被丢弃了。珍妮留下的体温和热度还弥漫在全身，我依然沉浸在刚才的拥吻中，久久不愿回到现实。希望长期存在的记忆瞬间就消失了，残酷而落寞的现实让人不愿面对，却必须面对。

一抹夕阳的余晖将整个山际涂抹得黄一块、红一块，只有一个词可以形容——壮美。在这样的壮美中，我却无心欣赏自然的恩赐，只顾想着自己接下来的路该怎么走,想着自己该如何面对夕阳之后的暗夜。夜总让人害怕,而高原的阳光给人的不光是温暖,还有勇气。

傻乎乎的士兵看着傻乎乎的我,他应该没有见过一个汉人和一个洋妞这么亲昵接触,他傻了。我也傻了,因为我被丢弃了,温暖的手,温暖的胸,温暖的唇,瞬间就都没有了,我突然感到一股莫名的寒冷。

"这里距县城还有多远?"我问士兵。

"7公里。"生硬的一个回答之后,他返回了自己的岗位,我却望着夕阳犯傻。

7公里,突然间变长了,比先前的80多公里还要漫长,因为车轮比双腿更有优势,因为珍妮和藏族大哥的手不会再向我传递温暖,因为黑夜无情地在向我逼近。我想骂人,我想摔东西,我想向着苍天大喊,但我什么都没有做,只是提起那个简单的布包,迈开步伐,我要走过去!凭我的双脚!

22

"等一等。"就在我转过身的那一刻,一个熟悉的声音响起了。回头一看,就是刚才让我下车的那个士兵,后面还跟着一个军官模样的人。

"你准备走着去县城?"军官问。

"我没有别的办法。"我无奈地回答。

"你是来定日参加工作的,能从内地到这里,而且是大学生,很不容易,也算是西藏的建设者,我们这里确实没有交通工具,否则,我会送你过去。这样吧,如果你不嫌弃,我们这里有吃有住,条件不算好,但也能够安身,如果有去县城的车子,我帮你联系,如果确实没有,明天早上你再走也不迟。"军官很真诚,丝毫没有做作的意思。

一股暖流从我内心升腾起来,我甚至都忘了说谢谢,只是诺诺地说道:"怎么会嫌弃呢?怎么可能嫌弃呢?"

"那好,欢迎到我们边防检查站做客。"军官显然很高兴,离开之前,还对值班的士兵再三交代,一定要联系一辆去县城的车。

23

一盆热腾腾的水,一条洁白的毛巾,从另外一个士兵的手里递了过来,我的眼中甚至含着泪花。

白色的尘土在遇到水后竟然变得如此污浊。洗了一遍,又换了一盆水,我终于找回了自己。

"还是挺帅的嘛。"一直在旁边看着的军官乐呵呵地说。

我成了一个腼腆的姑娘,竟然有点害羞起来。是的,白色的面庞,黝黑的头发，我自信自己还算得上是一个美男。

一碗热腾腾的面条，一小碟咸菜，竟然让我有点品尝珍馐的感觉，味道太好了。从来没有过的好，也从此没有过的好。

七八张年轻的面孔凑拢过来，七八双好奇的眼睛盯着我看。他们可能没有见过有人吃一碗普通的面条会吃得这么香甜；他们目睹了我的变化，从白眉大侠到帅气的小伙子，就在很短的时间内。

我也回馈了他们，用真诚而感动的眼神，一个挨着一个将他们扫视了一遍，然后对他们说："谢谢，真的非常感谢你们。"

就在这时，外面一个声音传了进来："有车了！有车了！"

▶▶ 24

一辆吉普车停在岗哨前，车上坐满了人。确实是一辆车子，而且比卡车高档了许多，我心中一阵窃喜。但是车子上挤满了人，我又该坐在哪里呢？心里满是疑惑。

军官和车主正在交谈，大概是在说我吧，这与我有关，却并没有引起我多少关注。我围着车子转了一圈，我需要一个能将我的身体装进去的空间，这对我很重要。

"你是去定日参加工作的？"车主走向我，询问道。

"是的。"

"你是坐卡车到这里的？"

"是的。"

"你曾经准备走着去县城？"

"是的。"

我不知道除了答这两个字还应该跟他说点什么，因为他说的确实全都是事实。

在听了军官的讲解，又得到我的证实之后，车主应该感到很惊讶吧。天已经黑了，我无法看到那个车主的表情，但从他的语气中，我能够感受到他确实很惊讶，至少很好奇。

"上车吧。"车主命令。

上车？我疑惑，让我坐哪里呢？

听到这个指令之后，我没有动，司机却慌忙跑了过来，打开后备箱盖子，做了一个"请"的手势，我突然间明白了，疑惑了半天，原来这里还有一点空间。

▶▶ 25

我并没有立即钻进去，而是跑到军官那里，说了一声："谢谢。"

军官附在我耳朵上说了一句:"兄弟,有空来坐坐啊,我们在一个战壕共同战斗,我们是守卫边疆,你们是建设边疆,都会为边疆的发展作出贡献。"

是的,共同战斗!我们是战友,这一下子拉近了我和他的距离。我没有再说什么,伸出了手,他没有立即握住,而是突然间站得笔直,向我行了一个标准的军礼,然后才用力地握了一下我的手。那手真有劲,这样的手守卫边疆,让人心里踏实。

转过身准备钻进后备箱去的时候,我又突然间转过身,走向了车主,向他说了一声:"谢谢!"

"不用谢我,应该感谢你,让你受苦了,对不起。"车主很不好意思地说。

我向他表示感谢,他却向我道歉,这是怎样的一种对白呢?他又是谁呢?这再次让我感到疑惑。

司机似乎有点不耐烦了,但我并没有理会他,乖乖地钻了进去。

26

"嘭"的一声,我被扣在了里面。黑乎乎一片,车子在我的眼睛还没有适应之前,就已经启动了。

相比卡车,这里的空间实在太狭小了,我的腿和胳膊都无法动弹,随着车辆的颠簸,我和货物一起跳舞。没有珍妮和藏族大哥的手,我只能尽力地去抓住任何可以抓住的凸起的地方。冰冷,到处传递过来的只有铁的冰冷。依然大幅度的跳舞,上蹿下跳,脑袋不时会撞到车顶,有点晕。

瞳孔变小之后,车里的物件就慢慢地看清楚了,三个编织袋,里面装满了鼓鼓囊囊的东西。身旁有一只裸体的羊,收拾得很干净,散发出一点带腥味的清香,甚至还带着一点余温,并不像一般的尸体那样冰冷。

想起了以养羊为生计的二哥剥过的羊子白嫩的肌肤,看到了羊肉锅里翻滚的浪花,闻到了羊肉的香味,这一切被突然的颠簸唤醒,我眼冒金星,暂时什么也看不到了,脑袋里什么也不再想了,只是死命地抓住凸起的冰冷。

半个小时后,车子停了,车后盖被打开,我腰酸背痛。

从车子上被卸了下来,接触地面的那一刻,我差点跌倒。

站长从房间里走了出来,恭敬地和车主打了个招呼。

车主上车走了,我的"谢谢"还没有说出口,他就走了。

27

"黎海,这就是你的住所。"打开房门,又打开灯的那一刻,站长向我说。

空空荡荡的房子里,一张床,一张桌子,一把椅子,屋顶的灯泡散发出暗淡的光，这就是我的新家了，望着有点清贫的四壁，我感觉自己变得很渺小。一切都要从这里开始扬帆起航了，我并没有作好准备，但我必须从现在开始。

事先到位的行李就放在床上，站长开始帮我整理床铺，我却依然站在门口不愿进去，这样陌生的环境，真的就属于我么？

"收拾一下，早点休息。明天我们再谈工作的事情。哦，忘了介绍，我叫扎西顿珠，你就叫我扎珠吧。"站长很和气地说。

"扎西顿珠？"我以为自己没有听清楚，重复了一遍。

"是的，'扎西'就是'吉祥'的意思，'顿珠'就是'心想事成'的意思，都是些美好的词语。"

"那你姓什么呢？"

"呵呵，藏族一般人都是没有姓氏的，只有贵族才有姓，我小的时候是一个放羊的，贫民一个，怎么会有姓呢？"

"哦。"我为自己的冒失感到有点后悔。

"你知道刚才送你来的人是谁吗？"就在走出房门的时候，站长回过头来问。

"不知道，但他竟然向我道歉！"

"是应该向你道歉，我也应该向你道歉，条件实在有点艰苦，让你受委屈了，对不起。"站长满脸的歉意，向我淡淡地笑了笑。

"他究竟是谁？"

"他是我们县里面的副县长，叫王震飞。"

28

县长，我遇到的竟然是县长，怪不得他向我道歉。

房间里空荡荡的，我倒在床上，感受到来自母亲的温暖，所有的床上用品都是母亲一针一线为我准备的。"慈母手中线，游子身上衣。临行密密缝，意恐迟迟归。"

这是怎样的旅途，我不知道，我感到很累，我想好好地睡一觉，可是我怎么也睡不着，一路上的经历让我感慨万端。西藏，我刚刚到达，就有这么多复杂而曲折的经历。

我还会遇到什么？我还会经历什么？在西藏，在珠峰脚下，我的生活开始了，我的工作即将开始，我的人生也将重新开始。

空空的房间就是一张白纸，我铺开了，我将用力去书写。

第二章 藏边人家

"喝茶。"多吉微笑着向我示意。

很香,闻着。更香,喝着。有点咸,油腻腻的,似乎还有一股说不出来的味道。喝了几口之后,才觉出来,那是一种奶香。

▶ 1

太阳强烈地射进了屋子,我的梦被强烈的光线晃醒。睁开双眼的那一刻,我被明媚的阳光轻轻地刺了一下。

已经 10 点了,这一觉睡了 13 个小时,竟然倒在床上就睡了,竟然连门都没有上锁,竟然连窗帘都没有拉上。

这么多天,真的需要这么一觉了,很累,真的很累。到了,到家了,心就踏实了,无论这个家是富裕还是贫穷,是宽敞还是窄小,心只要到家了,只要放下了,只要放松了,就轻松了,安然了。

太阳是新的,我的这一天也是新的。学校走了,社会来了,我面临新的环境,也面临新的挑战,我更会拥有新的未来。

打开门,满地耀眼的阳光。抬起头,蓝得醉人的天。朵朵白云点缀,群山连绵起伏。这就是高原,这就是我要工作和生活的高原。

▶ 2

"我们的工作其实挺简单,就是观测,基本上不搞研究。"站长向我介绍。

"为什么不做研究?"我疑惑地问。

"唉,一群中专生,都是学观测的,哪有什么能力做研究呢?这是上面的事情,这是硕士、博士的事情。"站长一脸的无奈。

"这么说,我也必须和大家一样搞观测了?"

"是的,保障业务才是最重要的,否则我们都得失去这份来之不易的工作。我知道,你是大学生,我们这个潭子太小,你迟早是要走的,但既然来了,还是要服从这里的工作纪律。再说,人手少,大家也都挺累,你能独立当班,大家相对就都要轻松一些。"

"我不会让你们失望,但观测我确实不懂。"

"这个你放心,我会找一个老师傅来带你。非专业的毕业生,按规定是三个月之后独立当班。"

"是个中专生?"

"不,小学都没有毕业。"

我傻眼了,就是让一个中专生来当我的师傅,我都有些不乐意,可是现在来的竟然是一个小学都没有毕业的师傅。好歹我也是个大学生,大学生是要拿来发挥我们的作用的,不是拿来开涮的,我感到很不舒服。

"你可别小看他的文化程度,这不重要,重要的是能力,在你还没出生的时候,他就已经开始搞观测了,他的工龄已经 27 年了,比你的年龄大了 4 岁。之所

17

以安排他当你的师傅，就是因为他的实践经验太丰富了，而你又是大学生，接受和理解能力比我们都强，我希望你能够将他的经验传承下来。我相信，青出于蓝而胜于蓝。"似乎看穿了我的心思，站长娓娓道来。

这下脸红的该是我了，刚才昂起的头颅羞惭地耷拉了下来。

▶ 3

"多吉。"见到我的第一句话，他只用了两个字。

黝黑的脸庞上布满了褶皱，让他看起来比实际年龄要大很多，一双硕大的眼睛凸起在眼眶中，像木雕，表情并不丰富。单薄的蓝布衫褪了颜色，有点泛白，右肩上还打了一块刺眼的深蓝色补丁。很瘦，但却精干，一个老农的形象，这让我想起了家里的乡亲。

伸手去握他的手，有力，但很粗糙。

"我们是邻居。"第二句话也只有五个字。

这时我才看了一下他的宿舍，竟然就和我相邻。

"请师傅多指教，观测我一窍不通。"

"嘿嘿。"

"我们是邻居，这样，我可以随时向您请教。"

"嘿嘿。"

"相比你，我是小辈，有什么不对的地方，你只管指出，绝对不要顾及我的面子，因为只有这样，我才能更快地进步。"

"嘿嘿。"

我连着说了三句，他都只是憨憨地傻笑，这让我突然间没有了说话的欲望，草草地结束了这次有点无趣的会面。

▶ 4

黑就黑点吧，西藏，谁会嫌弃你面色黝黑呢？我索性将凳子搬到走廊，将自己置身于阳光之下。

享受阳光。是的，在西藏，这种资源往往被别人忽略，我却觉得它很珍贵，对于我来说，在那个南方的雾蒙蒙的大都市里待了4年，霉得都有点变味了，在阳光下，这种霉味会慢慢地风干。西藏，可以净化一个人的心灵，那就从净化身体开始吧。

"好悠闲啊。"是鸡毛的声音。

我揭去扣在脸上的帽子，惊喜地盯着他。

"干吗那么急着下来？日喀则多好啊，比这里热闹多了。"

"无聊，漫无边际的无聊，你们都走了，除了吃饭就是睡觉，我都成行尸走肉了。"

"中午到我那里吃饭，我都准备好了。"

这时候我才知道，原来还需要为吃饭的问题做点什么。这么大的事情，我竟然给忘了，马虎！

▶▶ 5

白色的墙壁蒙上了一层灰色，和我的房间基本相同。屋内的设置和我的房间也基本一样，简单。

高压锅里正"嗞嗞"地冒着气，在高原做米饭或者面条需要高压锅，这我在日喀则的小餐馆里就已经见识过了。鸡毛在一个木板上切着大白菜，一盒红烧猪肉罐头就放在木板旁边，我没有再找到更多的菜。

"就一个菜？"我惊讶地问。

"一个，罐头烧白菜。"鸡毛抬起头对我说。

"没有其他菜么？"

"没有，菜（蔡）老板还没有回来，他的店子里只有白菜，幸亏我去得及时，否则就抢不到了。"鸡毛有一种获胜的满足感。

"这样啊，这叫啥日子？！"

"就这样的日子，过吧，你还想怎么样？"

▶▶ 6

两天后是多吉的班，小夜，我必须跟着，影子一样。

他读数，写在观测簿上。我也读数，写在自己的小本子上。观测结束后，我对比两者之间的差别，并在读数不正确的地方做一个标记，以便下一次能够引起重视。

空气温度、地面温度、深层地温、湿度、气压、风向、风速、云、能见度、蒸发量、水样、降水量……基本就这么多，反复查看，反复核对，总能找出产生误差的原因。我的特点不多，有点犟，弄不清楚绝不罢休。

观测之余，多吉的话很少。一老一少，你看我，我看你，偶尔憨憨地笑一下，仅此而已。漫漫长夜，过得很慢，也很无聊。

无聊之余，我拿起了那本扔在值班室桌子上的有点破旧的《观测规范》，开始仔细地琢磨起来，不光琢磨规定的操作程序和要领，我还想琢磨这里面的关联和原理。一件事情，表象一看就知，这并不难，但你要搞明白这些表象背后的原因和影响因素，就需要动脑，也需要时间。我不怕动脑，也有时间，这也许就是扎珠站长之所以相信我会"青出于蓝而胜于蓝"的原因吧，我不能辜负他的期望。

7

两层楼，土木结构，方方正正。

下层养着两头牛，堆放着一些杂物。上层有卧室，也有客厅，供一家人居住。

墙上糊满了牛粪饼，整个院子里充斥着一股牛粪的气息。

这就是多吉的家，我去他家做客。

第一次走进一个藏族人的农家院落，充满了好奇，我四处打量。

爬上陡峭的楼梯，我站在屋顶，看周围的院落，大致的结构都差不多，东西走向，坐北朝南，为什么会这样呢？为什么都这样呢？对，太阳，西藏因为有了阳光而温暖，于是所有的房子都向日葵般地面朝太阳。尽管太阳从东边升起，西边落下，但位置总是偏南，越是冬天越是偏南，这样，坐在坐北朝南的房间里，整天都可以享受阳光的普照了。

远处是农田，夹在两山之间，又受到河水的滋润，只要愿意灌溉，水就在近旁。西藏的农业，以河套农业为主，从飞机上你能很切实地感受到这一点。山，光秃秃的，还顶着白雪；河套，绿油油的，呈现出勃勃生机。

屋顶是平的，周边整齐地码放着很多柴火，是一种装饰，也是一种储存方式。降水少，平整的屋顶足够抵御天上落下的雨水。因为平整，也可以晾晒农作物。

不同的地域，总有不同的建筑风格，总能体现不同的用途，不是简单的模仿，也无需标新立异。这是一种智慧的传承，也是一种经验的不断积累，既美观，更实用。

8

"洽都（喝茶）。"阿佳向我倒了一杯酥油茶，便又转身去忙自己的事情了。

"喝茶。"多吉微笑着向我示意。

很香，闻着。更香，喝着。有点咸，油腻腻的，似乎还有一股说不出来的味道。喝了几口之后，才觉出来，那是一种奶香。

想起来了，听说过这么一档子事。酥油是由牛奶熬制而成的，10斤牛奶才能熬制一斤酥油，漂在上面的是酥油，留在锅底的是奶渣，都是藏族同胞特有的很好的食品。

好奇的我很想看看酥油茶打制的过程，便向师傅提出了请求。

揭开锅盖，一个平底锅里装了很多茶叶，是熬过的，还有一些剩余的茶汁，黑红色。

"茶叶多是从四川雅安运送过来的,基本都是砖茶。"多吉的话终于多了点。卖砖茶的商店我在拉萨小昭寺附近看到过,里面码放了很多这样的砖茶。

"这是酥油。"多吉揭开一层布,一块黄色的奶油一样的东西呈现在我的眼前,很新鲜。

"这就是酥油筒,茶和酥油装在里面,来回抽动,搅拌均匀,加热之后就可以喝了。"多吉说完,我试着做了几下这些动作,挺有意思的。

"现在都使用搅拌机了,我也买了一个,可是老伴却不怎么肯用。"

"也许她还是觉得老办法打出来的茶更好喝一点吧。"我揣测着回答。

"确实要好喝一点,习惯了,就不想改。"

是的,传统也许意味着落后,但传统也代表了本真,谁能说原始的方法就该全部摒弃掉呢?

▶ 9

喝着茶,有一句没一句地扯闲话,老多还是那样,句式很短,总是我问,他来回答。

阿佳(对平辈中年龄比自己大的藏族女性的称呼)叫拉姆,是个农民。当地的农民有土地,地里种的青稞基本都供自己家人食用,所以更加上心一些,农忙的时候,老多还要到田里去帮忙。

老多有两个孩子,一个男孩,有点调皮,正在上初中,和老多形成了很大的反差,甚至可说有点匪气。一个女儿,很文静,比老多还要文静,但脸要比老多白很多,瓜子脸,算得上是一个小美女,正在上小学。女儿是老多的小棉袄,老多喜欢女儿,女儿也喜欢老多。

因为有老多不算太高的工资,一家人在村子里生活水平还算可以。但老多依然过得很简朴,他的衣着说明了这一点,他家里的陈设也说明了这一点。

老多想着孩子,自己小学都没有上几天,他希望孩子能上中学,能上大学,能有一个比自己更美好的未来。

老多说这些的时候,脸上有压抑不住的喜悦,仿佛这一切都已经变成了现实。

家是什么,是一种相互的付出,是一种对未来美好的寄托。

家很温暖,不光是因为炉膛中的牛粪燃烧后释放出了热量,还因为有老多心中那份持久地弥漫着的热情。

▶ 10

学会自己做饭,这是必需的。

走入社会的第一步不是工作,而是填饱肚子,生存毕竟是基础,生命的基础，生活的基础，工作的基础。

站长帮我搞定了一个炉子，来到站上的农民卖给我一些牛粪。

高压锅、铁锅、碗筷、油盐酱醋，街上的小店里都有。

菜，极度缺菜。四川的菜老板每次去拉萨拉菜，总不能按时返回，总要延迟那么几天。每次回来，满身尘土的他都会说同样的话："糟糕透了，路。"每次回来，整个县城的人都像过年一样，大包小包地采购，脸上荡漾着喜悦。

鸡毛在做菜上很有些能耐，我就是在他那里学到了厨艺的启蒙知识。

凑合着能做熟，凑合着能填饱肚子，凑合着让日子往前走。

▶▶ 11

"鹰应该是雄性的吧。"鸡毛幽幽地说。

一只雄鹰正在天际盘旋，时上时下，飘忽不定，自由自在。

"这话怎么讲？"我感觉到鸡毛有点神，像是着魔了一样。

"不是雄性的为什么要叫雄鹰呢？"

我笑了，我终于知道他在想什么了。是啊，在这个小县城，来来往往的人当中，特别是各个单位的工作人员里头，多以男性为主，藏族的女孩有几个，但似乎根本就没有我们什么事情，汉族女孩基本上没有，怪不得他这么伤感呢。

"别着急，一个萝卜一个坑，这个世界造化了人类，总会给你相应的位置，总会满足你基本的需求。不是有句名言吗，面包会有的，牛奶也会有的。"我希望宽慰他，尽管我自己也需要别人来宽慰。

"我有萝卜，可是坑在哪里呢？我有牛奶，可是谁喝啊？"鸡毛坏笑着说，说完兀自在笑。

我知道他的坏劲又来了，懒得理他，只是呆呆地望着远方，不再说话。

▶▶ 12

本来是三个月，但是跟着多吉一个月之后，我就要求独立当班，扎珠站长有点不放心，跟着我上了一个白班之后，才放心了。

"大学生就是大学生，没有让我失望。"扎珠很满意，不光是对我写的那10个比较漂亮的阿拉伯数字满意，更是对我准确的记录和规范的操作满意。

说来可笑，这么多年下来，写过多少数字，已经记不清了，但是我搞观测的第一课竟然是学习写0~9那10个数字。老多写了一排，我照着写了1000多排，终于写得像个样子了。观测记录是科技档案，不光要整洁，还要漂亮，每一个数字都漂亮了，整个记录就都漂亮了。数字，直到现在我一直都写得很好看，就得益于当时观测的经历。

观测，刚开始还觉得新鲜，但是时间长了，就觉得有点无聊，有点无味，这让整个日子都变得很无味。

就像机器，到了点，去观测，去发报，然后望着太阳或者月亮或者山脉发呆，呆得像架机器。

▶▶ 13

在我呆呆地观望的山之中，有一座有点奇特。它突兀地挺立着，缺失了远处的山的绵延和婉约，硬硬地挺着，永远这个姿态，很近。越看越近，近得手都可以触摸得到。

我被那份硬度挑拨着，是的，它是雄性的，很阳刚，我也是雄性的，雄性之间应该有一定的区别，应该分出胜负。

我也被那份高度挑拨，是的，它是傲慢的，俯视着我，总是俯视着我，我看到了一种藐视的眼神，我也感到了一种被忽略被看轻的态度，我不能输给它，"没有比脚更远的路，没有比人更高的山"。我要高过它，站在山顶，然后向全世界呐喊："我赢了。"

它是一把剑，突兀的，坚硬的，挺拔的剑！竖立在定日县城的最北端，永远竖立，风雨无法撼动，艳阳无法融化，却长期地刺痛了我的自尊。无聊当中，我和它较上了劲；无味当中，我寻求一种征服的刺激和兴奋。

我要爬上那座山，站在山顶，寻求那份征服之后的快感，摆脱平静里的乏味。

▶▶ 14

时间选择在一个艳阳天，高原上基本天天都是艳阳天。

我、鸡毛、鸽子（小葛的新外号）只是每人带了一瓶矿泉水，就出发了，穿过两百多米长的街道，我们便从最南端的观测站到达了最北端的山脚下，开始爬山。

山脚有一群建筑，是民居，连在一起，错落有致，黑白相间，成了一道风景。这是我在平时没有看到过的景象，平时只觉得那是些普通房子而已。景色也需要角度，换个角度就有了风景的感觉。

刚开始的路走起来非常轻松，坡度比较小，缓缓地前行，缓缓地提升自己的高度，我感觉自己逐渐地高大了起来。一种膨胀后的飘忽，让我加紧了脚步，将他们两个远远地甩开。

在一个小平台上，我甚至向空中猛跳了几下，那是一种喜悦的抒发方式，我却为此付出了很大的代价。眼前一黑，我栽倒在地上，瞬间晕倒。高原本身就缺氧，急速爬山让我再度缺氧，蹦跳又让我极度缺氧。

睁开眼睛的时候，鸽子正在往我的嘴里喂水，我感到人中那里很痛。

"干吗这么急，这是爬山，不是百米冲刺。"鸽子埋怨道。猴精的鸽子总是对的，这次确实是我错了。

▶ 15

我没有死，我还活着，只要活着，就不能低头，无论是对山，还是对人。

我继续走上了征途。跌倒了，爬起来，继续往前走，无论前面有多少艰难险阻。向前，一直向前，这是一种使命，也是人的一种本能。

我老实多了，和他们一起向前走。我懂得如何爬山，从小学到中学，我的寒暑假都是在山沟里长大的，陪伴我的，还有羊群。

全部脚面而不是脚尖着地，踩稳了再换腿，调整呼吸，匀速前进，这是我在很小的时候就总结出来的爬山经验。按照这样的动作，我继续前行，不多久，又将鸡毛和鸽子远远地甩开。毕竟我来自农村，他们在内地的县城里长大，这时候就显现出了我们之间的区别。优越的条件谁都渴望得到，但是在成长的阶段，吃苦也许对人一生都会有益。

坡开始很陡了，我不得不依靠两只手了，抓住草或者岩石，匍匐前进，这算是真正意义上的爬山了。

越是往上，越要爬；越是往上，越是缺氧；越是往上，太阳的温度越低。

他们两个已经坐了下来，不打算再往上走了，甚至我也有了放弃的念头，但当我抬头看到那不远的山顶，那种藐视的眼神突然就出现了，四面八方都是。

我挂在山间，不知道该上还是该下。

▶ 16

片刻的喘息之后，我的体力得到了稍微的恢复，那种存留在体内的雄性的斗志慢慢地又滋长出来了，我不能输。

于是，继续向上爬，速度很慢，是在挪动。

陡坡走完了，山顶就在眼前了，我遇到的竟然是悬崖峭壁，怎么上？两丈多高，齐刷刷的峭壁，没有一点凸起。

我颓废地坐了下来，原以为自己很了不起，会把这座山，这座名叫"金刚"的山踩在脚下，但是在最后的六七米，我却被打败了。面对自然，人到底有多大的能量？

无聊地环顾四周，我突然有了一个重大的发现。我猛地站了起来，大声喊："我看到珠峰了，我看到珠峰了！"

这喊声瞬间就被大风刮得无影无踪，但却被鸡毛和鸽子听到了，他们起身，开始向上攀爬。在定日生活了这么多天,整天圈养在观测站或者小县城里,谁不想看一眼珠峰呢?

他们行进的速度很缓慢,我却在为怎么克服这 6 米多的高度寻找办法。沿着峭壁向前走,在北面,我终于发现了一个缓坡,可以直接到达终点。在遇到困难时,换一种角度,换一种方法,问题往往会迎刃而解。

▶ 17

金刚山终于被我踩在了脚下,我张开嘴,准备大声喊叫,却吃了一嘴的风,什么声音都没有发出来。只好旋转 180 度,向世界宣布:"我比金刚山还高。"但声音瞬间被风带走,什么都没有留下,再喊了两次,依然没有多大的效果,我只好放弃。

站在山顶,我不断旋转,尽力将所有的景致都揽入我的脑海。珠峰更加清楚,周边的景色也都一一进入眼界。"无限风光在险峰",在险峰,我看到了无限的风光,高原的美,壮丽的美,苍凉的美,是一种大美。

风很大,我被吹得晃了几个趔趄。不能出意外,我已经完成了自己的使命,我必须下山,他们两个已经上来了,和我会合,我们一起下山。

没有选择原路,而是选择了山的阴面。基本上全是缓坡,但以碎石为主,而且是散乱的板石。沿着山脊有人工建筑的痕迹,仔细辨认,终于弄明白了。沿着山,应该是有过建筑的,建筑材料基本就是这些板石了,那该是多么壮观的一种建筑啊。但最后却被人为地破坏了,为什么呢?我马上想到了三个字——"破四旧",在那个疯狂的年代,曾经把宗教也作为攻击的对象,顺带也破坏了很多文物,这是一种灭顶之灾。

我好恨!我真的好恨!

▶ 18

再往下走,就见到一座寺庙,叫曲德寺。寺很小,却成为了定日县城宗教的中心。

很久很久以前,这里有一座金刚山,山上有个洞,洞里有修行者。后来,山顶修建了宗政府(定日宗)和一座时轮小庙,这里便成了政治中心。再后来,有人就开始鼓动修建大的寺庙,曲德寺应运而生。经过不断修建,寺庙的规模渐渐地变大了,教派也渐渐地增多了。

金刚山就成为政治和宗教的中心,就很热闹了。

走进寺庙,在墙体的壁画里,你依旧能够寻找到曲德寺往日的风采:宗政府就在山顶,刚才看到的那一条宽阔的石板路,将宗政府所在地与寺庙连接了起来，寺庙就在山脚下，气势恢宏，整个山和镶嵌在山上的建筑在当时恢宏得让人有点目眩。

院内有 15 个殿堂，供奉着高达 9 米的释迦牟尼的镀金铜像，佛前整齐地摆放着酥油灯，映照着这尊金光灿灿的大佛像，使他变得更加高大。香火弥漫，诵经声此起彼伏，朝拜者络绎不绝，宗教，在这里展现着另外一种景象。

在西藏，文化离不开宗教，历史离不开宗教，宗教成了文化和历史的载体，也在一定程度上保护了历史和文化。

▶▶ 19

一个年代的疯狂，让这一切都变成了另外一个样子，残垣断壁，乱石丛生，破败不堪。

寺庙经过翻修，依然很气派，山上的其他建筑就只有在断瓦残砖中去找寻了，但又以另外一种方式诉说着历史。

一切都是手工，一切都是人力，这是多么浩大的一个工程，我已经无法去测算，但我确实知道，这里流过无数人的汗水。

假如壁画上当时的建筑依旧还在，这里肯定又是一个非常壮观的景点。站在山顶看山，看珠峰，站在山脚看佛，中间还有旖旎如长城般蜿蜒的石板路，应该很美。但历史就是历史，历史没有如果，残败也是一种历史，残缺也是一种美，厚重的美，凄婉的美，苍凉的美。

此后的很多时间里，我都会到这里来感受历史的沧桑。如果太完整，看上一次，很完满，不会有遗憾，记忆的印痕也就很浅，就不会再来。而那种残败在我的脑海中留下了深刻的记忆，就总想来，每来一次，这种记忆就会加深一次，于是这记忆就永远无法忘记了，直到现在。

历史，横亘在那里，你可以无数次地阅读，就像长城，去过，还想再去。没有理由，只是想让灵魂不会变得麻木，只是想让心灵多次受到震撼。

寺庙旁的石头上用矿物质颜料绘制了很多佛像

第三章 寂静与激情

　　这下子该我们傻眼了，谁会给县长起外号呢？也许是他的上级吧，上级喜欢拿下级开涮，老的喜欢拿小的开涮，这在中国倒是比较常见的。叫什么？谁起的外号？这让我们充满了好奇，都眼巴巴地看着王震飞，希望他能给我们揭开这个谜底。

▶ 1

阳光恢复了原来的温度,透过玻璃窗,和煦地照在身上,也照在心上。

金刚山脚下的这个小茶园,每天都会有很多人来,享受着温暖,我也来,但不是经常。

几杯甜茶下肚,我的力量又慢慢地回来了。一碟香木真(牛肉烧土豆盖浇饭)吃完,我甚至有点昏昏欲睡的感觉。

鸡毛和鸽子显得比我还疲惫,但是他们却在为珠峰离定日县城的距离到底有多远而争论不休。我没有参与争论,依然沉浸在征服金刚山的喜悦中,依然沉浸在历史的沧桑感中。

山在心中,高度却只是一个相对的概念,刚才还在山巅,现在却在它的脚下,但我毕竟去过山巅,这样的历程会永远留在我的心里。那就让记忆留下来吧,生命是由很多记忆组成的,记忆中承载了很多生命的历程,是的,生命是一个过程,在一个又一个过程中,我们让生命变得饱满。

在我心中,历史无论破败或者辉煌,都是一种存在,存在的就是合理的,偶然也罢,必然也罢,都存在着,也都过去了,关键的是你能够从历史的划痕中感悟到些什么。我们在不断地感悟,这不也是一种修行么?站在历史的肩膀上修行,能够顿悟么?我不知道,但我一直在悟。

▶ 2

"两位小兄弟,140公里,我经常跑。"也许是有点厌烦鸡毛和鸽子之间无休无止的争论,在一旁打麻将喝茶的藏族大哥扭过头来插了一句。

两个人突然间就都不说话了,都变得有点索然无味了。当我们对未知领域充满好奇和想象的时候,突然得到了一个无法辩驳的答案后,一切就都会变得无聊起来。就像女人,男人总是想着她的种种优点,总是垂涎三尺,但上床之后就觉得一切都太具象,都没有想象中那么美好。

"回吧,有点困,回去困上一觉。"鸡毛提议。

"可惜没有吴妈。"鸽子揶揄道。

"你又不是阿Q。"鸡毛回敬道。

"别掐了。"我对他们两个这种无聊的斗嘴有点反感,抓起衣服,准备出门。

"马哥啊,你也来了。"鸡毛突然惊叫了起来,"我介绍你认识一下。这是黎海,海子。这是葛鹏,鸽子。这是马逢唐,县人民医院的,和我们一起毕业。"

于是大家忙着握手,我从嘴边溜出来两个字"马蜂",小马的脸上掠过一丝不快,鸡毛却乐了,忙不迭地说:"你都算得上外号专家了,好,以后就叫'马

29

蜂'吧，这可是海子哥给你御赐的，他是我们的老大。"

我们只好坐下，但显得有点局促，竟然不知道该说些什么好，没想到我们的相识是这么开始的。

▶▶ 3

5分钟后，我们就熟悉了。马蜂也来自农村，比我小一岁，正经医科大学毕业，县医院内科医生，也是定日县医院历史上第一个汉族医生。他话不多，但很有自己的见地，我恨没有早认识他，我们应该有很多共同语言。

没想到咋咋呼呼的鸡毛的社交能力都在我们之上，看来人是不能一棒子打死的，毕竟每个人都有自己的特长，发挥他的特长，就可以把他称作"人才"了。

初次见面，大家聊得都有点谨慎，甚至经常会出现短暂的冷场，这时候，我就会说"喝茶"，算是礼节，也算是调节一下尴尬的气氛。

毕竟这样坐着不是办法，我提议请马蜂到观测站去做客。我的话他们都听，于是大家出了茶馆，太阳偏西，给金刚山涂上了一抹红晕，越发地雄伟。

茶馆门口挂着几只羊子，请马蜂过去，总不能慢待人家，于是我在羊身上划了一个十字，并指着后腿说："呔，卡兹（这个，多少钱）？"

"松久在阿（35块）。"黑红的脸膛上满是笑容，十分友好。

"拉塞（好的）。"四分之一的羊子刚好是我一天的工资，我觉得价格适中，付了账，扛着羊腿回家，像一个士兵扛着枪凯旋。

在当时，在定日，牛羊肉还不论斤卖，而是按照部位来讲价，这也是非常有意思的事情。

回来的路上，我让鸽子在菜老板那里买了几个萝卜，又让鸡毛在小卖部里拿了一瓶沱牌大曲，食料算是备齐了。

▶▶ 4

房间并没有刚来时那么空洞了，人，一旦走进某个空间，时间长了，空间就会显得有点拥挤。尽管我的宿舍现在还不能说拥挤，但也很有些物件了。除了一桌一椅一床一炉之外，我还有了"衣柜"。

"衣柜"是三个废弃的仪器箱拆掉挡板，一个挨一个连接起来而做成，箱子之间再用木板钉在一起，"衣柜"就立起来了。外边用报纸遮挡一下，看起来还像那么回事。

除了"衣柜"，还有"橱柜"、"箱子"。原理基本上相同，但却让宿舍整洁了很多。

很多"发明"是在逼迫之下"创造"出来的。经济拮据，条件有限，就只能自己想办法了。

在此基础上，我还将值班室一个废弃的沙发修理了一下，平时坐在上面晒一晒太阳，很惬意。

在打开房门的那一刻，我对自己的蜗居感到很满意。生活，当你积极一点，低调一点，无论在什么样的环境下，就都能收获快乐。

谦让之后，开始分头忙碌，鸡毛负责压米饭，我和鸽子负责炖排骨。

这样的场景，在定日的那些日子里实在是太常见了，我们经常性地搭伙做饭，各有分工，又各得其乐，尽管饭菜并不丰盛，但却其乐融融。

越是艰苦的时候，越能将人与人的距离拉近，这让我会时不时怀念过去。现在的生活条件好了，每人一套房子，但下班之后，铁门一关，就将彼此分隔得很远了，那种人与人之间的温情就成为稀有之物了。

▶ 5

天已经黑了，但我的屋子却亮亮堂堂。

牛粪炉子上的高压锅发出"嗞嗞"的叫声，将锅里的羊肉香气弥漫得满房间都是，有一阵子没有享受过这样的口福了，是的，久违了，羊肉。

在高原上，牛粪成为了很好的燃料，将屋子烘烤得暖意融融。

两杯酒下肚之后，话就多了，天南海北地扯。酒这东西真的很有意思，软软的，是水，但却像一把钥匙，能够将一个人的心扉打开。平时不敢说的话，酒后就敢说了；平时敷衍应酬的话，酒后也就都变成了真话。

似乎都有苦衷，在这样的地方，在酒后，那些苦衷都迫不及待地吐露了出来。共同的生存环境，共同的工作境遇，让我们有了更多的倾诉欲望和倾诉内容。

穷，这是一个共同的话题，初出茅庐，没有积蓄，1000元左右的月薪，匮乏的物资，高得有点离奇的物价，让我们对金钱的渴望比对女人还要强烈，我们需要改变现状，我们希望生活得更好一点。

我们想到了开商店，但最终确定下来要开一个诊所。资金由我们四个人共同出，鸽子来负责经营，由马蜂在业余时间坐诊，我和鸡毛根据自己的值班时间来诊所卖药。

事情就这么定下来了，但并没有立即付诸实施，因为我们手上都没有多少钱。

▶ 6

激情过后，依然是平静，这已经成为一种自然的规律。酒后的种种承诺和豪言壮语，在酒精消散之后，就都随风散去了。

日子依然平静，依然无味，除了上班，除了晒太阳，就有点无所事事。这个时候，我便想干点什么，什么都可以，只要不让生活这么无聊。

我把我的想法向扎珠站长说了，他支持我，并交给了我一把钥匙，是资料库的，里面有40多年的原始资料。

"你年轻，又是本科生，不能让自己沉沦下去。越是艰苦的地方，越能出成绩，因为很多地方都是空白。我水平有限，除了观测，很难再出什么成绩。你不一样，我看好你，也相信你。"站长说完这话，用力地握了一下我的手，钥匙也就是在这个时候交到我手上，沉甸甸的，很有分量。

在交代了资料保管的规定之后，站长走了，给我留下了一个背影。略显佝偻的背，让我甚至有点莫名的伤感。

孩子和老婆是将来的事情，我现在要做的是在那些原始资料中寻找一点科研的素材。既为自己，可以评职称，涨工资；也为西藏，搞清这块高天厚土上的很多未解的谜题，让高原在人们的心中不再那么神秘。

▶ 7

说来容易，做起来难，科研并不是一个简单的词。

40多年的资料，每天8次的观测，每次十几项观测项目，200万个数据，像大海一样浩瀚。我像一个无助的孩子，在茫茫大海中沉浮。

一本本观测记录堆积起来，占满了一个十几平方米的屋子。小小的空间里，我却迷失了方向，找不到前行的道路。

灰尘很厚，我在灰尘中穿梭忙碌着，我顾及不了接踵而来的喷嚏。

我发现了一座金矿，我想让金子在阳光下闪耀璀璨的光芒，却无法拂开那层薄薄的灰尘。

我需要一位领路人，我需要一个导航者，可是，眼前没有，只有我在这个窄小的空间里漫无目的地徘徊。

转了几圈，除搅起地面的灰尘之外，我什么也没有做。无奈之下，锁好门，回到宿舍，我失望地趴在桌子上，望着灰黑的墙壁发呆，大脑一片空白。

我是本科生，我是这个县城寥寥无几的本科生中的一个，我是扎珠站长眼中无所不能的本科生，可是我就像一个白痴，什么都不会。

我拿起杯子准备喝水，可是里面一滴水都没有。我，就是这只空杯子么？里面什么都没有。

▶ 8

"走，我带你去一个很重要的领导家里做客。"鸡毛一进屋就激动地说，打乱了我的思路，把我从梦境拉回到现实，也让我从空白变得实在起来。思路是空白的，但生活中却还有很多事情可做。

进入县政府的大门时，我才感觉到有点不对劲，这小子什么时候又在县里面的领导那里挂上号了，我真为他搞了观测而惋惜，如果是去做销售，做生意，他绝对比现在更有钱，也更有成就感。

一个小院子，里面有两间房，我们走进了外面的一间。房间中有沙发、茶几，屋子中间摆着一个长条桌，上面放满了花盆，里面有各式各样的花草，有些还正在开花，这让我甚至有点想哭的感觉，在海拔4300米的地方，看到了这样的盎然绿意，我有一份发自心底的感动。靠北的一边，摆放着一排柜子。这里应该就是客厅了，里面的那间应该是卧室。能够将这两者分开，估计只有县级干部以上才能有这样的待遇。

"到底是谁的家啊？"我迫不及待地想知道答案。

"见了面你就知道了。"鸡毛卖起了关子，然后主人一样跟我说，"坐，在沙发上坐一会儿。"

我没有立即坐下来，而是围着长条桌一圈又一圈地慢慢移动。

▶ 9

"不好意思，出去买了点东西。"一个熟悉的声音传了进来，随之一个熟悉的身影蹿进门里。

王震飞！我见到的人竟然是他。

"王县长好。"还在花丛中沉醉的我，机械地回答。

他只是向我轻微地点了一下头，然后就自顾自忙开了。接着鸽子来了，马蜂也来了，最后到来的是一个叫崔斌的，手里还提了很多东西。

"一直忙着下乡出差，一直想和你们几个今年分配到县里面的新同志一起坐一坐，可是一直没有机会。好了，今天终于可以满足我这个心愿了。"崔斌的到来，让王震飞一下子轻松了，我们开始在客厅里抽烟喝茶、吃瓜子吹牛，忙活的事情就都交给小崔了。

我们四个都已经很熟悉了，只是对小崔有点生疏，但鸡毛了解的自然要比我多得多。鸡毛向我们介绍，崔斌在县政府办公室当文书，才来几个月的时间，已经在《西藏日报》和《日喀则报》上发表了好几篇稿子，算是县里面出了名的笔杆子。

"崔斌，崔斌，炊饼。"我私下里嘀咕着，但这个微弱的声音还是钻进了鸡毛的耳朵。

"好，就叫'炊饼'，我们的新伙伴有了新名字。"鸡毛大声地嚷嚷，让我有点脸红。

"海子啊，如果你把这些'才能'都用到正道上，也许还真能出点成绩呢！炊饼已经都出来了七八个'豆腐块'了。"显然鸽子对我也有意见，顺着话题向我开炮，这让我的脸更红。

▶▶ 10

"有外号好啊，我这是今天才知道，说明你们之间的关系很亲密啊。"王震飞看出了我的难堪，出面打圆场。

"海子算得上是'外号大王'了，要不也给王县长起一个？"马蜂也来劲了，并不想放过我。

"别，别，别，这玩笑开大……大了。"我窘得满脸通红，说话都不怎么顺畅了。

王县长自然是看到了今天的风向和我的状态，笑了一下，很大度地说："你们还别说，我还真有一个外号。"

这下子该我们傻眼了，谁会给县长起外号呢？也许是他的上级吧，上级喜欢拿下级开涮，老的喜欢拿小的开涮，这在中国倒是比较常见的。叫什么？谁起的外号？这让我们充满了好奇，都眼巴巴地看着王震飞，希望他能给我们揭开这个谜底。

王震飞喝了口茶，慢慢地说："一次，在下乡的时候，我们遇到了一场雪，雪非常大，我被困在了乡政府里。积雪有一米厚，大雪将路堵了，车子根本开不出去。本来打算两天就返回来的，但是我在乡里待了半个月。这不重要，重要的是这个乡里几千只牛羊没有草吃，牧民储备的草很少，很多幼崽刚出生就被冻死或者饿死了，甚至大部分的成畜也被活活地冻死、饿死了，我就在现场。作为一个副县长，我竟然没有一丁点办法。"

屋子一片沉寂，谁都没有说话，只听得到院子里炊饼砍肉的闷响，每一刀好像都砍在我们的心上。

▶▶ 11

王震飞并没有急着说话，他像是回到了当年的那个现场，脸上的表情非常凝重。呷了一口茶，他继续自己的讲述："我是无能的，无能得让我都生自己的气。10 天过后，一些低海拔地区的雪才开始慢慢融化，草也才慢慢地露了出来，生存下来的牛羊才有了存活的机会。但是到了晚上，气温还是很低，牲畜的保暖成为了一个大问题，我和乡里、村里的干部、党员一起想尽了办法，但也只有四分之一的牲畜保住了命。为了防止来年流行疫情，我们将死了的牲畜进行了集中处理：小部分进行宰杀，将肉风干，挽回一些损失；大部分集中在一起，进行了焚烧。火把点燃的那一刻，众人都哭了，我眼中也全是泪水，这样的场面，有谁能够不动容呢？"

又是一片静寂，谁都没有说话，大家耷拉着沉重的脑袋，陷入了深深的思索。

王震飞继续他的讲述："回到县里，我将见到的情况向县委、县政府领导进行了详细的汇报，并层层上报，最终为老百姓争取了很多救灾资金，算是迈过了这个坎。也就是因为在乡里奔波十几天，与老百姓同吃同住，他们给我起了一个外号'尼玛'，也就是'太阳'的意思，他们觉得是我给了他们温暖。其实，我内心非常惭愧，我能够给予他们的，实在是太少太少了。"

我们充满好奇地想知道这个外号到底是什么，但却听到了这么一个惊心动魄的故事，外号已经丝毫引不起我们的兴趣了，我们关心的是那些老百姓，他们过得还好吗？

▶ 12

肉已经下锅了，高压锅里喷射出牛肉的香气，但这已经不能勾起我们过多的欲望了。每个人心情都很沉重，都感觉到一种无形的巨大压力。

"为了让当地的牧业再次发展起来，经过县里面决定，为乡里面引进了1000头牛，1000只羊，但遗憾的是，这些引进的牛羊不适应当地的气候，这个计划以失败告终，我们的努力白费了。什么时候才能够恢复那里的牧业？谁也不能给出一个正确的答案。雪灾，给那里带来了毁灭性的打击。"王震飞继续讲述，"今天叫你们来，对你们来说是第一次，对我来说并不是。我每年都会召集一些新分来的同志到我这里来做客，没有别的意思，就是想和大家做朋友。能到这里来参加工作，就是对西藏的贡献，对定日的贡献，我敬重你们，同时，我也对你们有很多的期许和重托。定日很苦，这种苦现在你们还没有深切地感受到。来了，千万不要自暴自弃，做好自己的工作，这是最基本的，还要创造性地开展工作，而且还要用你们所学的知识去影响和带动你们周边的人。当然，也许你们之中有人在工作一段时间之后会离开定日，甚至离开西藏，这没有关系，到哪里都是为我们的国家作贡献，但我希望你们能记住西藏，记住定日，在力所能及的情况下为这里做点什么，这不是乞求，只是期许。"

我们没有立即附和，而是继续在思索，我们需要更多地去思考，思考自己，思考西藏，思考现状，思考未来。

▶ 13

菜很丰盛，这是我们来定日吃得最丰盛的一顿饭，有四道菜：牛肉炖土豆、羊肉炖萝卜、青椒肉丝、西红柿炒鸡蛋。这也是我们吃的最难忘的一顿饭，不是因为菜，也不是因为酒，而是因为王震飞给我们说的那一席话。

我们能够为这里做点什么呢？我不知道，但我们确实应该为这里做点什么，除了工作之外。

酒过三巡之后，王震飞不再那么严肃，开始向我们讲他在西藏见到、听到的有趣故事："西藏的路况很差，这一点你们可能多少都领教过。现在的西藏也针对某些人搞计划生育，不搞不行啊，晚上没有电，就更谈不上看电视了，干点啥呢？两口子在一起能干点啥，孩子就越生越多，一般的五六个，多的有七八个，甚至十几个孩子，这样，家庭的拖累大，要富裕起来很有难度。这让县里面的领导很为难，正常的夫妻生活你不能干涉，就决定也搞搞计划生育，也不能就把人家给结扎了，于是最终确定下来给她们上环。十几个妇女，一拖拉机拉过来，在县医院上了环，还请她们吃了顿便饭，就都又坐着拖拉机回去了。"

"马蜂，这事你应该最清楚吧？"鸡毛插话。

"我刚来，这是啥时候的事？再说，我只是一个内科医生，管不了妇科的事情。"马蜂被点到之后有点突然，埋怨道。

王震飞继续说："故事还没有讲完呢！西藏的路，我那辆吉普车经常都被颠得东倒西歪的，手扶拖拉机会是什么状况，你们想想。回去后，司机一看，拖斗里全是环，一数，跟人数一样，一个不少。"

大家都笑了，大笑。我也笑了，但并没有那么大的幅度，我脑海里还装着王震飞先前的那一段话。

14

"海子，放开一点，记住，越是艰苦的地方，越是要自己给自己找乐子，也越要振作起来，玩的时候好好玩，干的时候好好干。"王震飞似乎发现了我的情绪有点不太对头，对我说道。

我不置可否地点了点头，向他送去了一个微笑。

"喝点，咱们边喝边聊，既然聊开了，我再给大家讲个故事。"

一听还有故事，我也被感染了，和大家一起端起酒杯，干了。

王震飞又来了一个故事："有一次下乡，是行署的一个副专员来了，安排我和县长一起陪同。到了一个村子，也是了解妇女的生育情况。乡长的汉语水平不高，简单的能说一点，复杂一点的，说起来就有点磕巴了。专员问：'这个村子的妇女生育情况你摸清楚了没有？'乡长说：'全村的妇女我都摸了一遍……'县长一听，你怎么能把全村的妇女都摸一遍呢，着急了，捅了他一下。乡长有点紧张，以为自己说错话了，寻思了一下，又补充说：'哦，还有两个没有摸，我抓紧时间摸。'这下子可不光是县长了，专员和大家都哈哈大笑了。"

故事确实有点意思，大家笑了，我也笑了，而且笑得很开心。在这样的地方，快乐显得很珍贵，而我在王震飞的身上见到了更多的乐观精神，这也许正是我所需要的。

每逢重大节日，教徒会在朝拜的路上煨桑烟

第四章　迷失在藏地之夜

　　野起来，她像个泼妇；温柔起来，她又像个淑女，声音软绵绵的，低得都有点听不到了。这是怎样的一个女人呢？一会儿风，一会儿雨，一会儿又阳光普照。

1

去了邮局，发出去了四封信。一封发往老家，问候老父老母。两封发往北京，给我的导师和大学室友，诉说我的境遇，告知他们我的打算，并希望得到他们的帮助。最后一封是寄给南方的一个女孩，大学同学，曾经的恋人，我差点和她上床，差点留在她的身边吃"软饭"，但最后还是选择了离开，来到了西藏。给她的信很简单，只有四五行，客套得有点虚假，也许没有回音，但我还是应该给她一个地址，至少朋友还是要做一个的吧。

在邮局里，我见到了四川籍的席兰，我给她起的外号叫"稀烂"。有点显老，但也有点姿色，看见我的时候来了一个微笑，脸上出现两个浅浅的酒窝，多了一点妩媚和可爱。

"还没吃饭吧？晚上一起，尝尝我的手艺。"席兰殷勤地对我说。

我本想拒绝，对她我并没有兴趣，尽管她是县城里唯一的一个单身汉族女性，但她的名声实在有点让人不敢恭维。一个人，如果只为了个人的享受，只为了满足原始的冲动，就无法再作为一个完整的人来称呼。女人，当她放弃了自己的自重、自尊和自爱之后，得到的只能是鄙视。

但我没有拒绝，因为我只是听说，因为我充满了好奇，这个有点老的女孩，她的内心世界里到底装着什么样的秘密？是什么让她这样自暴自弃呢？

我答应了她的邀请，反正闲着也是闲着。

2

有些日子没看电视了，站上只有一台电视，在一个双职工家里，总是打扰人家，多少觉得有点不太好意思。

现在的我，正坐在沙发里，看着电视，并通过电视看着外面的世界，这一切都与我隔得太远了，也隔得太久了。

厨房里冒着"吱吱"的热气，也冒着扑鼻的香气，席兰正在厨房里忙碌。

突然之间，有了一种家的感觉。多久没有这样的感觉了？家已经把我遗忘，我也已经把家忘了，这个世界上还存在着一个有家的温暖的地方，至少我在这里、在这个时刻感到了这种温暖，无论它有多么的虚幻，多么的短暂。

菜的品种不多，但味道很好。四川，无论男人还是女人，只要走进厨房，都能够鼓捣几个像样的菜出来。川菜，在中国占据了多大的地盘，已经很难数清了，至少西南被川菜主导，西北也被川菜主导，只是在四川之外川菜会作一些适当的改变。

话很少，有一搭没一搭地闲聊，偶尔还会相视而笑，一种善意的微笑。

"我可能过一阵子要走了。"她突然间冒出来这么一句。
　　"是回去探亲?"
　　"不,内调,永远地离开这里,再也不会回来了。"
　　"为什么?"
　　"因为母亲。父亲死了,我不能再失去母亲。"
　　我被噎着了,对她的所有了解基本都来自别人的嘴巴,就是所谓的谣传,听她自己谈自己,这还是第一次,但我却被她的话震惊了,因为她在说"父亲死了"这四个字的时候,脸上没有什么表情,像是在讲述一件与自己毫无关系的事情。

▶ 3

　　"怎么走的?"我追问。
　　"病死的,也可以说是穷死的。"她依然冷漠。
　　"怎么讲?"
　　"尿毒症。透析只是一种只花钱不见效的治疗方式,要换肾,费用高得吓人,我的工资一辈子也不够,谁有这么多钱?我弟弟上大学,我寄回去的钱,他一个人用着都有点捉襟见肘。死就死了吧,对他是一种解脱,对我也是一种解脱。"
　　"你恨他?"
　　"也恨,也不恨。他打过我,打过我弟弟,更打过我妈,曾经都被他打得遍体鳞伤,我曾经恨不得杀了他。每次酗酒之后,都这个德行,但清醒了又后悔。有什么用?我从小就恨他。但我又不恨他,毕竟他是我的父亲,毕竟他把我和弟弟拉扯大了,特别是当我走上工作岗位的时候,特别是他生病之后,恨就慢慢地消失了。"
　　满嘴溢香的饭菜,此时如同嚼蜡,我没有了胃口,放下了碗筷。
　　"对不起,我不该说这些,让你倒了胃口。"她抱歉地说,并开始收拾桌子上的残局。
　　"不,恰恰相反,感谢你告诉我这些,这让我对你有了新的认识。"
　　"旧的认识是什么?是不是说我像个妓女?我不是妓女,我只和我感兴趣的男人来往,而且我从来不收钱。我只和男人睡觉,但我不卖淫,这是我自己的事,谁管得了?!"她几乎是吼着说,眼角里溢满了泪水。
　　我再次被噎着了,我不知道该说什么,脑袋里又是一片空白,望着电视,只看到一片模糊的色彩。

▶ 4

　　一杯绿茶,茶叶在不太开的开水的作用下翻卷着,舒展着,默默地绽放,水也渐渐地由白变黄。

一时无语，只有电视机里主持人喋喋不休的唠叨，至于唠叨什么，我并没有听进去。我在沉默中思索，眼睛望着墙角，不敢正视她。夜已经黑了，在这样的房间里，孤男寡女似乎该干点什么，至少该说点什么。但我们却什么都没有说，也什么都没有干。这个女人实在太野，我几乎都不敢招惹她。实在觉得尴尬的时候，端起杯子，喝一口茶，缓解一下自己的情绪。但茶很苦，不知是有意还是无意，她在杯子里放了很多茶叶。

"老家寄来的茶叶，我妈亲手采摘的，每当喝茶，我就会想起我妈满是褶皱的脸，还有佝偻的背。味道怎么样？"还是她先开了口。

"嗯，很地道，但就是有点苦。"在她面前，我不知怎地，不愿意说假话。

她站起来，端起杯子，将里面的茶水倒掉，重新续了水，说："喝吧。二道茶才醇厚。我喜欢苦味，茶叶放多了，抱歉。"

野起来，她像个泼妇；温柔起来，她又像个淑女，声音软绵绵的，低得都有点听不到了。这是怎样的一个女人呢？一会儿风，一会儿雨，一会儿又阳光普照。

茶依然有点苦味，但更多的是香醇和甘甜，二道茶的味道确实胜过一道茶，我慢慢地品着，对于席兰来说，这茶里面也许还有她母亲的味道吧。

5

"为什么不找一个人一块来承担呢？"我问。

"找了，找了这么多，但没有让我上心的，他们喜欢的是我的身体，完事后招呼不打就走了，留下我一个人发呆，就更别说什么承担不承担的了。"她的语调依然很低。

我无语，准备起身离开，这样坐着总觉得很别扭。

"要走么？你不想留下来，你嫌弃我脏么？"她的声音突然间提高了。

我再次被噎着了，不知该走还是该留。人生就是一场戏，我也可以做戏，但我实在不想就这样尴尬下去。

"随你吧，我不想勉强，勉强有什么意思。但我确实注意你已经很久了，你们几个新分来的，你最沉稳，也最让人感到踏实，我并不是什么男人都让上。"她就站在我面前，呼吸都感觉得到，散发出来的女人的味道让我进也不是，退也不是。

外面突然间起风了，鬼嚎似的，有点瘆人。就在这一刻，她扑进了我的怀里，我机械地抱着，丰满的躯体从四面八方传递过来一种无法抗拒的骚动。

这是梦么？我一直避着她，却怎么又答应和她一起吃饭，却怎么钻进了她的怀里？人，当你面对诱惑和欲望时，你到底有多大的毅力选择说一个简单的

"不"字呢？

一股奇异的香味从她的体内一点一点地散发出来，一种骚动，让我体内开始发热，也让她发热，她的脸滚烫……

6

丰满绝不臃肿，匀称绝不骨瘦如柴，当席兰完全地"亮"在我面前的时候，我傻眼了。然而，当我接近那个充满诱惑的躯体，完成最后一步的时候，眼前却突然间闪现出很多双眼睛：她的父亲充满红血丝的酒鬼的眼睛，她的母亲无奈而孤苦的眼睛，她的弟弟单纯而怨恨的眼睛，还有很多我叫不上名字的男人的眼睛，充满了欲望，愤怒地盯着我。瞬间，我被丢到了冰窟，从头到脚冰透了，很冷！就像一个充满气体的热气球，瞬间所有的热气全部泄漏，一切都瘪了，身体上所有的部位，全瘪了。

我失落地跌在床上。

闭着眼睛，准备迎接我的席兰睁开双眼，惊讶地问："怎么了？"

"我，不行了。"我低声地说，并不想告诉她实情。

"你还是太嫩，没必要那么紧张，一个没有成熟的青苹果！"席兰大度地笑了笑，"算了，不为难你，我们说说话。"

但我已经没有说话的任何欲望，仓皇地穿上衣服，仓皇地逃出房间，仓皇地将自己置身于黑夜之中。

风已经停了，但夜却很黑，平时闭着眼睛都能够顺利行走的马路，我却跌跌撞撞，深一脚浅一脚，走得很恍惚，很迷茫。

整个县城都睡了，只有我一个人在走，在逃遁，梦游一样。

一切都像梦魇，我需要醒来，我想看到阳光，夜却很黑，很黑。

7

鸡毛告诉我，席兰走了。比预计的时间提前了一周，在我逃脱她之后的第三天，走了。那两天我一直把自己关在站上，除了上班就是在自己的房子里闷坐着，什么也不做，什么也不想，像个傻子。

我不知道我的抉择是否正确，那一抹白，匀称的白，性感的白，偶尔还在我的眼前闪现，甚至会在我的梦中出现，让我恶梦连连。连续两天，没有睡好，也没有吃好，直到鸡毛告诉我席兰离开的消息。

我突然间醒了，不再那么懵懂。想吃点东西，想好好睡上一觉。

吃完午饭，我睡了，一直睡到第二天早上，太阳从窗子里透进来，叫醒了我。

起身拉开窗帘，整个屋子就被突然间照亮了，心也被照亮了。我喜欢阳光，喜欢高原明媚的阳光，它能驱逐存留在你心底的一切阴暗，扫去你心头所有的不快，但愿一切都过去，让这梦一样的经历留存在心底，深深地埋藏。

　　我走上那条县城唯一的马路，脚步不再飘忽，身影不再摇晃，一切都和以前一样，饭店老板讨好的笑容，杂货店老板熟悉的面孔，相互友好的微笑，还是这个样子，总是这个样子。你能希求这一切发生多大的变化呢？又能发生多大的变化呢？

　　菜老板刚回来，我走进那个小店，买了几样菜，饭还是要吃，生活还要继续，生命还要继续。

　　　　高原上的格桑梅朵。"格桑"是幸福的意思，"梅朵"是花的意思，"格桑梅朵"是藏地植物，看上去弱不禁风，可风愈狂，它身愈挺；太阳愈暴晒，它开得愈灿烂

第五章　神湖

　　一会儿是鱼，一会儿是羊，一会儿在水里，一会儿又在山上，变幻着，游动着，奔跑着，我很自由，也很自在。突然，我看到莽子拿着一把刀，那刀子瞬间就变成了一支步枪，正准备向我发射……

▶ 1

"你想出去几天么?"站长进了我的屋子。

"当然,闷死了,是去日喀则么?还是拉萨?我需要买点衣服。"我来了兴致,这里的人是固定的,这里的一切都太程式化、太死板,我渴望变化,渴望不同。

"不,是下去,下乡,条件比县城可要差得远。"

短暂的犹豫之后,我还是答应了下来,总比永远这样要强。乡下又会是个什么样子呢?这让我充满了好奇。

"为什么选我,而不是别人?"和站长很熟,我无需隐瞒自己心中的想法。

"你是我们站上的笔杆子,我们需要有人能写点文章。"

"这一点我还是很自信的,放心吧,保证不会让你失望。"

站长没再说什么,只是笑了笑,走了。

我开始忙着准备行李,这时候才发现,东西少得可怜,竟然没有几件像样的衣服,甚至连件厚一点的衣服都没有。

穷,依然是穷,手头的钱很少;也不光是穷,定日县城里很难买到像样的衣服,物资匮乏不光表现在饭菜上,基本的生活物资也很稀缺。仅有的两三个甘肃人开的百货店里充斥的全是廉价的日用品,无法满足我们这些公职人员的需求,要想武装一下自己,还需要到更大的城市去,比如日喀则,比如拉萨,但是没有班车,又如何能去得了呢?

凑合一下吧,总有办法。

▶ 2

一辆吉普车里挤了五个人,法院的莽子和司机,检察院的巴顿,还有我和扎珠。其实大家都不陌生,一个小县城,所有的干部职工加起来也就百把号人,总是能在那条两三百米长的街道上遇到,一来二去就都认识了。

大家并不拘束,车上有说有笑。只是路不好走,越往乡里,路况越糟糕,脑袋撞到车顶的事情随时都会发生。这让我想起了王震飞讲给我的故事,于是又转述了一遍。

"还好,我们这一车的人都是男性,不过,别把我的命根给甩脱了,那我这辈子算是废了。"莽子说。

一片笑声。男人在一起,这样的话题自然是少不了的,可我对这些话题不感兴趣,莽子带来的步枪让我变得非常兴奋,枪里没有子弹,但我还是有点爱不释手,哪个男人不喜欢枪呢?特别是我,摸过枪,但没有发射过子弹。大学军训的时候，老师说好最后一天每人十发子弹，五发试射，五发考核，但他食言了，而且没有任何解释。

枪在我的手里，抚摸着，不停地抚摸。孩提时没有玩具，我用树枝当枪，领着小伙伴漫山遍野地疯跑。我用自行车链和木板自制了一把枪，用火柴填充火药，发出"啪"的一声巨响，很满足，很得意，然后是屁股上母亲打过来笤帚把，然后继续偷火柴……而现在我手上拿着的是一把真枪，亏欠很久的一种愿望得到了满足，如果我能放一枪出去，那该是一件多么有意思的事情啊。我在颠簸中遐想，想着美梦能够成真。

▶ 3

"停车！"莽子惊慌失措地叫道。

车子猛地就刹住了，我们的脑袋全部碰到了车顶。

"发生什么事了？"扎珠慌张地问。

"你看，黄鸭，那么多！海子，快把枪给我。"莽子兴奋地说。

"哎，我还以为天要塌了。"巴顿感喟道。

"嘭"的一声巨响，一只黄鸭倒在了岸边，其余的全部惊起，飞上天空。

又一声枪响，空中的一只黄鸭掉落河中，在水里痛苦地挣扎。莽子挽起裤脚，走进了冰冷的水中，提起滴血的鸭子，将军一样挥舞着返了回来。

第一只鸭子正中胸部，已经死了。第二只鸭子打在脖子上，瞪着双眼，露出绝望神色，我不敢正视它的眼睛。此后很多年来，那绝望的眼神都在我脑海中存在着，每次见到黄鸭，我心里都有一种负罪感。

鸭子装进编织袋，扔在后备箱。车子再一次启动，枪也再一次递到我跟前，我没有接，那只是一个杀戮的工具，一切对枪的美好的记忆，都因为那双绝望的眼睛而改变。本来我想要两发子弹，朝着土丘或者蓝天放上两枪，了却我的心愿，但是现在我不想了。莽子破坏了我的梦，让美梦变成了噩梦，我不再以拥有枪和发射子弹为一种自豪了。

西藏的野生动物之所以保护得好，还要感谢藏族同胞，要感谢他们的文化，不杀野生动物，不杀不属于自己放养的动物，已经成为一种习惯，一种千百年传承下来的文化，他们信守着，坚持着，从而保护了这里的生灵。

▶ 4

路依然颠簸，但是讲笑话的人却没有了，只有莽子一个人喋喋不休地炫耀着自己的战果，并没有人愿意接话，也没有人愿意搭理他。

车上五个人，我和莽子两个汉族人，其余三个都是藏族人，他们三个显然被刚才莽子的举动惹怒了，心中有一股愤怒，便以沉默来表示。我是因为那双绝望的眼睛，心情变得很复杂，也不愿意再理莽子。人与自然到底该是什么样的关系？西藏人给我们树立了一个榜样，他们忌口的东西很多，野生的动物不吃，马不吃，驴不吃，狗不吃！他们吃的动物其实很有限，除了牛羊，基本上就是糌粑了，牛羊中野生的也是不吃的。他们在敬畏生灵的同时也保护了生灵，保护了自然，保护了他们所居住的环境。

后来，国家才开始提出保护生态环境的主张，这一点在西藏早就已经开始实施了，而且是一种自觉自愿的行为规范。

再后来，国家开始没收枪支弹药了，莽子的枪被没收，很多散落的枪和子弹都被收走了，这是一种进步，也是一种文明的标志。

此后，国家又开始给一些野生动物定级了，一级保护，二级保护……让法律的强大力量约束人类野蛮的行为。

但这都是后来的事，我说的却是当时的事情。这两只鸭子，一只经过莽子的处理，被剁碎了，在高压锅里炖了一个小时，随行的藏族人和当地的藏族人，没有一个吃，只有我和莽子，他吃了四分之三，我吃了四分之一，纤维多，嚼在嘴里半天嚼不烂，尽管炖了一个小时。另一只鸭子的血流干了，眼睛已经闭上了，莽子带回县里和他的家人享用，他老婆没有工作，在县城里开了一个小餐馆。

不管怎样，那一次，我是同犯，因为有四分之一的鸭子肉进了我的肚子，当时没有觉得怎样，但现在感觉有点后悔。后悔是这个世界上最无用的一种感觉，我只有用实际行动来作一点弥补了。

▶ 5

在乡政府的会议室转一圈，全是床，随便睡，别说来了五个人，就是十个也没有问题。

藏式沙发就有这个好处，不知道是谁发明的，确实很实用。一米多宽，二米长，两条腿，木质的床架，里面镶嵌了一块很厚的海绵垫，上面铺一个两三厘米厚的羊毛垫子。晚上将被子拿出来，就成为了床，你可以安然入睡。白天将被子收进柜子，靠墙的地方放置两个五十厘米厚的靠垫，就可以当沙发用了，一个沙发上坐三个人一点都不拥挤，一个会议室里可以容纳三十个人开会或者活动。

沙发前面还有藏式的茶几，四周镂空雕刻着很多花饰，很鲜艳，很立体，也很美观。几面上可以摆放水果、茶点，开会的时候你还可以趴在上面做记录。晚上可以将靠垫或者外衣放在上面，一点都不影响你睡眠的空间。

人类是在不断地发展的过程中，根据生产和生活的需要不断进行创造发明的，这样的沙发和茶几，只有在藏族人家里才能够见到，很质朴，远没有现代的西式沙发茶几那么张扬，但很实用。这一点却是西式或汉式沙发茶几无法企及的。

颠簸了一天，大家都累了，加布乡长只是来和大家打了个招呼就走了，他似乎已经熟知了来这里的工作组的一贯特点，劝大家早点休息，有事明天再谈。

因为人多，人体所排出的二氧化碳产生的温室效应，使这个小空间弥漫着温暖，我睡得很好，连身都没有翻一下。

▶ 6

先在碗里倒上一点酥油茶，再往碗里根据自己的饭量倒七八调羹糌粑，用食指搅拌，稀了可再加点糌粑，干了可再加点酥油茶，然后用手使劲地捏，直到酥油茶和糌粑充分地、均匀地混合成一团，拿起来吃吧，这就是早餐。看着扎珠的样，我照着做，北方来的我对这个倒不是很陌生，因为在老家的时候经常会帮母亲和面，算是有一点经验。

莽子就有点惨，不是稀了就是干了，弄了满满一碗，吃撑着了。

在乡下，就要适应乡下的生活，这是必需的，否则你就有可能挨饿。

糌粑是藏族人的主食，就像我们的面和米饭一样。糌粑来自青稞，我在地里见过青稞，穗子像内地的大麦，成熟打碾以后，炒熟，再磨成粉，就可以走到哪里带到哪里了，食用非常方便。由于高原的气候比较干燥，糌粑也比较容易储存。相对面和米，糌粑属于粗粮，蛋白质和纤维都比较丰富，很有利于健康。

吃饱了，喝足了，总得干点事情，于是开会。开会是中国人交流的最好的方式，也是最常用的方式，在这个偏远的地方，我们也使用这样的方式。

我们所来的乡叫措果乡，是我们三家单位的扶贫乡，来这里的目的就是要多了解点情况，看乡里面还需要点啥，然后回去，大点的事情反映到县里去解决，小点的事情就组织职工捐点钱办了，也是一种扶贫。起不了多大作用，但多少能起点作用，大家都这么做，我们也这么做。

加布对整个乡的情况都很清楚，提了几个急需解决的问题，会就散了。我们还不能马上给予答复，还得回去后继续向领导请示。

于是就没有什么事情了，没有事情做就有点无聊，这个时候莽子又来到我跟前，看来他多次来这里，对这里比较熟，应该又有什么馊主意了。

▶ 7

湖很大，风景很美，远处还有雪山。

湖边没有别人，只有我和莽子。莽子从带来的一个编织袋中掏出了一张不小的渔网，扔到水里，几分钟的工夫，一尺多长的鱼就在网子上扑腾，莽子却不急着收网，抽着烟，乐呵呵地站在那里看。已经有十来条鱼的时候，莽子才不慌不忙地收了网。

继续撒网，继续看着有 10 多条鱼的时候再收网，一个编织袋便装得满满当当了。

"这个湖里的鱼都忒傻，好捕得很，可惜袋子只有一个。"莽子喜滋滋地说。

我和他抬着鱼回了乡政府，开始忙着弄午饭。莽子很在行，就像一个大厨，将鱼鳞刮了，将鱼剖开，去除了内脏，洗干净，切成块，撒上盐巴（其他的作料没有）。过了 10 多分钟，丢在锅里，放在火炉上炖。

"千炖豆腐万炖鱼，可惜调料少了点。"边忙活，莽子还边向我解释。

午饭算得上丰盛，两道菜，除了鱼，还有牛肉炖土豆，让我感到奇怪的是，除了我和莽子，其他的人都不吃鱼。这么美味的野生鱼干吗都不动筷子？我很纳闷，边纳闷边吃，边吃边纳闷。

忍不住了，还是问了扎珠。扎珠只是说："你吃，你吃。"就不再说话，只是低着头用牛肉和土豆就着米饭大嚼。

乡党委书记来了，他叫达瓦，加布告诉过我，但这还是第一次见。怎么在我们吃饭的时候他才出现，怎么一见我们就拉长了脸，而且好像还在骂人。骂的是什么？我听不懂，但从语调我完全可以判断，他确实是在骂人。

怎么了？谁惹他了？

▶ 8

扎珠、巴顿和加布将达瓦拉到另外一个房间，我和莽子收拾碗筷。

"你知道达瓦这是怎么了吗？"我很疑惑，但没有人告诉我答案，我只好向莽子求助。

莽子表现得很不好意思，在加紧收拾着桌子上的东西，兴奋也被忧愁的表情代替。他嘟囔着说："你就别添乱了，快点收拾吧。"

我添乱，我怎么添乱了？这让我更加一头雾水。

半个小时后，他们都出来了，脸色比刚才好多了，但好像还有什么不对劲的地方。达瓦只是向我们这边看了一眼，然后大步流星地走了。好奇还有疑惑促使我想问出事情的缘由，但是大家似乎都不愿意说话，我也只好憋着，眼巴巴地看看这个，瞅瞅那个。

又过了很漫长的半个小时，扎珠突然说："明天回县城！"

"不到村子去了？"巴顿问。

"不去了。"扎珠说得很坚决。

没有办法，谁都不愿意告诉我事情的真相，我只好去找乡长加布，尽管才认识他一天的时间，但我觉得他是一个思想比较开放，而且很开朗的人。

49

加布正在他的办公室里填写表格，数字对于一个基层官员应该很重要，他极其认真，我进来了，他也没有发现。屋子不大，除了桌椅，还有一张床。

"什么事？"加布用标准的普通话问。很多藏族人说的普通话都很标准，比汉族人更标准，因为没有夹杂方言。

"发生什么事情了？达瓦书记好像很不高兴。"我试探着问。

"坐吧。"加布示意。

看了半天，无处可坐，我只好坐在了床沿上。

"我给你讲个故事吧，也叫传说。"加布点了一支烟，然后慢慢地说。

一听说讲故事，我来了劲头，静静地坐着，静静地听。

▶ 9

措果乡因为措果湖而得名，措果人仰仗着措果湖而生存，祖祖辈辈一直都这样。于是，措果湖就成为了措果乡的神湖，在这里居住的人一直都很敬畏这个养育着祖祖辈辈生灵的神湖。湖里面的任何生灵都不能随便去动，谁要是敢动，就会触犯众怒，就会引来灭顶之灾。

"文革"的时候，有造反派就不信这个邪，于是用炸药炸鱼，死了很多鱼，鱼的鲜血将湖染得很红，很红，在夕阳的照耀下，人们看到的不是湖水，而是血水，那样的情景，让人们心中有了恐惧。在太阳落山的时候，水中出现了一个"水怪"，谁都没有见过这样的"水怪"，很大，面目很丑陋，这一幕让人们的心中更加恐惧。

第二天早上起来，当人们走出家门的时候，都惊呆了，碧波荡漾的湖面不见了，只留下一个干涸的巨大的坑。从此以后3年时间里，湖一直干涸，无论天上怎么下雨，湖都一直是干的。这让当地的百姓饱受了苦难，没有水，只好到很远的地方去运水；没有水，粮食的产量急剧减少；没有水，连洗衣服都变成了一件很奢侈的事情。

3年，1000多个日子，那是多么的难熬啊。

整整3年过后，湖水突然就有了，和以前一样，很美。当地的喇嘛也来了，在湖边看到了湖中仙女放牧着自己的牛羊，一派祥和的景象。但这样的景象只有喇嘛才能看到，普通的村民是怎么也看不到的，他们只能从喇嘛的描述中得到这一信息。于是，措果湖就成为了当地的神湖，再也没有人敢动湖中的一草一木，再也不允许别人动湖中的任何生灵，一直到现在。

▶ 10

故事讲完了，谁也没有说话，我被那个美丽的传说震撼着，也为自己和莽子的鲁莽行为感到懊悔,我终于知道达瓦书记之所以生气的原因了。莽子应该是知道这些的,但他还是怂恿我去参与这样的偷盗,实在是太可耻了。

"措果湖对措果乡的人实在是太重要了。"我感慨道。

"是啊,人吃的水、洗衣服的水、洗澡的水,牲畜饮用的水,灌溉用的水,都来自措果湖,它恩泽的不光是这一个村落,还有水流过的许多村落,恩泽的是整个措果乡的人民啊。"

"对不起,我真的不知道这些,神能体谅我的无知么?能宽恕我的罪过么?"

"你也无需太自责,汉人有句话,'不知者不罪',你没有罪。再说,这只是一个传说,目的也是为了让人们更好地去保护这个湖,还有湖中的生态。"

"那在灌溉的时候,湖里面的鱼如果随着湖水流出来,该怎么办呢?"

"当地的村民会将这些鱼装进背篓,放回湖中。"

"这是对大自然的一种敬畏和尊重,实际上是对生态环境的一种保护,他们也收获了自然给予他们的馈赠。"

"任何事情都讲因果报应,有因就有果,这是佛教教给人类的最基本的道理。"

▶▶ 11

那个晚上,我没有睡好,一种沉重的思想包袱压在我身上,我有一种负罪感。传说是否真实,我都没有必要去考证了,但我的确伤害了达瓦书记的心,我也伤害了当地老百姓的心,尽管我是在不知情的情况下参与了这件事情,但我还是觉得很后悔。

天快亮的时候,我迷迷糊糊地睡着了,梦见我成了一条鱼,在措果湖中自由自在地游动,我又变成了一只羊,在草滩上悠然地吃草。一会儿是鱼,一会儿是羊,一会儿在水里,一会儿又在山上,变幻着,游动着,奔跑着,我很自由,也很自在。突然,我看到莽子拿着一把刀,那刀子瞬间就变成了一支步枪,正准备向我发射……

我惊醒了,那是一个噩梦。

我没有再碰莽子的那杆枪,而是在颠簸中思考一个问题。有句古语,"不食嗟来之食",在藏族人的心中,只要不是自己劳动所得,他们都不会轻易地获取并占为己有,比如野生动物,比如自然的水体里的鱼类,都不会轻易地去射猎。而让自然界的各类生灵都能够完整地保存下来,并得到有效保护的精神力量,竟然就是佛教,还有传说。每一个水体都有名字,都有神灵;每一个山体都有名字,都有神灵。名义上是神灵在守护着西藏的山山水水,实际上却是生存在高原上的藏族百姓。他们祖祖辈辈的守护,使这块生态原本很脆弱的地区没有遭受到人为的破坏。

▶▶ 12

　　与来时相比，依然是一路的颠簸，但与来时相比，车上却少了很多笑声，有点"乘兴而来，败兴而归"的感觉，但我并不拒绝这份沉重，沉重让我变得乐于思考，思考又促使我变得厚重。

　　快乐，谁不欢迎呢？但快乐却让人变得轻薄，变得虚无，变得缥缈，这就是所谓的"乐极生悲"，"乐以忘忧"。

　　痛苦，谁又愿意承受呢？但痛苦却能让人冷静，让人学会思考，让人变得成熟，即所谓的"痛定思痛"，"痛改前非"。

　　世间的万事万物都是相对的，辩证的，你能简单地把一件事情或者一个人用"好"与"坏"来进行区分么？

　　一路颠簸，一路思考，我确实收获了很多，感谢这次措果乡之旅，也许我有过错，但如果没有过错，哪来的正确呢？"失败是成功之母"，人，只有在不断的碰壁中，才能长大，才会厚重。

西藏圣湖羊卓雍错

第六章　康巴汉子和他的婚恋

　　藏族的婚礼也有很多很繁复的礼仪，但是因为婚礼是在单位上举行，又因为时间非常仓促，更因为定日县城以当时的条件根本购置不到什么东西，婚礼就一下子简单了下来，好在他们在乎的并不是这个，而是两个人能够在一起。

▶ 1

有人赶来了两头牛，牦牛，黑色的，很健硕。来了，就拴在观测站院子里，没有人理会。

第二天又来了两个人，黝黑的皮肤，比较瘦，但却显得很干练，肌肉一块一块地凸显着，炫耀着他们的力量。

先是阿嘎和他的老婆出来了，和那两个人用藏语说了一会儿话。

两个人瞬间就将其中的一头牦牛放倒在地，这让我很惊讶，能做到这一点，除了要有力量，还要有技巧和速度。

在很短的时间里，一把藏刀从牦牛前腿之间插入，几乎没有出血，牦牛只是象征性地挣扎了几下，就死了。

这一切来得太快，一气呵成，没有时间让人去琢磨或者思考。

接着是剥皮，然后将牛肉拆卸成很多块，肉鲜红，带着血丝，挂在阳光晒不到但可以通风的地方，有部分肉上面还会撒上盐巴和辣椒，这就是藏族的风干肉，制作很简单，但味道却很鲜美。一个冬天，一家人，一头牛，足够享用。

一个小时后，阿嘎和老婆回去了。土登和老婆出来了，同样的程序，另外一头牛的肉被悬挂在了他们家的后墙上。

一切都很顺利，我好奇地看着眼前发生的这一切，足足两个小时。

▶ 2

意犹未尽，我去了扎珠的宿舍，因为有些问题我还没有搞明白。

扎珠不用杀牛，扎珠的父母、哥哥弟弟在牧区，会带牛肉给他。

"牦牛几乎没有怎么挣扎，就死了，施了什么魔法么？"这是我的第一个问题。

"刀子进去，直接捅破了心脏，心不跳了，牛还能挣扎什么？"

"我在内地也见过杀牛，从脖子上来一刀，血就汩汩地流，染红了一大片土地，牛也要挣扎很久，但那肉在牛皮剥下来的时候，很白，白得发嫩。可在西藏，为什么要采用这种一刀毙命的方式呢？"这是我的第二个问题。

"扎在心脏上，会让牛在最短的时间里结束痛苦，这也是一种人道主义。很多牧民都将自己放牧的牛羊当作自己的家人，有了感情，舍不得杀，出栏率就很低，地方政府的官员很着急，因为这些地方的牧民收入不高。还有一点，扎在心脏上，血流会瞬间终止，血就会留在肉中，血里面也有很丰富的营养啊，让它流走了，多可惜。"

"杀牛为什么集中选择在这个季节？"这是我的第三个问题。

"西藏的节日很多,你以后也许会看到,有一个节日,全村人出动,一个河滩全是人,全是等待宰杀、正在宰杀或者已经宰杀的牛,场面非常壮观。这个节日的时间选择,海拔高低稍微有点差别,但基本上都在秋末。我觉得至少有两个好处:一是牧草返青之后,经过一个草肥水美的夏天,牛会变得膘肥体壮,肉质很好;二是这个时段的气温开始降低,宰杀的牛不容易腐烂变质,易于储存、保持牛肉的鲜美肉质。冬天的西藏可是一个天然的冷柜啊!"

是啊,冬天的西藏,就是一个天然的巨大的冰柜,在太阳照射不到的地方,气温会保持在一定的刻度之下,牛肉就没有腐烂或者变质的可能。人类生存的环境被人们不断地认识,又不断地加以利用,这里面蕴含了多少学问和科学知识啊。人,是这个地球的主宰,是地球上最聪明的物种,但尊重自然规律,利用自然规律,才是人类长期生存和繁衍的最基本的保障。

▶ 3

从扎珠的房间里出来,我去了土登家,我喜欢到他家去。站上的藏族职工都很热情,只要来了,糖果、小点心、酥油茶,都有,你愿意,就随便吃点喝点,如果遇到饭点,蹭一顿饭吃也是经常的事情。单身汉就这点好处,一个人吃饱,全家人就都饱了。土登家里有电视,这也是我经常去的另外一个原因,看看新闻,多少了解点县城之外的事情,不至于让自己过于无聊和寂寞。今天到他家去,还是想再看看,那些巨大的牛头块他们到底是怎么处置的。

"家里有点乱,你随便坐。"土登和央珍正在忙碌,但还是招呼我坐下,并且倒了一杯热腾腾的酥油茶。

喝酥油茶也有讲究,边喝边添,茶就一直是热的。一口喝干了,就说明你只喝这么多,否则就显得不礼貌。茶有的是,你不能见面就来个底朝天。

▶ 4

土登将牛腿上的肉用藏刀分隔成十来厘米长、两厘米厚的肉条,央珍则将这些肉条用绳子串在一起,悬挂在了屋子的角落。这就是我平时到他家来吃的风干肉了,制作很简单。

就在这时,土登割了一薄片牛肉递给了我,我愣住了,这是干吗?

见我没有搞明白,他将牛肉在辣酱里蘸了一下,放进嘴里吃了起来。生牛肉,刚宰杀的带血的生牛肉,可以吃么?我感到新奇,又感到有点不能相信。生鱼片,我知道有人吃,但吃生牛肉我还是第一次见到。

"来一口,尝尝,营养没有任何流失。"土登又切了一片,递给我。

充满了好奇,我将肉片在他们自制的藏式辣酱里蘸了一下,然后送进嘴里,嚼得很仔细，慢慢去感受这种有点不同的味道，确实很鲜美。

"再来一片。"说着，土登又递给我一片。想起了什么，他说："两片就可以了，你第一次吃，肠胃可能还不适应。晚上就别自己做饭了，到我家来吧，牛骨头要炖一大锅呢，你们几个单身汉都来吧，我多压点米饭。"

帮不上什么忙，我的好奇心也已经得到了满足，喝干酥油茶，我起身走出了他们的家。

"到处找你，跑哪去了？你的信。"鸡毛火急火燎地说。

"哦，晚上在土登家里吃饭，你跟鸽子也说一下。"说完，我拿着信，回到了自己的宿舍。

▶ 5

有三封回信。这也是定日来信的一大特点，信有可能不是一起寄出的，但由于路上的原因，分发的原因，很有可能一起到达我的手中。

父亲的来信，是用方言写成的，而且没有标点符号，字也写得很奇特，也正因为这样，我才感到非常的亲切，因为那是我所熟悉的笔迹和语句，也是我所愿意感受到的方式和味道。

满满两页纸，家长里短，谁去世了，谁结婚了，谁出嫁了……那些熟悉的名字出现的时候，那些熟悉的面庞也就都一一浮现在了我的眼前，或褶皱，或红润，或苍老，或稚气，脑海中总有他们的位置。

想象他或她生病是什么样子，最后走了，村里人为他或她办丧事，他们家院子里搭建了一个临时的帐篷，里面摆置了很多桌子和椅子，乐队开始演奏了，宾客穿着白色的布衫或者胸前系着白色的纸花，乌压压一片跪倒了，年纪大的跪在最前面，先将三根香拿在手里，慢慢地点燃，作揖，再插在香炉里。然后又从桌子上拿起几张纸，点燃了，拨弄着让纸燃尽。最后再端起酒壶，在已经成为灰烬的纸上滴几滴酒上去。这个时候，男的磕头，转身起来说话，或者入席，女的则突然间哭声大作，边哭边哽咽地诉说着死者的种种好处。

也想象他或她，或穿着新布衫戴着大红花，或穿着红棉袄顶着红盖头，在唢呐声声中或者去迎亲，或者远嫁他乡，都是儿时的伙伴，都在一起玩耍过，他们已经成双成对了，已经开始了家的生活。

一切都在我的脑海当中，而一切又都显得那么遥远。

▶ 6

第二封信是同学的，有点厚。

打开来时，里面除了信，还有一篇从学术期刊上复印下来的文章，让我感到惊讶的是，作者就是我的那位在北京的同学。这让我在惊讶之余又感觉到一股莫名的失落，一个西藏的小县城的综合观测站怎么能够和北京权威科研机构相比呢？尽管我以前的成绩比他好，文笔比他好，可这又有什么用呢？现实是：我的脑海一片空白，而他已经有文章发表了；我还在原点迷茫地徘徊，他已经大步流星地向科技界的高层迈进了。这就是区别，我现在完全能够理解他当时想尽办法去北京的举动了。在中国，从事业务或者科研，看的不是你的水平，而是以文章说话，以科研课题的金额和级别说话，评职称不就靠这个么？发表不了文章，拿不到国家级的课题或者项目，业务做得再好，能力再强，有什么用呢？

在一番失落和感慨之后，我还是打开了他的信。

除了安慰和鼓励，他还告诉我，他正在帮我购买一些书籍，寻找一些期刊，与西藏有关的，与冰川和高原有关的，不久之后将会寄给我。

太阳已经偏西，强烈的光照变得有些暗淡，但我还是感觉到了一股温暖，来自内心深处，来自昔日同窗，来自北京大都市，久久弥漫在我的全身。

7

第三封信我最后看，我已经瞥到了那熟悉的娟秀的笔迹，但我还是将其放到了最后。她对我很重要，曾经。前面的两位对我更重要，曾经、现在和将来。人在世界上生存，是有一个圈子的，在不同的历史阶段生存，都会有不同的圈子，这个圈子里有很多人，不同阶段圈子里的人不同，但有一种人，永远会出现在你的圈子里，那就是家人，特别是父母。尽管在你老的时候，父母早已不在人世了，但在你的心中，他们依然还在，而且印迹很深。

娜是我的曾经，但已经不是我的现在，所以她必须向后靠，因为我必须活在当下，我不能活在历史当中。

打开信封，信掉了出来，在没有翻开之前，我看到了一句话："信走15天，我等15年，太慢了，也太远了。"

我被震住了，过去了，一切似乎都过去了，但我却被这句话勾回到了过去。

那个南方的雨夜，淅淅沥沥的雨在空中飘飞，像雾，我喜欢这样的雨，更喜欢在这样的雨夜里一个人漫步校园，雨丝飘打在脸上，很惬意。

"需要打伞吗？"一个甜得有点腻的声音突然在我身旁响起。

就这样，娜走进了我的生活。雨夜，我们会一起打着那把红布伞在校园中漫步，像很多校园的恋人一样，雨浓雾浓，你侬我侬。

岁月如刀，无情地将过去与现在切断，这一切都显得那么遥远，远得似乎都要忘记了。

8

本来已经深藏心底，淡忘了，但突然间就都翻出来了。

我打开信，厚厚的一沓，远比我写的那简短的一页要厚上十几倍。

回忆，无尽的回忆，将我们从认识到分开的历程，重新复述了一遍。

然后是悔过，后悔没有珍惜，后悔没有留住我，后悔没有跟我来。

最后是同情，在介绍了她的近况后的同情，在了解了我所处的环境之后的同情，在得不到我的音信后的同情。

我不需要同情，信，没有看完。装进信封的那一刻，我又看到了那句话，旁边还有点模糊的印迹，那应该是泪痕吧。女人伤感，我不能，我没有泪，我也不需要泪。

前面两封信，我留下来了，永久地留下来了，在我最困难的时候，这样的信总会给我温暖。但娜的信，我点燃了，丢进了火炉，烧了吧，那段恋情，那段过去。

"走啦，土登叫你吃饭呢。"鸡毛在我的窗外喊。

我平复了一下自己的情绪，从桌子下面拿出了那大半瓶高度白酒，去了土登家。没有人喝白酒，他们更愿意喝啤酒，这也是藏族的一个特点，很多人在小的时候就开始喝青稞酒，像米酒一样，能解渴，也能充饥，在放牧或者下地干活的时候。

我更喜欢那浓烈的高度白酒，有牛肉，怎么能没有酒呢？我喝得很急，喝得酩酊大醉。

9

冬天悄悄来了，与冬天同时来到观测站的还有一个美丽的藏族女人，她来之后就住进了扎珠的房子里，两个人在房间里面唧唧咕咕，无论白天还是黑夜，黏糊得像块糖糕。这让我们大跌眼镜，更让我们充满了好奇。

平静的观测站因为这个女人的到来，就像平静的湖水里面扔进了一块巨大的石头，漾起了一圈又一圈涟漪。人，在平淡和平静中渴求变化，当变化到来的时候，无论是否与自己有关，他们都会津津乐道。

"她叫强珍，不是站长的妻子，只是他的情人。"消息人士的一句话，更让我们惊讶得瞪大了眼睛。

站长非法同居？这太不可思议了，平时并没有感觉到他在男女问题上有那么大的兴趣，怎么突然间就来了一个女人？强珍跟他年龄基本相当，身材高挑，风韵犹存。漂亮的女人总让人不禁要多看上几眼或者说上几句，尽管那女人根本就不认识你。自从强珍来到站上之后，我们的话题基本上就以她为中心了，然而由于信息的缺失，对她的了解并不多，大都是一些猜测，甚至是加油添醋的创作了，于是站上流传着好几个版本的关于强珍和扎珠之间的故事，这些故事甚至传遍整个县城，在流传过程中经过不断的创作，故事逐渐变得离奇和精彩起来。

▶▶ 10

一周之后，强珍走了，将我们乐此不疲的谈论话题带走了，生活在热闹了一阵之后复归平静，就像湖水在涟漪荡尽之后，恢复了原来的平静和沉稳一样。

尽管我心里充满了好奇和疑惑，但当看到扎珠凝重的表情之后，我将这一切都压在了心底。打听别人的隐私总不是什么光彩的事情，那就让我为扎珠和强珍祝福吧，两个相爱的人，能够拥有短暂的甜蜜，也是一件幸事，无论是否会受到道德或者法律的谴责和审判。出现这样的事情，总有其背后的原因和苦衷，因为我相信扎珠并不是一个放荡的人，否则他也不会当站长，否则他也不会受到大家的敬重。

又过了一周，在大家几乎都快要将强珍忘记的时候，扎珠的屋子里又来了一个藏族女人，体态稍显臃肿，年龄比扎珠大十五六岁，但是却非常的勤快。话并不多，来了之后，就将扎珠的宿舍里里外外打扫了一遍，将扎珠所有的衣服都洗了一遍。

让我们感到意外的是，这个女人还是住在了扎珠的宿舍，而扎珠却去了会议室的藏式沙发上过夜，而且他们之间的话很少。

会议室多冷啊，一个人睡在里面，扎珠的心里会想些什么呢？

他们之间的言语多淡啊，客套得有些见外，相比一周之前的炽热，我看到了巨大的差别。人和人之间，热和冷之别，我都在扎珠身上看到了，我还看到了他的冷漠不光体现在他的脸上，也体现在他的行为举止上。

初冬的定日，我感到了一丝寒冷，从头凉到脚。

▶▶ 11

3天之后，这个藏族女人也走了，步履有些蹒跚。当她走出大门的那一刻，望着她的背影，我突然间有了一种无名的落寞感。

转过头，我看到了扎珠，他脸上也是一片无奈，眼中充满了惶惑，甚至都不敢正视我。躲过我满是疑惑的眼神和落寞的表情，他逃回了自己的宿舍。

晚上，将米饭压熟，将菜炒好，一个人胡乱地塞了几口饭之后，我坐在桌前，打开来自北京的资料和书籍，开始了我的业余工作。生活还得继续，尽管我远离都市，远离科技的前沿，甚至都会被他们遗忘或者忽略，但我不能放弃，因为我的心中还有梦，我还有明天。

正当我为找一个问题的答案绞尽脑汁的时候，我听到了敲门声。

"谁？"我有点烦躁，以为又是鸡毛来骚扰。

"是我。"站长的声音。这让我立刻从书本回到了现实，并且立即起身给他开了门。

"老家带来的一些牛肉，我也分给你一些吧，尝尝我们老家的牛肉，味道很好呢。"扎珠说着，将足足装有十几斤牛肉的编织袋放在地上。

"这怎么好意思呢？那是家人带给你的，我怎么能收？再说，你现在不也是单身汉么？"我慌忙地拒绝，有点急不择言。

"不，我已经'结婚'了。"扎珠说完，转身准备出门，我却挡在了门口。

"不能坐会儿么？"我探寻地问。

"我怕打搅你学习，唉，那就坐坐吧。"站长折了回来，坐在了屋内唯一的凳子上，我则坐在床上。面对面，双方都有些不太自然。

"说出来吧，那样你会好受些，我无意去打听属于你的隐私，但我们是朋友，我希望为你分担一些什么，别让自己一个人去承担痛苦，两个人承担，你至少就会减去一半的痛苦。"我显得很真诚。

"行，我说，我只说给你听。"扎珠似乎也来了勇气，开始了自己的讲述……

▶▶ 12

18岁那年的一个寒假，晚上一家人聚在一起给我过生日，这个生日对我来说很重要，因为这一天意味着我已经成人了，成为康巴草原上的一个男人了。吃过饭之后，阿爸对大哥说："扎珠成人了，今天晚上就留给他吧。"

于是，那天晚上，我被安排在嫂子的房间里，就是前几天来的阿佳。

我心中充满了好奇和恐惧，当阿佳料理完家务走进房间的时候，我还一个人在酥油灯下发呆，我不知道接下来会发生什么，但我知道这是草原上千百年流传下来的传统，我无法抗拒，我必须服从。

阿佳熟练地整理床铺，然后脱去自己的衣服，一层，一层，我的心里充满了各种各样很复杂的心情，好奇，惧怕，焦灼，躁动，每脱去一层衣服，我的这种复杂的心情就会加剧一层。当她脱去最后一层衣服钻进被窝的时候，我已经变成了一个傻子，一个木偶，我知道我应该怎么做，但是我却依然坐在那里一动不动。

"进来啊，睡觉了，扎珠。"阿佳的语气如此婉转，像草原上的鸟鸣声。

我机械地走到了床前，机械地脱掉了自己的衣服，做贼似的钻进了她的被窝。

在接触到她身体的那一刻，我有一种触电的感觉，浑身猛地一阵抖动。阿佳发出了轻微的笑声，然后将我揽入她的怀中，两只硕大的乳房让我有一种窒息的感觉。

13

我依然像个木偶，机械地被圈禁在她的怀里，感受着来自她身体的温度。因为久坐而有点冰凉的身体，在很短的时间里就突然间燥热起来。

"你就像只雏鹰，还没有张开自己的翅膀，飞翔吧，美丽的草原属于你，你才是草原的主宰。"阿佳呢喃地吟诵着这样的话，我知道她读过很多书，但却因为家务而让她变得更像个家庭主妇。

在阿佳的引导下，我顺利完成了所有男人应该完成的程序，我享受到了一种从未有过的奇妙的快乐。

我开始反客为主，将她抱在了我的怀里，紧紧地，我喜欢那样的感觉。随后，我再次发威，这一次完全不需要阿佳的任何暗示，一切都驾轻就熟，一向沉稳的阿佳甚至发出了叫声，那声音更加刺激了我的欲望，我到达了一种巅峰，一种从未到达过的高度，然后猛地俯冲，朝着大地俯冲，朝着草原俯冲……

"你真是一只小牛犊。"阿佳气喘吁吁地说，脸上挂着喜悦和满足。

"我可以在草原上飞翔了？我成了一只雄鹰？"

"是的，你可以飞翔了，自由自在地飞翔，更重要的是，你成为了男人，一个真正的康巴汉子。"

那是我的初夜，新鲜，新奇，刺激，随着时间的推移，很多东西都忘却了，但是我却无法忘记那样的初夜。很多最初的东西总让人难以忘怀，这就是为什么很多老头还在津津乐道地向别人诉说他们童年的事情，因为最初的东西总让人记忆深刻，难以忘记。

14

从阿佳的房间里出来的时候，太阳已经很高了，家里的很多人都出去了，只有阿妈拉还在家里忙碌。看到我出来，她走到我身边，拍了拍我的肩膀，这让我感到了一点异样，因为在这之前她总是喜欢爱抚地摸我的头，那天变了，从那一天开始她的举动就变了，改成了拍肩膀。拍过肩膀后阿妈拉说："扎珠，你长大了，那么，你就肩负起你作为一个男人在这个家里面的责任吧。"

是的，我成为了一个男人，在康巴汉子的血液中流淌的从此更多的是对家的责任。我们兄弟四个，大哥在家牧羊，整天在草原上跑，练就了他的肌肉和强健，也造就了他的野心和霸气，但他并不小气，胸怀像草原一样广阔。二哥脑袋比较灵活，聪颖中融入了很多狡黠，开朗里还有更多的幽默，善于和各种各样的人打交道，生意也做得很不错。三哥很诚实，也很质朴，遗传了父亲的性格，也就基本上在家干农活了。我，不知道该怎么评价，一直在上学，学习成绩不算好，家里的活儿基本上没有我什么事情，几个哥哥都很爱护我，所以我的假期除了和大哥在草原上去赛马之外，几乎没有太多的活计留给我。

也正因为如此，我和大哥的关系最好。但自从那天从阿佳的房间里出来之后，大哥对我的态度改变了，对我的要求比以前更严了，而更让我有点无法忍受的是在我们之间有一些令人捉摸不透的东西存在，成为了我们坦诚交往的巨大障碍。

到底是什么？我琢磨了很长一段时间。

▶ 15

"搞清楚了吗？"我忍不住插话。

"当然。"扎珠继续他的述说，"这种令人捉摸不透的东西叫作爱情，阿佳是大哥娶回来的媳妇，他们之间的关系一直很好，但是拗不过传统，我们兄弟四个共同拥有了一个妻子，这就让大哥心里很不是滋味。"

"干吗非得这样呢？每人娶一个媳妇不是更好么？"我终于有机会解开我心中的疑惑了。

"传统，一个很古老的传统。当然这里面也有原因，那就是为了保证我们这个家庭的繁荣。刚才我说过，我们兄弟四人，每个人都有各自不同的性格特点和能力强弱，拥有同一个妻子，我们这个家就还是一个完整的家，不会分离，而且每个人都能充分展现自己的特长，发挥自己的能力，形成自然的分工，各取所长，兄弟一心，于是整个家庭就会很强大，也很强盛，也就会经久不衰。"

这让我真正理解了这种婚姻形式，这种婚姻关系我曾经听说过，但是这一次我却真实地感受到了，因为这样的事情就发生在了我的眼前。这是真的，并不是传说。

"那晚上过夜怎么办呢？万一碰在一起，不是很尴尬么？"

"这个事情很简单，一双鞋子，一副腰带，或者一个配饰，放在门口或者挂在门上，其他人就什么都明白了，不会碰面，也没有尴尬，这也是传统，一直都这样。"

"孩子怎么办，阿佳生出来的孩子算谁的？"

"家庭的，孩子属于这个家，但有一点和其他的一对一家庭不同，那就是孩子只能管老大叫爸啦，其他人只能叫叔叔，无论这个孩子是谁的，都不能改变这一点。"

我心中的疑问解开了，有了一份释然。起身向炉内加了点牛粪，并向扎珠的杯子里续了点热水。

喝了一口水，扎珠继续他的讲述……

16

说完我的初夜，再说我的初恋吧。

我的初恋是在完成初夜一年之后发生的事情。

我在学校里认识了强珍，她是我们班的班花，很多人追她，但她都无动于衷。

我不敢去追求她，因为我有我的婚姻，尽管我也希望能够拥有一份轰轰烈烈的爱情，尽管我对她很心动，但我压抑着自己的感情，为了家庭，为了恪守家乡传统的习俗。

但最终我还是没有压制住自己的感情，源自一件不期而遇的事件。有一天，强珍下课回宿舍，一个人走在路上，我看到了，想上去和她说几句话，但我控制住了自己的欲望，只是悄悄地跟在她的后面。对于自己心仪的人，哪怕看一看，哪怕只是个背影，那也是一种幸福。也许是巧合，黑暗中突然闪出一个人，向强珍冲去，她发出了尖厉的叫声，但那声音随即被堵住了，只剩绝望的呜咽。一股愤怒的情绪直冲我的头顶，康巴汉子的血液在我的体内急速地涌动，我冲了上去，将那个男孩摔倒在地，由于用力过猛，他的一只胳膊骨折了。

"他怎么你了？"我急促地问强珍。

"他在我的胸脯上乱摸，我好怕。"说完这句话，强珍无力地靠在了我的肩头，我顺势将她揽入自己的怀中，并且安慰她。这个时候，我觉得自己是一个真正的男人，一个真正的康巴汉子。

这故事有点老套，但却是真实的，这就是缘分。我相信缘分，你相信么？佛说，一切都是命中注定，我的生命里注定有这么一个女人，既然她来了，我又何必违背佛的旨意呢？

17

我们相爱了，我扮演了一个救美的英雄，我想躲开她，但没能躲得开，我有一种负罪感，因为我是有妻子的人，但我还是抵挡不住爱情那无比巨大的力量。

自那以后，我真正理解了大哥，理解了他在我面前表露的那种复杂的眼神和表情，他是爱阿佳的，而且是深爱着的，但是父母的意志他无法违背，传统和习俗他无法违背，于是他选择了隐忍，当自己心爱的女人和自己心爱的兄弟同住一屋的时候，他的心在滴血啊！

任何事情都有它的两面性，这一点我是在课本上学到的，但现实生活中这样的事情实在是太多了。一妻多夫这一制度确实有它的优点，可以让兄弟同心，让家庭繁荣，但是爱情是自私的，况且是和自己的兄弟共同拥有一个妻子，这就显得有点残忍了。这种习俗慢慢地在发生着改变，我希望它能早点成为历史，让每个人都找到属于自己的爱情。

也就是在爱上强珍之后,我暗暗地发誓,我再也不会上阿佳的床,为了大哥,为了强珍,为了爱情。这也就是你所看到的,阿佳来的那几天时间里,我搬去会议室住的原因,按照我们的习俗,她是我的妻子,我有权利和她居住在一起,但我没有,我不能违背我的誓言。

从学校毕业之后,强珍在日喀则地区搞行政,我却来到定日当这个站长。我曾经劝说过她,希望她能找一个人嫁了,但是她说要等我,一直等到现在。我很迷茫,我还要让她等多久?

▶▶ 18

扎珠停了下来,没有再往下说,木偶一样看着墙壁。

我被这个故事打动了,为了爱情,扎珠付出了太过沉重的代价。

"父母现在是什么态度?"我问。

"他们也承受着很大的压力,但似乎对我的将来更关心一些。"

"阿佳上次不是来过么?她说过什么吗?如果她松口,或许事情会更好办一些。"

"她很聪明,应该看得出我心里在想什么。她是来尽一个做妻子的义务的,来之后将我的屋子里里外外收拾得干干净净,而我却没有和她同床共枕,她的心里难道就不会想问题?嘴上没有说什么,但是她的眼神已经完全地告诉我她心中的一切。如果说藏族男人的胸怀像草原一样广阔,藏族女人的胸怀则像湖水一样绵密沉静,她心中尽管装着整个家庭,但更装着大哥甲措,因为甲措才是她的爱人,我们只是她的丈夫而已。"

"事情也许会因此而产生转机,当然,你也需要做一点努力。"

"但愿吧。"扎珠长长地舒了口气。

"在藏族的婚姻中,应该还有其他的形式吧?"

"有,一夫多妻,一个男人娶姊妹几个,这样的家庭不是太多,因为这样的家庭组合方式会很贫穷,几个女人一起生孩子,拖累就很大,而一个男人要撑起这么一大家子人,也会很累。"

"这倒是,一个国外的国王一生有500多个小孩,幸亏他是国王,否则,他的小孩一个个都会饿死。"

扎珠只是点了点头,并没有言语上的回应。看得出来,讲了这么多,他显得很疲惫。

▶ 19

"我想帮你做点什么，当然这要取得你的首肯。"看着他身心疲惫的样子，我有些于心不忍，突然来了一股冲动。

"只要能让我和心爱的强珍在一起，什么事情我都会答应。"他的眼中透出一丝亮光，随即又暗淡了下去。

"这样，你的父母亲已经老了，在家里做主的是你的大哥甲措，那么你何不将你心中的想法全盘告诉你的大哥呢？你大哥是爱着阿佳的，这一点是肯定的，你的退出让他少了一个'情敌'，他何尝不愿意呢？你是他深爱着的弟弟，你找到自己心爱的人结婚，一起过上幸福的日子，这又何尝不是他愿意的呢？你和强珍结合在一起，你们两个都有工作，在经济上应该比较宽裕，可以匀出一些钱帮补家用，这也是对家庭的一种贡献，你们兄弟还是一条心，你们的家庭依然会繁荣下去，这在你们的家乡或许会成为一种美谈，你心里也会减少对家的负罪感，这不是皆大欢喜的事情么？"我一条一条地分析，扎珠脸上的笑容一点一点地增加。等我说完，扎珠起身抱住我，用额头顶住我的额头，久久不愿意松开，我知道，那是藏族人表示友谊的一种很高的礼节。

"看来我确实没有白和你说这一切，感谢你。我这就给我大哥打电话。"说着，扎珠起身就准备离开。

"现在已经是午夜时分，邮电局还有谁在值班？再说卫星电话的信号时断时续，时强时弱，你能够说得清楚么？"我挡住了他，并继续阐述我的计划，"这样，我帮你起草一封信，你根据我这个底稿再修改一下，然后认认真真地誊抄一遍，用加急挂号信寄给你大哥，这件事情就有可能办成。"

扎珠的眼中是兴奋，是感激，是喜悦，再次顶了一下我的额头，转身离开。

这一夜，扎珠应该不会成眠了，因为喜悦，也因为幸福。

这一夜，我也无法入眠，因为友情，因为承诺，我铺开了纸，开始疾书。

▶ 20

在信发出去之后，扎珠就陷入了一种兴奋但又焦躁的情绪当中，他很想找我来聊，但又怕影响我的工作，往往会显得手足无措。这一点我看到了，但并没有挑明，这么多年都熬过来了，又何须为这么点时间感到不安呢。人有时候就这么怪，长时间的压抑，他会认为这是一种理所应当，是一种正常的状态，而一旦这种常态被某种因素打破，他就会出现很多很复杂的表现，而相对以前来说，这个很短的时间，他都会觉得漫长。

在完成对扎珠的承诺之后，除了上班和吃饭，我就基本上把自己关在宿舍里了，在没有任何指导和帮助的情况下，我需要独自面对那厚厚的书本，书本很艰涩，也很枯燥，但并不乏味，因为很多时候，经过自己的冥思苦想或者反复推演，最后我能够自行解决一些问题。这是一种艰苦跋涉后的成功的喜悦，正是这一点又一点的喜悦让我充满了信心，也让我找到了通往科学的那条道路。我甚至开始试图使用现有的单站的资料撰写我的第一篇论文，相对最初的大脑一片空白，我看到了一丝曙光。

冬天的定日夜晚显得很漫长，外面刮着风，我却在牛粪炉的温暖中啃着艰涩的科学难题，是孤独的，但是我又感觉是幸福的。

在艰苦的环境中，你如果没有选择逃离，那么就应该积极地面对。面对孤独，面对冷遇，甚至面对嘲弄，你都应该表现出你积极的态度，否则，你就会放任自流，就会沉沦，就会自暴自弃，最终丢掉的是自己。

艰苦并不可怕，可怕的是面对艰苦时你退缩了。艰苦有时是一种财富，因为面对艰苦你能够无所畏惧，勇往直前，那么人生中再多的沟沟坎坎对你来说，都无足轻重了，你会走得很坦然，很顺畅。

21

信件发出去一个月之后，甲措来到了站上，扎珠的焦躁没有了，却表现出了一份惴惴不安。

甲措很高大，也很宽阔，啤酒肚让他有一种厚重的感觉。皮肤黝黑，长靴长袍，腰里还挂着一把长长的藏刀，留着长发，盘亘在头顶上的除了黑色的长发，还有红色的头绳，一副标准的康巴汉子的身板和打扮。

尽管我也被邀请到他们家做客，但是更多的时候，我只能通过表情来判断两个人的互动过程。

在西藏，别人会以为，只要会藏语，走遍藏区就都没有问题了，但实际情况却是，藏语之中也有方言，而且差异很大，比如康区的康巴语，比如林芝的贡布语，和藏语都有很大差别。汉语将北京话和北方话作为基础，形成了普通话。藏语则将拉萨话视为普通话，以拉萨话为准，作为沟通的基础。

扎珠和甲措是兄弟，所说的话自然是康巴语，别说是我，就是旁边再坐一个其他地方的藏族人，也不一定全部听得明白。

相比扎珠，甲措的汉语水平就不高，只是能够进行一些简单的沟通而已。

我坐着无聊，就帮他们倒倒茶，或者往炉子里面加点牛粪，然后看看他们各自的表情，其实我已经基本判断得出来，他们兄弟两个之间前嫌尽释，脸上都带着笑容，时不时还会哈哈大笑。

那一封由我策划写就的信，将他们兄弟两个心中的疙瘩完全解开了，又回到以前的美好时光中，话语里应该还有一片巨大的草原吧，我有一种很大的成就感。

22

第五天，强珍来了，在单位同事的陪同下，坐着一辆北京吉普车来到了观测站。

这次，她和谁都打招呼，而不像上次只和扎珠说话。

她笑起来真的很好看，而她的喜悦又无法掩饰，一直挂在脸上。

鸡毛腆着脸问她："强珍，这名字好听，强壮的'强'吧？"

"不，'强奸'的'强'。"强珍笑着说。

鸡毛被噎着了，脸上泛起了红晕，小声嘀咕道："不光漂亮，还挺猛。"

"猛不猛你怎么会知道？只有扎珠才知道。"

这一下鸡毛更被噎得愣了神，半张着嘴，尴尬地望着强珍。

"别疯了，走，我们上街买点东西去。"

望着他们两个的背影，我们突然间爆发出开心的笑，开始一直奚落鸡毛，油嘴滑舌、吊儿郎当的鸡毛终于遇到了对手，这多有意思啊。

强珍在我心目中的印象顷刻间就改变了，她不光有高挑的身材、漂亮的脸蛋，还有率真的性格，甚至有点野。她不善于掩饰，开心就是开心，痛苦就是痛苦，两种表情，在这次和上次的见面中我都见识过了，都真实地表露出来了。她的城府很浅，这一点，我在很多藏族人那里都领略过了，他们不会过分地压抑自己，也不懂太多钩心斗角之术，更不去学什么厚黑学，所以他们活得简单，也活得轻松。所以，在西藏工作，你不需要用过多的精力去经营人际关系，只要你确实有能力，你该有什么样的职位就会有，你该得什么样的待遇就会得到。

简单，但不浅薄；简单，却很轻松，这是西藏告诉我的。西藏是一本厚厚的书，我在一点一点地读，一点一点地悟。

23

"我想请你做我的证婚人。"一走进我的宿舍，扎珠就火急火燎地说。

我没有思想准备，待反应过来之后，向他摇了摇头。

"你不愿意？"他惊讶地问。

"不，我很愿意，但这不合适。"

"有什么不合适，如果不是你的帮助，我和强珍还都在痛苦中煎熬，甚至我的大哥、我的父母都在为我无奈地牵挂。你不合适，还有谁合适？你是我们最合适的证婚人。"扎珠说得很急，但足见他一片真诚。

"有一个人比我更合适，你的大哥甲措。有他的首肯，你内心的负罪感才会减少，甚至消失；有他的见证，你的婚姻才会合情合理，合乎你们那里的规矩。

他的见证，在某种意义上代表了你家人的见证，甚至家族的见证。这是再合适不过的了。至于我，其实只是做了一件很简单的事情，作为你的朋友，我希望我在你的婚礼前期和当中能做点什么，不管什么都行，搬东西都行。"我并没有他那么急，再急的事情，你也需要耐下心来认真地去思考，冷静地去面对，这样，事情才会做得更加周全。

他愣在那里，半天才说："容我重新考虑。"

24

藏族的婚礼也有很多很繁复的礼仪，但是因为婚礼是在单位上举行，又因为时间非常仓促，更因为定日县城以当时的条件根本购置不到什么东西，婚礼就一下子简单了下来，好在他们在乎的并不是这个，而是两个人能够在一起。

是啊，只要两个相爱的人能够在一起，什么仪式啊，排场啊，都显得那么卑微，真正伟大的是爱情。

当时还没有什么裸婚的概念，而扎珠和强珍举行的就是一场裸婚。

会议室里挂了一些彩纸，都是我们几个帮忙挂上去的，一下子喜庆了很多。

藏式的茶几上放了很多糖果、瓜子、干牛肉，也摆放了很多饮料和啤酒，随便吃，随便喝，随便聊。

仪式甚至搞得有点不伦不类，有点藏式，也有点汉式，甚至还有点洋味，但每个人脸上都荡漾着喜悦。

会议室出现了一阵短暂的骚动，王震飞副县长来了，这是鸡毛的功劳。他为新郎新娘献了哈达，放了一个红包，喝了几杯啤酒就走了。

剩下的时间就是打麻将，这种娱乐方式在定日流传已久了，这样的时刻自然是少不了的。有意思的是西藏的麻将是随着四川麻将规则的改变而改变的，先是二五八的将，后来改成缺一门了，再后来就是血战了，这与地缘有关，也与西藏的四川人多有关。

鸡毛已经和强珍混熟了，两个人在一起斗嘴。

我走出会议室，一个人在院子里慢慢地走，阳光多明媚啊，这阳光应该是照在扎珠和强珍的心里头吧，埋藏在心底十来年的阴霾在这一刻被驱走了，他们心里从此也一片敞亮了，我想。

第七章 藏地职工

走出老多的宿舍，纷纷扬扬的雪依然在下，风裹着雪花，让我不禁打了一个寒战。但愿老多今天晚上在风雪中一切都顺利，但愿老多将来一切都顺利，但愿老多的子女能够完成父亲的心愿，我默默地想着，走回自己的宿舍。

1

定日的冬天说来就来了，一场大风就把整个县城带入了冬天，而冬天里的大风基本上天天都有。这个时段，定日就只有早上那点好时光了，下午两点开始，风就又刮了起来，一直要到晚上八九点才能够停歇下来，而到了冬日的夜里，就谁都不太愿意出去了。

尽管已经到了冬天，但扎珠的心情却像春天一样明朗。心情好的扎珠带领站上的职工在院子里平整了一块场地，拉了一个网子，托人买了一个排球回来，我们就有了自己的排球场，经常会利用早上那一点不太长的无风的时间打打排球。

"冬天才更需要运动，整天窝在家里不出门，会窝出病来的。"在平整场地时，扎珠对我们说。

是啊，无论工作还是生活，都需要一副好身体，在这样的地方工作，就更应该注意自己的身体了。

干完这个事情，扎珠还带了我们几个男职工，对井水进行了一番整治。

在院子的东北角，有一口井，我来的时候就有，让我感到惊讶的是井的深度只有十几米，让我感到更惊讶的是，井里的水非常清澈。在海拔4300米的地方，井水的深度只有十几米，而在海拔2000多米的西北，有些地方的井水的深度却达到一两百米，这是为什么呢？我当时没有搞清楚，现在也没有搞清楚。

2

所谓对井水的整治，也就是对井里面的漂浮物进行了打捞，在井口周围采取了一些防护措施，将井盖盖好，如此而已。

当一个人的心情变好之后，他的精神状态就会发生很大变化。

甲措离开之后，强珍按照规定还在定日留住了10天，是单位给她的婚假，也是他们两个人的蜜月，那阵子，我经常去他家蹭饭，也就经常会看到他们两个蜜一样的笑容和生活。而强珍离开后，扎珠甚至有点闲不住，总是忙前忙后，似乎在借此释放他心中的快乐。

有时候，当快乐装得太多，容不下的时候，快乐也需要表达，需要释放，需要排解，这一点，我至少在扎珠的身上看到了。

他找我的次数依然比较少，但是我却能够清晰地感觉到释放给他带来的变化。释放了内心深处压抑太久的负罪感后，装满他胸膛的是快乐和幸福，他有点闲不住，总想做点什么，人突然间就精干了许多，轻盈了许多。有时候，正当我准备做饭的时候，他竟然就将热腾腾的饭菜给我送过来了。

"看书、整理资料都需要时间，别把时间浪费在做饭这种小事上。"他放下饭菜，解释性地说上一句，转身就走了，这让我很不好意思，但也让我感到了友情的巨大温暖。

艰苦的环境中，人和人之间的交往很单纯。现在生活条件好了，下班之后，门一关，就各自过各自的生活了，谁会理谁呢？大家客套得有点虚假。人就这么怪，真的有点怪。

▶ 3

外面刮着风，但房间里依然很温暖，我和老多，一小一老，对坐着，并没有多少话。

老多很少在站上过夜，因为他有家，有妻子，也有孩子，只要不是上夜班，他都会回家。对他来说，工作很重要，但家也很重要，孩子更重要。

在他值夜班的时候，因为是邻居，也因为他是我的师傅，我总会到他的房间里坐一坐，一是陪一陪他，二是和他聊一些业务上的事情。老多能给我的帮助其实并不大，因为他不善于表达，而且他多的是经验，而不是理论，并不能说出一个所以然来。但我还是会到他的宿舍里去坐一会儿。相比之下，老多更像一个老农、一个父亲，他的身上时刻会透出一种温暖，那温暖让我心里很感动，也很受用。这也许是我愿意在他的宿舍里坐一会儿的又一个很重要的原因吧，远离家乡，远离父母，我的情感也需要一份寄托。

回到宿舍，我没有再生炉火，而是直接钻进了被窝，在台灯下打开书。桌子上有一个花瓶，里面插着一束假花，一颗颗小"珍珠"连缀在一起，又一根一根自然地散开，每一根的顶端都有五彩的梅花状的花瓣，在台灯的照耀下，散射出五彩斑斓的光芒。

花瓶是席兰留下来的，是托鸡毛带给我的，很简单的一个礼物，却将她的印记留了下来。本想丢掉，或转送别人，但还是留了下来，干吗非得这么无情！对于席兰，我无需再作过多的评价，毕竟她走了，一切都过去了，她的选择后面自然有她的无奈和苦衷。

看书吧，在席兰的身影模糊地在眼前一闪而过之后，我命令自己，这样的夜晚，正是读书的很好的时光。

▶ 4

黎明时分，我听到了"咚咚咚"的敲门声，很急促，然后留下一句话："起床，快，帮忙。"

我看了一眼表，7：30，这个时候，是睡眠最好的时候，身体的温度经过一夜的"烘焙"，整个被窝最温暖，谁愿意在这个时候起床呢？但从敲门声和语气判断，可能是出什么事情了。

我慌张地爬起来，草草地穿上衣服，走出了自己的宿舍，外面的风很大。邪乎！早上刮风并不常见，但确实在刮。土登匆匆忙忙地过来了，提着暖瓶，说了一句："提上你的暖瓶，到制氢房。"

我还在懵懂之中，听到这句话，像一个士兵接到了将军的指令，本能地返回宿舍，本能地提起暖瓶，还好，满满一暖瓶水，准备早上洗漱用的，我提起快速地向制氢房冲去。

都到了，站上所有的人，每人的手里都提着一个或两个暖瓶，在往制氢罐里倒开水。

这多危险啊，用开水制氢，是可以提高苛性钠反应的速度，但是也容易造成喷缸事故，这不是弄着玩的。但看到站长正站在那里指挥，我的心稍微放宽了一点，不过还是捏着一把汗，毕竟这是很危险的操作。

"好，盖上盖子，快。"当热水基本上全部灌进制氢缸之后，站长果断地命令。

"打开氢气阀，充气，时间来不及了。"扎珠再次发布命令。

气球在很短的时间内就鼓了起来，但是外面的风依然很大。

"我和土登来放球，阿嘎拿好仪器，预备，开始。"说完，扎珠跑进了风里，阿嘎跟着跑了出去，气球在摇晃中升上了天空。

返回来的途中，阿嘎不小心摔倒了，然后迅速地爬起来，往回走，我看到他的右腿被石头割破了，正在滴着血……

5

回到值班室，我们听到了"嘀嗒"的探空仪器传回来的声音，平时枯燥无比的这个声音，在此刻，简直就是一曲动人的美妙的音乐。

这个时候，我们才发现扎珠竟然就穿着秋裤站在那里，所有人都笑了，只有土登的妻子央珍眼里却流下了泪水。我默默地走向她的身旁，轻轻地拍了拍她的肩膀，对她说："没事的，你看，我们这么多人。"

扎珠回去穿衣服了，其他人都留在了值班室，围着火炉，开始谈笑风生，似乎刚才的惊险都已经不存在了。在这群同事的身上，我学到的一个很关键的词语就是"乐观"，在这样艰苦的环境中，他们一直都表现得很乐观，在刚才发生的惊险事件之后，他们依然很乐观，这是一种力量，来自心灵深处的一股力量，很强大。

扎珠换好了衣服，笑呵呵地走了进来，加入了我们的队伍，没有地方坐，他就站着，相比刚才的狼狈，现在的他倒是精神了很多，而刚才所顶着的压力也释放了。尽管外面还刮着风，但气球升空了，气球所携带的仪器也升空了，这比什么都重要。对于一个观测员来说，按时观测，将准确的数据准时地传送出去，这就是工作，这就是生命所体现的意义，还有什么比这更重要的么？对于既是观测员，又身兼站长之职的扎珠来说，不缺测，不缺报，是整个观测站的生命，能有什么比这更重要的呢？

"总算没有迟测。"扎珠松了口气，像是自言自语，又像是在对我们所有人说。

这样的时候，谁还会返回那已经不再那么温暖的被窝？我们享受着一种胜利后的喜悦，那喜悦洋溢在我们每个人的脸上，也洋溢在我们每个人的心头。

观测结束之后，央珍也加入了我们的聊天队伍，我对她说："讲讲，怎么回事？"

央珍开始了她的讲述……

▶▶ 6

早上，我像往常一样，6：30起来，准备上班的时候，我才发现今天的天气有点不太对头。风很大，不得已，我回去又加了衣服，包了头巾，甚至还戴了口罩。

出门往前走了两步，风将我掀了个趔趄，差点摔倒，我只好放慢了脚步，但隐隐地感到了一种不祥，这样的天气，我的气球能够顺利地放上天么？

到了制氢室，有墙壁的遮挡，风略显小了一些，但还是能够感觉到四处透过来的寒气。咬着牙，我将氢气灌满了气球。但是当我准备把气球拿出制氢室的时候，我发现了问题，事情并没有往常那么顺利，于是我急匆匆地回去将土登叫起来帮忙。

两个人一起，费了很大劲，总算将气球拽出来了，但是它却一点都不听话，东拐西碰，几次差点就爆了，仪器挂在下面，准备升空的那一刻，气球被风狠狠地砸在了地面，碰在石头上，破了。

没有办法，我们又迅速地赶到制氢室用备用罐重新灌满了一个新的气球，但气球在走出门口的那一刻，在风的作用下，一会儿被扯成长条，一会儿又聚在一起，像一张大饼。我在祈祷，希望这次不要再出问题。为了确保能够顺利放飞气球，我们选择了一个空旷的地带，就在往前走的时候，气球贴着地面，瞬间又被划破了。

▶▶ 7

天哪，这刻怎么办？两缸氢气都用完了，时间也过去了十几分钟，如果出现缺测，我的饭碗就此被打破了，我的工作也该丢了。我的眼中溢满了泪水，急得直哭，但哭有什么用呢？

土登只是简单地安慰了一下我，就跑去找站长，站长从被窝里爬起来，只披了一件外衣就来到了现场。

站长在知道了情况之后，果断地下达了一个命令："用开水制氢。"

于是我们才开始敲大家的门，并希望大家能够将自己暖瓶中的水提到制氢室来。你们都知道，用开水制氢，这是一个很危险的决定，但在这样的时刻，谁又顾得了危险呢？

很快，你们都来了，看到了你们忙碌的身影，我心里全是感动，我不知道用什么语言来表达，我就觉得我们像一家人一样，只要有了困难，大家都会倾尽全力来帮忙。

终于，氢气在很短的时间内制好了，冒着危险制好了，这一次，我没有放球，是站长、土登和阿嘎几个男子将气球拉到空旷的地带放飞的。

我悬着的心终于算是放了下来，赶紧投入到了工作当中。很抱歉，连句谢谢都没有来得及说，我知道，大恩不言谢，其实你们和我一样，心也都是揪在一起的。

当听到平时觉得很枯燥的"嘀嘀嗒嗒"的声音的时候，我就像听到了天籁，那么地让人舒坦，气球的高度越高，信号越稳定，我知道，高空风并不是特别的大。

一切都仰仗你们了，真的很感谢大家。

▶ 8

"嗨，遇到这样的事情，谁都会来帮忙的，我遇到了，你也会来帮忙，还说什么感谢的话。"鸡毛大大咧咧地说，我们也随之附和。

是啊，在这样的时刻，我们就是一个人，我们的心就是一颗心，一起紧张，一起跳动，一起忙碌，一起解决问题，显得那么自然，那么正常。

暖瓶堆了一地，土登已经用值班室的炉子烧了一壶又一壶的水，将一个又一个暖瓶一一灌满，他没有说什么话，只是用这点简单的劳动来回馈大家的帮助。我去了隔壁的值班室查看，另外一个值班室里多吉正静静地坐着。

"师傅，刚才放气球的时候风速达到多少？"我问。

"25 秒/米。"他嘿嘿地笑了一下，说。

"这么大的风速啊，怪不得呢！什么风向？"

"很乱，东南西北都出现过，风向很不确定。"

走出地面值班室，我在高空值班室里提起暖瓶，向宿舍走去。

风依然很大，卷起漫天的沙尘。太阳已经出来，在昏黄的天空中散射着它微弱的光。

蓝天白云没有了，但在这一刻，我的心中却充满了阳光，这光芒来自刚才那些有些黝黑的粗糙的面庞，他们就是我心中的太阳，在这样的高寒而偏远的地区，在这样沙尘满天的日子，因为有了他们，我心中很温暖。

今天早上的排球是打不成了，不宜外出，关上门，我开始看书。

▶ 9

在大风停了之后，地区局的考查组就来了，来的时候，给我们带了一些蔬菜，这已经形成了一种惯例，在当时，最好的礼物不是绫罗绸缎，而是一些新鲜的蔬菜。

那个手插在腰里的上海来的女局长也来了，一到站上，就四处转，这里指指，那里点点，依然像个女将军。我远远地看着，并不想跟在她的屁股后面听她那已经有点陌生但又那么熟悉的声音。

"这次我们来，主要是考查多吉同志中级职称的评定问题，请大家各自发表意见。"女局长坐下来的时候，没有将手插在腰里，而是在空中用力地一挥，果决地说。

会场上一时静了下来，几乎没有什么声音。我知道这种静寂意味着什么，从业务上来说，老多没的说，绝对是一把好手，但是他有几个很不合条件的硬伤，一是他的学历，小学还没有毕业，是当时被特招进来的，没有办法的一种办法；二是他没有发表过论文，因为汉语对他而言，说起来，倒基本上没有多大问题，但是要写文章，就有点赶鸭子上架，确实很为难；三是老多是20世纪50年代的人，那个年代的人都太过于实诚，也过于刻板，不懂得变通，平时在工作中，只要别人犯错，他会毫不客气地指出来，一点情面都不留，很多人因此对他颇有微词。

尽管都没有说话，但我觉得这对老多来说意味着一种灾难，工作将近30年，还是个助工，工资低得有点寒碜，你们倒是说话啊，哪怕是虚假的也行，没有功劳也有苦劳啊。

▶ 10

静寂，一片静寂，我着急地用眼睛巡视着大家，但给我的是一片默然。看到老多的时候，他显得很平静，一脸憨厚的表情。

"怎么？一点意见也没有？无论是表扬，还是批评，总应该有意见嘛。"女局长显然是等不住了，不耐烦地说。

"我说两句。"我突然间来了一股勇气，连自己都觉得很唐突，"多吉同志学历确实不高,但那是当时的历史条件决定的,西藏刚刚和平解放不久,别说本科生,初中生都找不到几个,这不能怪他。他没有发表过论文,那是因为他的汉语水平确实有限,不是他不想发,实在是条件所限。但当我们看他的业务,就什么都明白了,他的观测业务在我们所有人中是最好的,就凭这一点,给他一个待遇,我觉得并不过分。还有一点,多吉在海拔4300米的地方坚守了将近30年,如果是我,别说30年,就是3年,我可能都会疯掉,再加上这一点,给他一个中级职称,完全是应该的。"

我说得慷慨激昂,大家似乎也被感染,眼睛盯着我,被我这个不怕虎的"小牛犊"惊着了。但当我说完之后,他们又低下了头,一脸的漠然。女局长用很强硬的目光直勾勾地盯着我,我没有回避,而是用坚毅的目光回敬了过去,我已经被你"下放"到县上了,你还能怎么样?要知道,乡里面可没有观测站。

不到半分钟的时间,她的目光移开了,我知道她败了,我脸上露出了一丝不易觉察的胜利者的微笑。在我的内心深处,感到庆幸的并不是我的目光打败了女局长,而是我能够为像多吉这样的老职工说几句客观的话。尽管他也曾毫不留情地指出过我所犯的错误,但我认为那是对我的帮助,而不是找碴儿,就这一点来说,我感激他,因为这能够促使我进步,我一点都不怨恨他。

▶▶ 11

15天之后,我从扎珠那里得到了消息,多吉没有通过中级职称的评定。我感到非常的失落,黯然地走回自己的宿舍,跌坐在那张单薄的床上。

人,真是一种奇怪的动物,在施放气球的那个早上,我感到了一股暖流在心底涌动,然而,在那个会议室的会场上,我的心却从头凉到脚,大家为什么如此漠然,说几句好话,为自己的同事,有那么难么?

我蜷缩在床上,开始为自己的将来思考。

来定日快半年时间了,当时那个女局长信誓旦旦地向我承诺的半年即可将我调离这里的话语还在耳畔回响,但是从她这次来对我的态度看,并没有调动我的意思,在这个时候,我该作何打算呢?

辞职,这是我的第一个想法,然而在当时的情况下,要选择走这一步路,该有多难啊!市场经济并没有那么活跃,尽管对大学生的需求量很大,但我学的是冻土和冰川专业,谁要啊,如果是计算机或者金融专业,我或许会选择这条路,但现在不行。

考研,这是我想到的第二条路,这是一条适合我的道路。我成绩并不差,复习复习,考一个研究生,并不是多么困难的事情,但这就意味着我还要继续寻求家人的帮助,父母为了我能够顺利念完大学,已经倾其所有了,现在我还要继续

77

索取，对他们来说无疑又是一个巨大的打击，也将会背上一个沉重的包袱。我于心不忍，真的难以作出这样的决定。

我很迷茫，我该怎么办，逃离，还是坚守？我在不断地询问着自己。

12

这个冬天很寒冷，寒冷的冬天里，除了上班，我就将自己囚禁在屋子里，以此来打发漫长的冬日。干什么呢？泡茶馆打麻将，我没有这个兴趣，也没有这个资本。泡妞么？满大街就见不到几个女的，即使见到了，也都是些阿姨和大妈。

我不能让自己置身在太阳底下，浑浑噩噩地度过无聊的每一天。我有些不愿意，而更多的是不甘心，在逃离还是坚守的问题上，我还在犹豫；但在奋进和沉沦之间，我无需选择，我不会放弃。

北京的资料还在不断地寄来，有同学的，也有老师的，这是一份温暖，更是一种激励，我不能辜负他们。在阅读的基础上，我开始整理资料，也开始撰写论文。漫长的冬日里，我继续漫长的跋涉，很苦，但也很充实。

平时休息或者闲暇的时候，我也会到多吉的宿舍里去坐坐，依然没有多少话。只是在会议结束，在那个女局长离开之后的那一天，多吉的情绪不太好，多说了几句。

"来一根，小黎。"老多抽两块七毛钱一包的香烟，我不抽烟，但还是接了一根，在那个时候，我也需要一根。

老多抽得很急，像是要将自己心中的情绪都通过这样的烟雾转化，然后释放出来，我却被呛到了，连着咳嗽了好一阵子。

"感谢你，小黎。"一根烟抽完，他又续上了一根，唐突地说。

"谢我什么，我应该感谢您呐，您可是我的师傅，是您将我领进了观测这道门的。"我有些迷惑。

13

"感谢你……你在会上……上的那些话。"他有点磕巴地说。

我还以为要谢我什么呢，原来是为这么个事情。我说得很客观，并没有夸大其词，在西藏高海拔地区工作，就意味着一种奉献，一种生命的奉献，这一点，连那位女局长都不得不承认，否则，以她的强势，不会败在我的目光之下。

在得知老多没有评到中级职称的那个晚上，恰好是老多值班，我又去了他的宿舍。我知道一切的安慰都显得空洞而苍白，我只是想陪一陪他，像往常一样，在他那里坐一坐，哪怕什么话都不说，彼此用行动感受到一点支持，这就足够了。语言，有时候是个多余的东西，心照不宣，那才是一种更深层次的理解。可让我没有想到的是，那天晚上，他的话却特别多，比以往任何时候都多。

"小黎，我知道将来你肯定比我更有出息，我这辈子缺就缺在没有文化上，但你知道，我现在已经顾不了那么多了，说什么都晚了，我只有一门心思地去让我的两个孩子将来能够上大学，能够有大学问。"老多的话说得很顺畅，也很急促，显得有点激动，黑色的面庞在灯光的映照下显示出一种古铜色。

他给我递了一支烟，我接了，但没有点燃，抽这玩意我实在不在行，只是拿在手上把玩，以此来缓解我心中复杂的情绪。

▶ 14

"小黎，我准备退休。"沉默了一阵之后，他突然说了这么一句话。

"为什么？"我惊讶地问。

"我身体不好，有心脏病已经很多年了，再说，我要腾出更多的时间来照顾家庭，照顾孩子。退休之后，我要去日喀则，在那里买一套房子，好让孩子们能够得到更好的教育，这事我已经想了很久了，我一定要行动起来，一定要办成，我小学没有毕业，不能让我的孩子也像我一样。"也许是因为激动，也许是动了真感情，老多眼中的泪水溢出了眼眶，从他黝黑的面庞迅速地滑落。

我被感染了，竟然不知道该说些什么，这个时候，劝慰是最没有用的，因为一切都成为了现实，我们必须面对现实。但很快，一种不平之气就在我的心头涌出来，我愤愤地说："你就不能评了工程师再退么？"

"唉，算了，文件有规定，无论是学历，还是研究文章，我都没有，就不再难为领导了。"他激动的情绪突然就黯淡了下来，大概是这一点揭到了他的伤疤。

"什么狗屁领导，什么狗屁规定，工程师，那不就是个待遇么？就凭你工作了将近30年，这一点难道还不够么？如果确实要论文，我正在写，就署你的名字，有什么好怕的。"我的情绪被点燃了，胸中有一团火。

▶ 15

老多无力地摇了摇头，他显得很沮丧。猛吸了几口烟之后，说："小黎，感谢你的心意，你这个徒弟我没有白教，你算是我最后带的一个徒弟了。但你知道，我们这个年代的人都很死板，不会拍马屁，不会跑关系，更不会说假话。你这么做就是弄虚作假，我一辈子没有说过一句假话，临退休了，为了一个职称，做这么一件事情，我的良心不会放过我，佛祖也不会放过我，我的后半生会在悔恨和罪过中度过，我的来世也不得超生啊，不能这么做！"

一个普普通通的职工，一个老老实实、本本分分的人，他有他的底线，他有他的信念，我刚才情急之中这个愚蠢的决定显然是触碰到了他心底的那根红线，我有一丝懊悔，但依然感觉到了一种不公平。老子说，道法自然，一切都要顺其自然。佛说，一切随缘，缘分是一种不能靠人力去强求的事情，强求所得到的，往往就违背了一种本来的、自然的规律，即使得到了，又有什么意义呢？

"小黎，明年我就干满30年了，我就会打退休报告，到时候，你来日喀则了，别忘了到我家来做客啊。"老多说完这句话，起身，拿起手电筒，我知道观测的时间到了。

走出老多的宿舍，纷纷扬扬的雪依然在下，风裹着雪花，让我不禁打了一个寒战。但愿老多今天晚上在风雪中一切都顺利，但愿老多将来一切都顺利，但愿老多的子女能够完成父亲的心愿，我默默地想着，走回自己的宿舍。

▶ 16

当我还在梦中的时候，忽然听到一阵急促的敲门声，然后听到有人在喊："海子，快起床，出事了，去值班室。"

我被吓了一跳，赶紧起床，赶紧穿衣服。当我打开门的那一刻，看到的景象把我吓得够呛，雪的厚度足有六七十厘米。我已经顾不了这么多，跳入雪中，向值班室跑去，我心中想着是不是又和上一次一样，是因为施放探空气球的事情，因为这个时候是施放气球的准备时间。

"怎么回事？"我拨开人群，看到的却是一尊雪雕。

整个人被冻成了一个冰块，有一个朝前扑的姿势，但这姿势已经凝固了。面部表情非常痛苦，但棱角却非常分明，他就是老多啊，我几乎晕厥过去。

爬在雪地里凝视着他，与他四目相对，我的眼眶中溢满了泪水，而他只是一动不动地盯着观测场。

老多，你怎么就这么走了呢？你不是说还要去日喀则买一套房子么？你不是说还要抚育自己的儿女将来上大学么？你不是说要我到了日喀则去你家做客么？你不是说明年就打退休报告么？你不是说你到了日喀则后好好地再检查一下你的身体么？你不是说你要安享你的晚年么？可是，你怎么就走了呢？你怎么就撇下阿佳不管了？撇下你的儿女不管了？撇下我不理会了呢？你走了，你的老婆怎么办？你的儿女怎么办？尽管你的收入微薄，但毕竟是家庭经济的主要来源啊！

我的心在滴血，捶打着雪地，对视着老多，在心里向他发出无数个疑问。

▶ 17

"海子，别这样，出现这样的事情，我们大家心里都不好过，你别这样。"扎珠走到我的跟前试图拉起我，但是我跪在雪地里，没有办法起身，浑身在发抖，没有一点力气。

"公安局的人来了，让一让。"有人说。

我被扎珠和另外一个人架了起来，稍微地远离了现场。

拍照，勘验……

一阵凄厉的哭声，我听得出来，那是老多老婆的声音，由远及近，渐渐地清晰了起来。

当她扑在他身上的时候，那个完美得有点虚假的雪雕轰然倒塌，人们手忙脚乱地开始劝解。

"凡是值班的，抓紧开始工作，站上其余人员全部参加多吉同志的后事料理。"是扎珠的声音，很坚决。

我从他们的手里挣脱，站了起来，一下子清醒了过来，也理智了很多。现在，哭解决不了任何问题，只有将多吉安顿好，才是当下最重要的任务。

阿佳的哭声也止住了，但还能够听到强忍着的呜咽声，有人提醒她，不能发出太大的声音，好让多吉的灵魂顺利升天。

分配好任务，我们用担架抬起了老多的躯体，开始向他的家里走去。雪很厚，深一脚浅一脚，扭扭歪歪，趔趔趄趄，走得很艰难，但谁也没有说话。整个街道还没有睡醒，静得出奇，整个队伍保持着沉默，静得出奇。

▶ 18

回到家里，老多被安置在客厅的一张藏式沙发上，身上盖上了厚厚的被子。

阿佳已经止住了哭声，开始默默地忙碌，点上了酥油灯，一盏，一盏，又一盏，我知道那是为了照亮老多的灵魂通往天堂的路。

几个藏族女职工过去一起帮助阿佳，对这一切，我一点都不懂，只是默默地坐在老多旁边，就像平时在老多的宿舍里陪他一样，尽管相互之间没有多少话，但是却能做到心灵的相通，而这时的老多，他还能感觉到我陪伴在他的身旁么？

约摸一个小时过后，家里的准备工作已经基本上结束了，土登过来揭开被子看了一下，又摸了摸老多的手和胳膊。刚才那个僵硬的躯体已经开始变得柔软了一点。

"这样吧，海子、鸽子和鸡毛，你们三个就先回站里去吧，把你们的衣服和鞋子换一换吧。多吉要举行天葬了，按照规矩，你们三个汉族人就不要参加了。"土登说。

鸽子和鸡毛已经起身了，但我仍然没有离开的意思，依然坐在老多的身边，我想再送送他。

"这样吧，破个例，就让海子留下来吧，平时你和多吉的关系不错，又是邻居，他还是你的师傅。你说呢？阿佳。"扎珠将问询的目光移向了阿佳，我也将恳求的目光移向了她。她看了看我，点了点头。

19

多吉的衣服被一件一件地脱了下来，整个身体就全部裸露在了我们的面前，很瘦，也很黑，古铜色，很男人的那种肤色。

几个人帮忙，想让全裸的老多蜷缩在一起，就像在母亲的子宫里一样的形状，但因为他已经过去好几个小时，再加上经过冰冻，这一程序完成得并不顺利。接着，老多又被白布一层又一层地包裹了起来。

我知道真正的葬礼开始了，按照佛教的说法，你是怎么来到这个世界的，就应该怎么离开这个世界。

我们来到这个世界上的时候，是一丝不挂的，什么也没有带来，在我们离开这个世界的时候，也要全裸，什么都不能带走。最早的生命的孕育是在母亲的子宫里，我们靠一根脐带与母亲相连，并汲取生命所需要的营养。而在离开这个世界的时候，我们需要回复到初来人世时的形态，双腿弯曲，紧贴腹部，双手抱着腿，头顶在膝盖上，蜷作一团，这个图像每个人都熟悉，那是生命孕育的初始，而在天葬中，这也是生命结束的基本状态。

这是天葬的仪轨，但也给了我们太多的启示，当我们沉迷在物质的世界中时，当我们在不惜铤而走险去捞取好处的时候，不妨停下来想一想，其实在我们离开人世的时候，什么都带不走，什么都得还回去，既然如此，我们何不超脱一些呢？又何不潇洒一点呢？该放下的全都放下，只为生活能够过得更轻松些，只为生命能够体现出其本真的面目。

20

在喇嘛的超度声中，老多上路了。没有唢呐，没有哭声，一切都在静悄悄地进行，生怕打扰了他的灵魂顺利进入天堂。

我作为整个送葬队伍中唯一的一个汉族人，显得有点不太协调，但我送走的是我的师傅，我的邻居，我的朋友，就这一点来说，我又显得并不多余，也不唐突。

天葬师熟练地肢解着老多的身体，这一切完成之后，桑烟腾空而起。

天上的秃鹫在蓝天里盘旋，一圈又一圈。等桑烟燃起之后，秃鹫一只接着一只，飞抵天葬台，老多就被秃鹫带向了天堂。

我只是默默地注视着，注视着老多一点一点地被秃鹫带走，他去了天堂，我却依然还在那里发呆。昨天晚上，我还在和他一起探讨他的将来，今天他就离开了我们，去了天堂。生命，你何等坚强，又何等脆弱。

默默地往回走,我一路无话,但脑海中却一直播放着刚才的那一幕,一遍又一遍。

西藏人不必像汉族人为了要一块墓地而支付血本,甚至有"死不起"的局面。西藏的丧葬方式主要有五种,一是塔葬,这是对于活佛而言,根据功德不同又分为金塔、银塔、铜塔、木塔和土塔五种;二是天葬;三是水葬;四是土葬;五是火葬。除了塔葬之外,其余的丧葬方式都是赤裸裸的,说明一个意思,无论你高贵还是低贱,富有还是贫穷,你都是赤裸裸地来的,你也得赤裸裸地走。

是的,我们无需去进行比较,但我们却需要深入地思考,关于丧葬方式的思考,关于生活的思考,关于生命的思考。

▶▶ 21

在床上,我整整睡了两天两夜。我很累,心像被掏空了一样,人轻飘得像一张白纸,上面一个字都没有。

来定日的一幕又一幕不断在我的眼前一一滑过,短短的半年时间,西藏给我的思考太多,给我的震撼太多,这是怎样的一个民族,还有多少我并不知道的事情,历史,宗教,风俗,文化,艺术……我以为我已经比较了解西藏了,然而在西藏遇到的一切,发生的一切,又让我觉得我对西藏不甚了了。

起床之后,我看到了王震飞,他刚从乡下回来,在听说了多吉的事迹后,随即来到了观测站。在与扎珠进行了一番短暂的谈话之后,他和我们打了个招呼,就匆匆地离开了。

扎珠来到我的宿舍,说:"县里面想给多吉立个碑,你觉得怎么样?"

"这有意义吗?"对于生者,我们缺少关爱,人都已经去世了,搞这些事情又有什么意义呢?我有点反感地问。

"我知道你在老多评定职称的事情上心里想不通,我何尝不是呢?可这是上面的意思,我也没有办法啊。"扎珠很无奈地对我说。

"那就立一尊雕塑吧,汉白玉的,县长那里我去说。"老多走前那幅全身雪白雪白地在雪地里往前扑的画面我永远无法忘记。

"写点什么吧?"

"就叫'永远的雪雕'吧,他永远地刻在我们的记忆当中了,我希望这样的记忆延续下去,让更多的后来者能够记住这段历史。"

第八章　在西藏开了个诊所

　　鸡毛提出的是一个很现实的问题，王震飞面临的也是一个很现实的问题，而我们都面临着这样现实而紧迫的问题，该怎么办呢？女人在哪里，爱人在哪里，老婆又在哪里呢？

1

风依然还在刮,但是漫长而难熬的冬天渐渐地走远了,春缓慢地、悄悄地来到这个县城。人们期盼春天,生活在定日的我们更希望春天能够早一点到来,那意味着大风渐渐地减弱,意味着黄尘慢慢地退去,更意味着我们能够走出自己的屋子,看河边的青草,赏草滩上的野花。

与春天一起到来的,还有一本从北京邮寄来的杂志,上面有我的一篇学术论文,不算长,只有两页,但这是我发表的第一篇学术论文,这也是这个观测站上的职工发表的第一篇学术论文,意义自然比文章本身更重大。

杂志里还夹着一封编辑的信,很短。

"能够在如此艰苦的环境中,在资料极其匮乏的情况下,依然开展科研工作,我代表编辑部的全体同人向您致敬,也希望您能保重身体,写出更多更好的文章,取得更具有独创性的科研成果。"

短短的信,如同春风拂面,让我感到欢欣,也让我感到鼓舞。这只是一个开始,事实证明,我能行,而且我还会获得更多更好的成果,这一点毋庸置疑,因为我的第二篇文章已经开始动笔,第三篇文章正在作资料的统计。

我把这篇文章委托县府办公室的炊饼复印了好几份,王震飞、马蜂、扎珠都给了一份,我无意炫耀自己,只是这份快乐应该大家一起分享。

2

春天来了,但是炊饼却走了,他在来这个县城的大半年时间里,竟然在《日喀则报》上发表了十篇稿子,在《西藏日报》上发表了六篇稿子,算得上是县里面的笔杆子了。我们为他的勤奋而叫好,甚至经常会为他提供一些比较有用的线索。

有耕耘就有收获,这是一个亘古不变的道理。炊饼的勤奋和汗水终于有了收获,他被直接调到了自治区的一个工作部门,跳过日喀则,直接到了自治区首府拉萨,这是我们梦寐以求的,但我们都没有做到,他却做到了。

临走的前一天,我们几个为他送行,我看到了那张调令:"兹调崔斌同志到我单位工作,接函后迅速办理相关手续,并前往我单位报到。"话说得很官方,冷冰冰的,但我却在那张盖着鲜红公章的纸上看到了一片灯火,那是属于首府城市的灯火啊。

当天晚上的饭依然是在王震飞的家里吃,但做饭的却是我们几个,王震飞和炊饼在客厅里看电视、闲聊,我们几个在厨房里忙活,这也是一种变化啊。炊饼已经成为自治区一个重要的工作部门的一员了,尽管现在还不是领导,但将来他肯定会更有出息的，我们必须继续留下来，在海拔4300米的地方，在珠穆朗玛峰的脚下。

"炊饼啊，你马上就可以泡妞了，拉萨有多少女人啊，找一个漂亮点的，别让我们失望。"喝过一阵子酒后，鸡毛端起杯子和炊饼碰了一下。

我们都笑了，鸡毛不服气，说："笑啥笑，在这个地方待着，看见老母猪都是双眼皮，你看我们在座的，不都清一色带把的么？到大街上去，能找到女人，但你能找到女孩么？"

这次我们没有笑，这是一个事实，一个比吃饭更为严酷的事实，恋爱、婚姻、家庭、子女及其教育，都是摆在我们面前很棘手的问题。

▶ 3

"来，我们几个光杆司令干一杯。王县长就算了，你是有家室的人，尽管在日喀则，但总比我们强吧。昨天老爹又来信了，说是给我找了一个，我是三代单传，爷爷和老子都希望我能找一个女人，给他们生一个孙子，可我要找的是老婆，是妻子，是爱人，而不是女人，生理需要的问题自己都可以解决，可是还要生活啊，不说高质量的，也要差不多啊……"鸡毛脸滚烫，声音很大。

"鸽子，他喝醉了，你把他弄回去。"我发出了命令。

鸽子搀起鸡毛往外走，鸡毛的嘴里还在喊："我没有喝醉，我还要喝。"

一时无语，餐桌上静得有点憋闷。王震飞低着头，情绪有点很不对头。

"怎么了，县长？"我关切地问。

"不说了，喝酒。"王震飞猛地抬起头，端起杯子，和我们一一碰了，灌进嘴里。

"马蜂，你先陪县长喝。海子哥，我们两个把菜热一下，都凉了。"炊饼边说边向我眨巴了一下眼睛，我会意地端着盆子和他一起走进了厨房。

"王县长因为长期两地分居，感情出了问题，老婆好像有了外遇，两个人正在闹离婚呢。刚才鸡毛的一席话碰到了他的痛处，他的情绪不太对头，要不今天就算了。"炊饼的声音很低，但每一句都让我感到震惊。

草草地吃了几口热过的菜，我们就散了，有点不欢而散的味道。在返回单位的路上，我被凉风一吹，就变得很清醒了。鸡毛提出的是一个很现实的问题，王震飞面临的也是一个很现实的问题，而我们都面临着这样现实而紧迫的问题，该怎么办呢？女人在哪里，爱人在哪里，老婆又在哪里呢？

▶ 4

无论怎么说，日子总得往前走。无论怎么说，春天到了，春天让人有一种萌动的欲望，就像正待发芽的小草。

炊饼走之后，定日县城来了一个女人，23岁，皮肤白皙，确实让我们眼前亮了一下。但也只是短暂地亮了一下，因为她是马蜂的小学同学，更因为她是马蜂的对象。没有我们什么事，但我们还是很高兴，一是为马蜂高兴，一是因为这里毕竟有一个年轻的女人了，看看也行。

她叫刘莲，因为是女孩子，我没有太造次，就叫她"阿莲"。阿莲护士专业，在医院里有两年的工作经历，这次来是准备和马蜂完婚的，他们通过信件已经谈了两年的恋爱，这一点是阿莲告诉我的，而不是马蜂，藏得够深啊。

婚礼就在县医院里举行，我第一次当了证婚人，我是他们婚姻的见证者，尽管我自己的婚姻还不知道在哪里，但我深深地为他们祝福。

晚上，按照汉族的传统，我们几个在县城的汉族年轻人去了马蜂的宿舍，在那里闹洞房，各自都出了题目和节目，玩得有点疯，在游戏中，无意间，我碰到了阿莲那对硕大的奶子，很有弹性，也很酥软，差点让我晕倒。一切游戏结束，恢复平静之后，我们只是坐着，天南地北地闲聊，阿莲没有丝毫的羞涩，很开朗，但我却再也没有正视过她的眼睛，像一个做错了事情的孩子，腼腆地低着头说话。

▶ 5

一个礼拜之后，马蜂将我们叫到一起，说出了自己的打算。

"我想开一个诊所，就在县城里，定日县城的第一个诊所。"马蜂说得很坚决。

这件事情以前好像提过，但搁置下来了，现在马蜂突然郑重其事地将其摆在了桌面上，让我们感到有点意外。

"好啊，早就该弄一个了，医院一下班，我想买个感冒头痛的药都有点为难。"鸡毛第一个说话，他总是表现得很积极，无论什么样的事情。

"是啊，你当医生，阿莲当护士，你是兼职，阿莲是全职，简直就是绝配啊。"鸽子说。

马蜂将询问的目光移向我，我还在愣神当中，平时常见的马蜂原来是一个很有主见的人，我确实有点小瞧了他。见他看着我，我只说了一个字："行。"

"这么说大家都同意了，那我们就合计一下具体的计划。"说着，马蜂拿了一个本子出来。

上面写了很多数字。他解释说："办一个诊所，按照现在的需求，最起码需要两万元，而我只有一万块钱，这就是我叫大家来的原因。"

"我出3000块。"鸽子说。

"不好意思，我只有 2000 块。"鸡毛声音很小地说。

目光再一次聚焦在我的脸上。我倒是存了点钱，有 4000 块，但这钱我是准备寄给家里的，毕竟父母供我上大学很不容易，我不能一点回馈都没有，怎么办？我一时不知道该怎么回答。

▶▶ 6

冷场。马蜂的脸上出现了失望的表情，并将目光从我的脸上移开。阿莲那熠熠生辉的目光也慢慢地黯淡了下来，默默地低下了头，默默地抓起马蜂的手，使劲地握着。

"你怎么会有那么多钱？"鸡毛打破了僵局，询问马蜂。

"我其实也只有 3000 块钱。阿莲来的时候带了 8000 块钱，这是她工作两年的全部积蓄，本来说是到了这里为结婚而用的，置办酒席、添置家具，甚至还为将来的宝宝都考虑到了，但我们还年轻，我们需要做更多的事情，所以，一切都从简了。结婚花了 2000 元，但收了 1000 元，实际的支出只有 1000 元。家具就暂时不买了，为了能够把这个诊所办起来，凑合一下，就能过得去。"马蜂如数家珍，将自己前期的准备全盘托出。

"马蜂，你真了不起，没看出来啊。"鸡毛咋咋呼呼的劲又来了。

"我出 5000 元！"在面对这样的境况时，我不能再犹豫了。

大家迅速将目光移向了我，在愣了一下之后，竟然是欢呼和鼓掌。

"海子哥，太感谢你了。当然，我不能让大家白掏钱，我们按照股份制的方式进行利润的分配，我和阿莲占 50%，你占 25%，鸽子占 15%，鸡毛就只能占 10% 了。当然，刚开始的时候，我们还不能分配这些利润，还需要留一些周转资金，我们在年底的时候根据情况，适当地分红，将更多的钱用到扩大诊所的规模上。等达到一定的规模，不需要再注入资金的时候，我们就可以每个月进行一次分红了，一个月赚多少，我们按照刚才的这个比例分配就是了。当然，账目的事情你们放心，我这里准备了一个账本，所有进出账都一一记录下来，月底我们进行一次核算。"马蜂兴奋地向我们讲述着他的计划。

▶▶ 7

"借我 1000 块钱。"走进扎珠的房间，还没有等他向我打招呼，我就跟他说。

"怎么？缺钱花了？"扎珠问。

"不是我，一个朋友，我保证两个月之内还你。"

"别，什么时候有钱什么时候再还。"说完，扎珠从自己的口袋里掏出一沓钱，数了 1000 元给我。

我几乎没有停歇，直接向县人民医院走去。对于分红的事情，我并不是特别感兴趣，我是在帮朋友圆一个梦，也是在帮朋友的老婆支撑起一份生活的保障。我又一次让父母失望了，没有及时将钱寄回家里，我知道，他们在接到我寄回的钱的时候，期盼的并不是靠这点钱能够让家境有多大的改善，而是想得到一份回馈，还有乡亲们艳羡的目光，心理的满足胜于物质的诱惑，况且他们对于物质的需求并不大，地里的庄稼足以填饱他们的肚子。愧疚，或者是渴求谅解吧，谁让他们是我的父母呢？当他们知道我所做的这一切后，也许他们会原谅我吧。

马蜂郑重其事地将钱数了一遍，交给阿莲，又郑重其事地打了一个收条交给我，然后郑重其事地将一份起草好的协议交给我看。

写得很简单，但事情说得很清楚，我没有意见。

"有意见现在可以提，我们对协议进行讨论和修改，朋友是朋友，生意是生意，亲兄弟明算账。"马蜂说得很诚恳。

"如果要说有意见，我还真有点。"

"什么？你说。"

"在这个诊所里，你们是主角，我们三个也就是来凑个热闹，或者说帮个忙而已，你看分红的事情上能不能把你们的比例再提高一点？"

"你可别这么见外，你们已经帮了我很大忙了，再说，我们两个已经占了一半了，我们很知足。当然，平时你们没有值班的时候，也可以来这里帮帮忙，共同把这件事情做好。"尽管马蜂很坚决地拒绝了我的提议，但是我还是感觉到了他脸上表露出来的那份感动。

艰苦的环境当中，人和人经常会有一种说不清楚的亲近，一些虚与委蛇的客套在这样的环境中很难存在，这样多好啊！

▶ 8

协议签完之后，马蜂和鸽子去了日喀则买药、医用器材和柜子，我和鸡毛忙着店里的事情。

诊所的名字很俗气，叫"济世"，能不能济世我真不知道，但这也算我们的一种愿望吧。牌子是一块方形的木板上刷了三遍漆做成的，藏语的原文是土登帮我们翻译的，版面设计和书写则由我来完成，为了这块牌匾，我在地上整整用木棍划了大半个上午。

第一次写藏语，而且并不知道每一个字母所代表的含义，但我还是很兴奋，找来了一本藏文的书籍，将上面的字母对照出来，又仔细地琢磨了一番。整整花了半天，我才将那几个简单的藏语和汉字写上去，最后在最上面工工整整地画了一个红色的"十"字。其实有这个符号，大家就什么都明白了，但我依然将每一个细节都做得很认真，因为在我的心里，这是一件非常重大的事情。

有了诊所，从此我们的生活变得更有意义，这不光是钱的问题，而是因为这个诊所能够方便很多人，能够减轻很多人的病痛；有了诊所，我们不会再那么无聊，在工作之余会找更多的事情来做，让生活变得充实起来；有了诊所，我们就有了共同的去处，共同的话题；有了诊所，阿莲的生活会得到更好的保障，马蜂和阿莲的作用也会更好地发挥出来。

一件事情，表面往往很简单，但如果你细究下去，还有很多的意义在里面呢。

9

诊所开张以来，运营得很不错。

就在挂好牌匾，响完鞭炮，正式开张之后的一个礼拜，我却感冒了。

仔细想了想，晚上看书，炉火很旺，出去撒尿的时候少穿了点衣服，打了一个寒战，竟然就感冒了。我的体质不应该是这样的，大学四年，我一直在厕所旁边的一个房间里洗冷水澡，即使冬天，也没有间断过，哼唱着流行歌曲，洗得满屋子冒着热气，从来没有感冒过，怎么一泡尿就让我感冒了呢？

我没有去医院，而是来到诊所，马蜂刚好在，他为我量了体温，把了脉，只说了一句："重感冒，要想早点好，得输液。"

"吃点药不行么？"

"可能有点悬，这里是高原，比不得在内地。"

"上了四年大学，我一次感冒也没有得过，怎么突然间体质就差了？"我说出了心中的疑惑。

"高原就是高原，按照这里的海拔来算，空气中的氧气含量相当于海平面的一半，就是坐着，也相当于背了四五十斤重的东西，人体的各项功能都会受到影响，别逞强，还是要多注意自己的身体。"马蜂在讲述这些话的时候，俨然一个合格医生的形象，所说的话容不得你有反驳的任何余地。

他在一张纸上写下了一些药品的名称之后，就匆匆地去医院上班了，诊所里只留下了我和阿莲，这让我觉得有点尴尬。

10

阿莲示意我在旁边的一张小床上躺下，给我盖好了被子，又用纸杯倒了一杯开水，放在床头柜上。我乖乖地听从着她的指挥，受用地躺在床上，看她在我旁边前前后后地忙活。

她照着单子，在药架上一一地取下药来，排成一排，然后打碎针剂，用针管吸了，注入大瓶子中……很自然，很熟练，也很流畅。

当瓶子挂在床前准备输液之前，我不禁赞了一句："你的业务真熟练！"

她只是微微地笑了笑，并没有答话，依然进行着她的操作程序。当她捏住我的手时，一股温热从我的指尖迅速地蹿遍了全身。她并没有觉察到我的变化，只是轻轻地说了一句："手好凉。"

然后，她将手放在我的额头上焐了一下，那股温热和柔软的感觉又从我的额头蹿遍全身。

当她俯下身子，准备将针头插进我的血管的那一刻，一对硕大的奶子就在我眼前晃荡，我突然间想起了闹洞房那个晚上的场面，心跳得厉害，我不敢再看，将眼睛轻轻闭上，但是眼前晃动着的依然是奶子，比看到的还要大。我只好又将眼睛睁开，她已经站直了身子，观察着液体的流速，我为自己罪恶的想法懊悔不已。

"你看起来很紧张，怎么，从来没有输过液吗？"她微笑着轻柔地问。

我摇了摇头。

她走开去，给我掺了一点热水，说："感冒了，一定要多喝水，其实高原上本来就应该多喝水，这么干的空气。"

然后，她搬了一个凳子，坐在床前，开始和我聊家常，我也渐渐地放松了下来，那些乱七八糟的想法也就渐渐地没有了。

一连三天，都是这样。心想，生病真好。

▶ 11

一个月之后，发生了一件有点不太愉快的事情。

经营满一个月的那个晚上，我们聚集在马蜂的家里，阿莲忙着为我们准备晚饭，我们四个男人则在一起盘点。账目记得很清楚，这一点鸽子心里很清楚，因为上次买药是他和马蜂一起去的。结算下来，第一个月竟然有 3000 块钱的利润，这让我们都感到有些意外，因为我们的工资也就 1000 元多一点，这么一个小诊所竟然是我们三个人的工资总和，确实让人有点意外。

得到这样的消息，大家的脸上都带着笑容，可以说有点喜形于色，但我却有一个自己的想法，并把这个想法说了出来："我觉得应该给阿莲支付工资，否则，这件事情就不公平。"

马蜂的脸首先红了，说："这使不得，这样不好，咱不都事先说好了么？只在年底的时候算分红的么？"

鸽子和鸡毛对我的这个提议不光感到突然，也感到不满，这一点在他们的脸上和眼神中就很明显地读到了。

"先让我把话说完。这个诊所的所有权应该是我们的，我们五个人都算股东，

91

但诊所还需要经营,而主要的经营人就是马蜂和阿莲。马蜂是医生,阿莲是护士,试想一个诊所里面没有医生和护士,那还叫诊所吗?当然我们三个也参与了一些经营活动,但比较少,而且只是协助。那么我们该不该给主要经营者发工资呢?"我把自己的想法一板一眼地向他们说了。

整个屋子里没有声响,除了里间阿莲切菜的声音。我不喜欢这种静,不光不喜欢,还很反感。

▶▶ 12

一个人,当他面对利益的时候,往往更能够看出他内心深处更为真实的东西,这一点任何人都无法逃脱,就连美国总统也说:"没有永远的朋友,只有永远的利益。"我并没有那么高尚,在这 3000 块钱的利润中,按照比例,我可以得到 750 块,相当于我大半个月的工资,如果这样下去,别说扎珠的那 1000 块,就是本钱也要不了多长时间就能收回,况且我们这仅仅是第一个月,继续下去,每个月的利润只会增加,不会减少。但在我的心底总是在思考一个问题,阿莲为这个诊所几乎付出了她所有的时间,她才是真正的经营者,给她一点工资,体现了一种公平,哪怕是一种相对的公平、象征性的公平也可以。如果连公平都做不到,这个诊所的经营就没有持久力。

"我看还是算了。"马蜂首先打破了僵局。

鸽子和鸡毛依然不说话,平常唧唧喳喳的鸡毛这个时候哑巴了一样。

"不,不能就这样算了,阿莲几乎是倾其所有,包括她所有的积蓄,所有的时间,还有所有的精力,这一点你们都看到了。既然看到了,就应该有所行动,有所表示,否则,我们就是木头。"我依然坚持我的观点。在我们这几个人当中,我的年龄比他们都大,我要出面主持一个公道。

"你看给多少合适?"鸽子终于发言了,这让我看到了希望。

"800 元,你们觉得怎么样?"

马蜂很感动,很激动地说:"这太多了,如果确实要给,那就意思一下好了,给个三四百块钱算是大家的心意。"

"这样吧,600 元,不能低于这个数,以后根据经营情况再适当调整,否则就没有什么意思了。"我说得斩钉截铁,并看了看鸽子和鸡毛,他们点了头,这事就这么定下来了。

藏地秋韵

第九章　她叫卓玛

　　当我握住卓玛的手时，有一种过电的感觉，柔弱的小手，能够将我融化。凝视她的那一刻，我被她磁石一般吸引住了，她不就是我想要找的女人么，纯净而明亮的眸子中放射着慈善的光芒，黄里透黑的脸庞上没有一丝脂粉，自然中透露着质朴，纯真里闪耀着青春……

▶ 1

当风不再那么拼命地刮，而是变得柔弱，甚至无风的时候，春天就已经到了尾声。在西藏的很多地方，科学家们给了一个基本的气候学上关于季节的定义，那就是"长冬无夏"，冬天实在太长了，它占据了半个秋天，又占据了半个春天，整个半年的时间，都被冬天这个不受欢迎的季节占据。从11月到次年的4月的半年时间里，冬都在我们的身边，很烦人，而且甩不掉。

为了和内地同步，人们还是按照内地的习惯将西藏分为四季，其中也有夏天，只不过夏天更有点像内地的春天，这样的季节总是受人欢迎的。

夏天到来之前，扎珠组织大家逛了一次林卡。

西藏有很多节日，多得你都有点数不清，其中多来自宗教的仪轨，也有很多来自传统，是民间长期流传下来的风俗习惯。而在日喀则地区把"六一"前后定为林卡节，有些单位甚至放长假来度过这样的节日，这倒是一件很有意思的事情。

林卡应该是在树林之中或者树丛旁边，但定日少树，林卡的地点就选在离观测站不远的一个河坝上。过这个节日之前，我们几个男同志先一天到达选择的地点，做准备工作。

在如茵的青草地上，我们合力搭起了一个巨大的帐篷，将林卡节需要的各种物资储备在帐篷里，晚上看护的任务就交给土登了。

▶ 2

河里有鱼，这是鸡毛事先就探听到的消息，于是他找了渔网。

在河边，逛林卡，每个人都有每个人的玩法。几个藏族职工在太阳底下玩藏秀（一种游戏，比骰子的玩法复杂一点），输了的要喝啤酒。因为只有两个藏族女职工，就只好由她俩忙午饭的事情了。

午饭吃的其实简单，藏语叫"土吧"，就是平常所说的面疙瘩，里面还有牛肉丁、土豆丁、萝卜丁，满满地煮了一锅。除了做饭，还要打茶，酥油茶、甜茶都有，根据自己的口味，想喝什么喝什么。

我和鸡毛、鸽子三个人的酒量不行，就在河边打鱼。水有点凉，太阳又有点热，我们挽起裤管，就在这样的冷热当中耐心地捕捞。鱼很少，也很小，难得捞到一条，只要有一条，都是几个人的惊呼声。

我所喜欢的是能够置身在这样的环境中，在大自然的怀抱中呼吸新鲜而自由的空气，这种感觉很好。于是打鱼的事情就交给他们两个来做，我则坐在草地上，看河水汩汩流淌，看山体绵延起伏，看白云在蓝天中翻飞走动。高原有高原的美，而这种美不能浮光掠影地去观看，必得静静地坐下来，静静地去体验，就像宗教，你必须将自己安置在一个安静的环境中，然后才能够悟出一些道理或者真理来。我是党员，在大学二年级的时候就已经入党了，自然不信宗教，但我喜欢在这样的海阔天空的环境中静静地思考，这样多好啊，我希望能够经常这样。

▶ 3

吃饭了。有女人真好，两位阿佳煮的土吧很好吃，我连着吃了三碗，中间还享用了鸡毛在火上烤的两条小鱼。

两个阿佳没有玩，基本上都在锅灶周边忙碌。这是藏族妇女的一个特点，玩是男人的事情，而女人所要做的事情远比男人琐碎，也远比男人要多得多，无论在牧区还是农区，走进一顶帐篷或一个农家小院，总会看到一个忙碌的藏族妇女。这种现象在都市里逐渐发生着一些变化，男人也开始做家务了，但毕竟还是少数。我以前一直以为北方的男人大男子主义比较严重，但藏族中这种现象也是比较普遍的，大家似乎觉得这就是一种理所当然。

有女人真好，我们就像一个大家庭，大家围拢在一起，边吃边开着玩笑，无论荤的还是素的，只要是玩笑，你尽管开。只要是结过婚的女人，荤段子都比较多，你说得过分一点都没有关系，她们不会介意，甚至胆子比你还大。

我起初学的最长的一句藏语是老多教给我的，"裤都比觅达觅达（裤子脱了看一看）"，他骗我说这是问候女孩子的话，这话我说给央珍听的时候，她先是有点惊讶，随后就哈哈大笑，"看什么看，有什么好看的，女人都一样。"搞得我有点丈二和尚摸不着头脑，最后搞明白了，准备向她道歉的时候，她却根本就没把这当回事。

一个男人，一生中必定有一个很重要的女人，我的女人会是谁呢？我不知道，但闲暇的时候总会想一想，想着想着，自己就笑了，想这些干吗？

▶ 4

林卡逛完的第二天，强珍来了，她的到来将快乐带到了站上。我也多了一个蹭饭的地方，对于我，无论什么时候，她总是很欢迎，这源自我对他们两个那点帮助。

渐渐地，和她混熟了。康巴汉子很优秀，康巴女人也有一种独特的魅力，活泼，但也很野，野得可爱，野得坦诚，野得豪爽。

我从她那里了解了很多康区的事情，康巴汉子一生中有三样东西不能缺，刀子、女人和酒，这让我想到了20世纪80年代疯演的两部电视连续剧，但其间并无关联。所谓的刀子，就是藏刀，平时挂在腰间，是一种装饰，吃饭的时候可以将大块的牛羊肉削成薄片，到了野外，又可以作为砍柴的工具，有了紧急情况，还可以作为防身的武器。女人对所有男人而言似乎都不能缺，但对康巴汉子而言更不能缺，女人让男人显得更加阳刚。至于酒，更是每天都不能缺的必需品了，不光男人能喝，女人也能喝，我的酒量还不到强珍的一半。在这一点上，我感同身受，酒能解渴，也能充饥，更能体现康巴人的一种豪迈之气。

说到康区的地形，我当时还没有去过，山连着山，沟壑纵横，道路就在山间盘绕，其险峻也就不言而喻了。强珍告诉了我在康区流行的一段顺口溜："康巴的路颠死你，康巴的酒醉死你，康巴的姑娘迷死你，康巴的汉子捅死你。"算是一种概括了。

▶ 5

嘻嘻哈哈的强珍是在休假，她没有回老家看望父母，而是选择来到了定日，选择来到了扎珠的身旁。我知道，她是在抢救失去的青春，爱情对于她来说，曾经苦涩多于甜蜜，分别多于相聚，现在既然爱情来到了她的身旁，她就不愿意放手，就想死死地攥在自己的手里，利用任何可以利用的机会和时间。一种全身心的投入，一种倾注生命的呵护，磨难让他们的爱情显得更加珍贵，也让他们对彼此都非常珍惜，磨难也使得他们的爱情会更加长久，而距离使得他们处在一种新婚般的喜悦当中，这未尝不是一件好事。

一般情况下，强珍是不会轻易来打扰我的，她知道我在做正经的事情，但只要我到了他们两个的宿舍，她就会为我做点什么，打茶，或者做饭，轻盈的脚步在屋子里走来走去，脸上洋溢着幸福的笑容。高挑的身材，依然耐看的女人的脸庞，她的青春还在，她的活力还在，在爱情的滋润下，她看上去要比实际年龄年轻十来岁。

相比强珍，扎珠的言语似乎更少了一点，但是也掩饰不住那股来自心底的幸福，他会用胳膊碰一碰强珍，或者给她一个微笑，或者摸摸她的脸蛋，因为我在场，他们或许还有一些收敛，但我已经分明感觉到两个相爱着的人的那股子黏糊劲。

爱，让一对已经过了热恋期的爱人重新焕发了青春，他们就像20多岁的小年轻一样，两个人如同一个人，整天形影不离。

▶ 6

我的第二篇论文的用稿通知已经来了，第三篇论文也开始着手在写了。

水平提升了，经验积累了，再往下写，应该更加顺手了，但我却陷入了一种困境当中。雪域高原之所以为国内外科学家们所关注，是因为它是一个巨大的隆起，平均海拔达到4000多米。因为高，它的成因备受关注，它的气候备受关注，它的生态也备受关注，它的冰川甚至成为了人们揭开很久以前这里的气候和生态状况的钥匙。因为大，它的影响备受关注，它的机理也备受关注。但我所使用的资料只有一个站，高原上很小的一个点，高原上更广袤地域的资料我没有，高原周边的资料我没有，仅仅研究这一个点，路就会越走越窄，甚至会走进一条死胡同。

现在，我的状况就是在这条死胡同里苦闷地徘徊。

郁闷，迷茫，孤寂，各种绝望的情绪在我的心头涌动，我还该研究点什么呢？这么走下去，我还会看到希望么？

放下论文，我打开信纸，将我孤苦无助的心情和境遇告诉了远在北京的我的老师和同学，希望能够得到新的帮助。

信发出去之后，我并没有停止自己前行的脚步，依然在书本和原始资料中寻找，就像一个在沙漠中行走的人希望看到一汪清泉，就像一个地质工作者在茫茫的乱石滩中希望找到一块矿石，我寻寻觅觅，以求温暖的怀抱。

跋涉在路上，很辛苦，但我依然向前，无论风霜雨雪，不管荆棘丛生。

▶ 7

唐博士是杨院士的爱徒，也是高原地理科学的专家，他的大名，我是在很多期刊上认识的。

唐博士是在夏天悄悄来临的时候，悄悄来到这个小县城的，戴一副眼镜，很和气，也很斯文。

和唐博士一同来到县城的，还有地区局的牛局长，但这次见她似乎少了点以前的盛气凌人，在唐博士面前总是点头哈腰，显得很恭顺。我知道，她能给这么大的面子，陪着一个博士到这个小县城来，不光是看在唐博士的面子上，更重要的是看在杨院士的面子上。打狗总要看主人，看光环，也看这个光环的发光体，这究竟是一种本能，还是一种惯性，抑或是一种文化的熏陶，我不想深究太多。

让我感到惊喜的是唐博士就是给我写信的那个人，他现在担任了五个学术期刊的编委，我发表的第一篇论文就是他审改的，回信也是他亲笔写的。这个世界很大，这个世界又很小。

当他把这个消息告诉我的时候，我甚至激动得有点手舞足蹈，我不知道该说什么，但我确实有很多话要说。

"很不错，能在这样的地方搞科研，有点难为你了，只要坚持，就会有效果。"在我还没有说话之前，他已经发话了。

我脸涨得通红，想了很多感谢的话，可一句也没有说出来，只是使劲地点了点头。

"有没有兴趣报我的研究生？我觉得你将来会很有成就，就凭你这股子劲。"唐博士问。

我呆愣在那里，不知道该怎么说，这个问题对我来说实在有点过于突然。

▶ 8

"牛局长，你舍不舍得让他离开工作岗位，跟我继续深造？"见我没有回答，唐博士以为我有什么为难的地方，转身问地区局的女局长。

"那敢情好啊，我们整个地区还没有一个硕士呢。"牛局长回答得很爽快。

这时候我终于回过神来了，向唐博士表白："能够得到唐老师的指教，是我做梦都在想的事情。"

唐博士只是笑了笑，很受用，看来赞美无论对谁都是一件很有用的法宝。

一起来到会议室，唐博士说出了他此行的目的："每年，我们都要在珠峰进行一段时间的观测，今年也一样，只是去年是杨院士直接安排的，没有打扰咱们站上的人。这一次由我带队，亲自参与。我们的人手不够，希望在站上再找两个人，这不，你们的牛局长也来了，我想事情会更好办一点。"

"我去。"我第一个举了手，我想去珠峰看一看，来定日快一年时间了，没有去过珠峰，说出来都有点丢人，更重要的是，我希望能和唐博士共事，向他多讨教一些问题。

"我也去。"鸡毛紧跟着举了手。

"好，就你们两个了。牛局长你看如何？"见还有人要举手，唐博士忙打断了，征求牛局长的意见。

"没有问题，就他们两个了，年轻，业务也都很好。"牛局长挥了一下手，那个久违了的动作在她作决断时又出现了，这让我觉得有点好笑。

▶ 9

就在我们准备出发的前一天，又来了一辆车，里面有四个人，司机大胡子，厨师老蒋，工程师姚华，让我感到意外的是，还有一个异性，她叫卓玛，是唐博士的学生。

在和别人握手的时候，大家客套地只是履行一种仪式，而当我握住卓玛的手时，却有一种过电的感觉，柔弱的小手，能够将我融化。凝视她的那一刻，我被她磁石一般吸引住了，她不就是我想要找的女人么，纯净而明亮的眸子中放射着慈善的光芒，黄里透黑的脸庞上没有一丝脂粉，自然中透露着质朴，纯真里闪耀着青春……

"该我认识一下了。"鸡毛催命一样地喊道。

德行，见了女人就两眼放着绿光。我心里骂道，剜了他一眼。放手的那一刻，我却笑了，我自己还不一样么？

"卓玛比你小，但是你得管她叫师姐，她现在正在上大四，马上就毕业了。秋季就上研一了，是我的学生，我希望明年你也能成为我的学生。有什么问题，可以多向她请教，她毕竟是科学院的本科生。"唐博士向我补充介绍。

"还请小师姐不吝赐教。"我大大咧咧地说。

她笑了，脸上出现两个酒窝，迷人的酒窝，酒窝里没酒，但我却有些醉了。

藏族女子

第十章 漫步珠峰云端

敞亮的不仅只有天空，还有珠峰，她将自己完完全全地裸露在我们的面前，在朝阳的照射下，冰清玉洁，山顶上还顶着一抹金黄，那就是平常人们所说的金顶了。她像一个伟岸的巨人，张开双臂，希望我们走进她的怀抱。

▶ 1

马达声在院子里轰响的时候,我还在被窝里。长期养成的不值班就睡懒觉的习惯,让我在加入这个队伍的第一个早上就出尽了洋相,衣服胡乱地穿上,脸也来不及洗,头发直挺挺地都竖了起来。走出宿舍的那一刻,刚好碰见卓玛,她咯咯地笑了,让我感到非常难堪,唉,怎么给美女留下这么一个邋遢的印象?

我和鸡毛一起钻进了卡车之中,这让我想起了来定日时的情境。尽管时过境迁,但记忆中那些往事依然非常清晰,只不过我现在不用坐在车后的敞篷之中了。

在公路上,越野车总能够体现它的优越,噌地一下就蹿出去好远,我们只能在后面摇摇晃晃地慢慢走,况且车上拉了满满一车的东西。

路过边防检查站时,我见到了那个帮助我的军官和那群士兵,他们都和我友好地打着招呼,我一一和他们握手。这并不全是一种客套,更多的是一份感谢,在那样的时候,有这么一群人,曾经帮助过我。

车辆到达老定日的时候,珠峰露出了头,跟我在金刚山上看到的一样,依然那么挺拔。我和鸡毛在车厢里你一言我一语地讲述着当时登山的情境,脸上都洋溢着激动的笑容。

▶ 2

离开检查站不久,我们就来到了一座山前,这里有一道闸口,用一根绳子就将路挡住了。旁边有一个小房子,房子里面住着一个藏族老头,见到我们的卡车时,唐博士已经完成了交涉工作,卡车基本上没有停,就顺利地通过了。

加乌拉山,海拔5210米,这就是我们要征服的一座主要的山脉了。山的海拔比较高,但相对高度并不高,因为我们已经在海拔5000米的地方了。路程也不算太长,但这一段路走起来实在有点让人受不了,原因是翻过这座山要拐147个弯,弯很急,且全是砂石路。

我和鸡毛在车里无话,摇来晃去,都捏着一把汗,看师傅娴熟地操作。减速,向右猛打方向盘,加速,再减速,向左猛打方向盘……一个弯道又一个弯道,一个弯道接着一个弯道,没完没了。

终于到山顶了,车子停了下来,师傅走下车,找了个地方,撒尿。我们也效仿着师傅的样子,解决自己的问题。这一点,在西藏的野外很常见,大家并不奇怪,路上没有厕所,于是到处都成了厕所。

就在转过身的那一刻,我被眼前的景象惊呆了,哇塞,白皑皑的雪山,一个连着一个,在云彩的遮掩下,犹抱琵琶半遮面。

"这里方圆一带海拔8000米以上的山峰有4座,海拔7000米以上的山峰就有

38座。"见我在那里诧异，师傅过来向我解释道。

这让我更加诧异，连师傅都知道得这么清楚，而我这个搞地球科学且就在珠峰脚下生活工作的本科生却不甚了了，于是用更加惊讶的目光看着他。

"你别这么看着我，这也是唐博士告诉我的，我哪知道这些？"师傅的回答终于让我释然了，毕竟面子还没有丢尽，捡回来了一点。

▶ 3

午饭时分，我们到达了大本营。在唐博士的指挥下，男同志开始搭建帐篷，卓玛则帮助厨师老蒋弄午饭。

帐篷一共有三个。一个大的，很宽敞，人可以在里面直立起来行走，里面摆放了四张床，那是唐博士、老姚、大胡子和老蒋的居所。

中帐篷则比较适中，人必须猫着腰在里面行走。鹅卵石上铺了两个床垫，放上我和鸡毛的被褥，基本上就将帐篷内的空间占满了，要进出，只好跪在被褥上挪了，这就是我们两个的暂时居所，我们要在这里度过五个多月的时间。

小帐篷是单为卓玛开设的，窄小得有点可怜，里面只能放置一个床垫，只好匍匐着进出了，但毕竟是一个"单间"，唯一的一名女性也享受到了特殊的待遇。在卓玛的帐篷前我们还简单地支了一个窝，那是卓玛从老家带来的一只藏獒的住所，它叫黑虎，是我给起的名字，因为它怎么看怎么像一只黑色的老虎。

一切都想得很周到，有了黑虎，卓玛就多了一份安全，在这个以男性为主导的地盘，一个柔弱的女性确实需要一个强有力的守护者，尽管我们都是高等动物，但是，人这种高等动物的品性，谁又能说得清楚呢？

帐篷支完，大概花了一个小时的时间，老蒋的饭也做好了，我们就坐在大帐篷里完成了在珠峰大本营的第一顿午餐。

▶ 4

吃完午饭，我甚至还在自己的"窝"里试着睡了一会儿，竟然睡着了，也许是一路的颠簸让我真有点累了，竟然还做了一个梦，梦见我看到了清清楚楚的珠峰。这一景象，我从到达加乌拉山的山顶开始就一直设想着，但一直没有亲眼见到，却在梦中见到了。

梦是被一阵乒乒乓乓的碰撞声吵醒的。走出帐篷，我才见到所有人都在忙碌着从车上卸货。我也立马加入其中，一箱又一箱的货物从卡车上卸了下来，我发现车子里面竟然有一个用棉絮包裹着的冰柜，这么冷的地方，要冰柜干吗呢？

见大家都在忙着，我也不好意思问，一起将木箱子打开，才发现原来里面装着的全是各类探测仪器，这些东西我很眼熟，但具体怎么组装，却非常外行。而就在这个时候，指挥长变换了，不再是唐博士，而是老姚。简单一点的架子什么的，是老姚指挥，我们来搬，就连唐博士也听从他的指挥；精密一点的仪器，老姚则亲自操作，我们只有站在边上看他熟练操作的份。

科学本来就是一个分工很细的工作，一个人再有水平，也不可能将所有的问题都解决了，也不可能精通所有的工种，这就需要分工，就像我们所从事的观测，这些数据汇集在一起，供业务人员从事业务所需，也供科学家的科研所需，每个人的工作都有意义，特别是我们在高原上采集到的数据，其意义就更加珍贵。在这个时候，我突然间明白，我一直以来以为只有中专生才干的观测工作，大学生也应该干好，也值得去做。

▶ 5

云彩依然有点烦人地遮挡着整个珠峰，我有些失望地在大本营附近转悠。夏天的珠峰，总是多云天，这里海拔太高，而山地的扰动又促使大气的运动很活跃，形成云彩的可能性就比较大，见不到珠峰的真面目也就不足为奇了，好在我们有好几个月的时间，这一时刻无论如何都能够等得到。

漫无目的地转悠，走上了帐篷附近的一个土丘，在这里我有了新的发现。

这儿有很多石头围起来的石堆，前面还有石板，上面还刻着字，仔细去辨认，有中文，有英文，甚至还有藏文。前面两种文字我阅读起来基本上没有问题，于是一个一个看下去，这才知道，这些石堆原来都是些墓冢，下面埋着的，有些是尸骨，但大部分却是衣服，有些甚至只是死者生前用过的一个物品。石板上记载着他们的名字、国籍，还有他们遇难的时间。他们有一个共同的特点，那就是在攀登珠穆朗玛峰——世界上海拔最高的山峰时献出了自己的生命，大多数的人就埋在了珠峰的冰雪当中，只有少数找到了尸体，埋在这里。

我心中不由生出一股悲怆之情，在头上摸了一下，没有帽子，于是我站在原地，对着这些亡灵，低下了自己的头颅。他们是英雄，我向他们致敬，也为他们默哀。

生命之于大山大川，大江大河，显得如此渺小与卑微，这些人在征服山峰的途中永远地离开了我们，然而尽管有这么多的遇难者，登山的事业却没有终止，征服自然的行动依然在进行。

我看到了那一个个身躯，与山峰相比，显得那么渺小，但是他们都在往前走，不断地往前走……

▶ 6

"跑哪去了？唐博士在找你呢！"鸡毛站在土丘下喊。

我从遐想中回到了现实，折转到他的身旁，问："什么事？急么？"

"不知道，好像是要和大家开个会。"

走进帐篷，人全部到齐了。我们俩随便找了一个地方坐下。

唐博士说："我们开个短会，主要是想和大家说一下我们接下来要开展的工作。工作分两块，一块是观测，另外一块是取样。观测大家基本上都知道，由姚华负责，黎海和小纪配合进行。取样的工作也分两块，一块是水样的选取，卓玛负责每天的水样采集，每天两次，早8点和晚8点，就在珠峰流下来的水中采集，并标明采集的日期和时间。另外一块工作稍微要辛苦一点，我们要上到6400米，采集那里的冰样，也就是要在那里钻取冰芯。取样的工作由我负责，冰芯的采集工作到时候根据情况我们再确定具体的人选。工作尽管比较简单，但却非常重要，一定要严谨、认真、负责，做到一丝不苟，不能出现任何差错，不能出现缺测和迟测现象。"

这时候的唐博士不像是个科学家，倒像是一个领导，一个指挥家。而此时我才明白那个被包裹得很好的巨大的冰柜的真正用途了。

"保证完成任务。"鸡毛第一个发言，竟然引来了一片轻微的笑声，而我们只是点了点头，表示已经清楚各自的任务了。

"好，工作从明天早上开始，一定要提前起床，并做好相应的准备工作，按时开展工作。"唐博士说完，扫视了一下帐篷里所有的人一遍，脸上露出了满意的笑容。

▶ 7

没有电，柴油机就在帐篷不远处"突突突"地响，那也仅仅只是为大帐篷里的那盏灯泡供电，10点钟就准时停止了。

我早早地钻进自己的帐篷，开始了睡觉前的准备。

打地铺，对于我来说，是第一次，但对于睡这种没有任何取暖设施的床，我却有自己的经验，因为从上初中开始，我就基本上以这样的方式入睡了。在没有热源的情况下，身体就是最好的热源，一切都靠体温来完成，不过，面对寒冷，人体也有一个适应的过程。

我先将被子铺好，确保三面都不会透风，然后将外套脱掉，钻进被窝，躺了5分钟时间，感觉被窝的温度有所上升，再一层一层地脱下去，就丝毫没有冷的感觉了，而一旦被窝被体温焐热，就一直能够保持一个恒定的温度了。

10点多钟，当柴油发电机的声音消失之后，整个河谷就安静了下来，只有远处的潺潺水流声似有若无，我就是在这样的状况下进入梦乡的。

但很快我的梦就受到了搅扰，猛地醒来，嘴里骂了一句："浑蛋老鼠！"

鸡毛也被弄醒了，于是我们又谈论了一会儿关于老鼠的话题。

"卓玛也打地铺，她也会碰到老鼠么？女同志可最怕这玩意了。"鸡毛说。

"有黑虎，老鼠敢去么？你才是狗拿耗子多管闲事呢。"我讥讽了一句，心里却想，人和人相隔得很近，但距离却显得那么遥远，明明卓玛就在我几米远的地方，但我却感觉她离我们很远很远。

在海拔 5100 米的珠峰大本营，人类的生存受到了极大的挑战，然而极具生命力的老鼠竟然如此肥硕，逃窜的速度又如此之快，让我们很感慨。人类说起来很强大，但是不是就是这个世界上生命力最强的动物，真是一个值得探讨的话题。

▶ 8

第一天的观测和取样都很顺利，不顺利的是我依然没有实现自己的愿望。8 点钟观测的时候，我和鸡毛跟着老姚一起进行，毕竟有些观测项目略微存在区别，他需要向我们作一些交代。

观测结束了，太阳从云缝中露出了一点头，而珠峰却一点都不愿意露头。其他人都是多次来过珠峰的，但对于我、卓玛和鸡毛来说，却非常急切地想看到珠峰，只是珠峰依然不愿意展现自己的容颜。

10 点钟，珠峰的头露出来了一点，约摸半个小时的时间，头被云遮住了，却露出了腰身。

我干脆自己泡了一杯茶，坐在那个土丘上，希望能够等到我想看到的景象。

11 点，头和腰完全被云所遮挡，只露出山脚的一抹白雪。

等到 11 点半，整个珠峰就全藏在云里面了，而且云越堆积越多，甚至飘到了大本营，还淅淅沥沥地开始下雨了，这就是珠峰的气候了，多变！

我很失望，卓玛很失望，鸡毛也很失望，三个失望的人相互对视着笑了笑，开始往各自的帐篷里钻。

"卓玛长得真漂亮。"躺在床上的那一刻，鸡毛感慨地说，脸上浮现出了一点既喜悦又落寞的表情。

"你他妈别猪八戒想媳妇打她的主意。"我知道他心里又在想什么了，笑骂了一句。

"唉，算了，我只是一个小小的观测员，也只有中专学历，算了，想也是白想。"那丝喜悦没有了，浮现在脸上的是比没有看到珠峰还失望的表情。

"知道自己是坨牛粪就行，鲜花就别想了，野花倒有可能插在上面。"我揶揄了一句，又觉得似乎有点过头了，看了他一眼，他依然那么直挺挺地躺着，想着自己的心事。我知道，他并没有把我的话放在心上，我们之间这样的玩笑开得多了，有谁会在乎呢？

9

整整一个下午，我们在凄迷中看近处的山。烟雾弥漫在山间，在那些碎石和岩缝中腾挪跌宕，轻旋曼舞，将所有她们可以展现的形态都一一地呈现在我们的视野当中。

"你看，雾，若即若离；山，时隐时现。多富于诗意，多漂亮啊！"鸡毛说，似乎很有兴致，我知道他就喜欢在女孩子面前卖弄那一点不太在行的文学才能，德行。

"不，那不是雾，是云。"我坚决地纠正。

"对，高原上很难出现雾，如果将云说成雾，那真是一个常识性的错误。"卓玛附和着说。

鸡毛被我们两个一唱一和的说辞给噎着了，脸在很短的时间内就变得通红。

"雾的形成，有一定的条件。首先是高度，雾一般在海拔较低的地区出现，而我们现在所处的高度是5000多米。其次，是湿度，雾要形成，湿度怎么着也要在95%以上，甚至可能达到100%，云中也许能够达到这样的湿度，但也有一定的困难。第三，是风速，要形成雾，风速应该在2秒/米以下，最好是无风，而我们所在的这个地方，风速何止2秒/米，起码也有七八秒/米了吧。"我一口气说完，全然没有顾及鸡毛的内心感受，谁不喜欢在漂亮的女孩子面前卖弄自己呢？你的卖点是诗情画意，而我的卖点是专业知识。

"黎海说得对，在高原上，我们经常会钻进云中，感觉上是在雾中，实际上是在云里。远处看着洁白的一团云，钻进里面才知道，水汽很多，能见度很低，远没有先前看到的那么白，这是一种视觉上的误差，这样的经历我有过很多次，特别是在高原上，极容易遇见。"卓玛的专业知识并不差。

鸡毛悄悄地走了，留下我和卓玛两个人，一起看风起云涌，像置身在仙境中的一对恋人。

10

吃完饭，我们都耷拉着脑袋，我心里依然在想着珠峰。不禁感慨，你可是位女神啊，为何总是犹抱琵琶半遮面；你可是位天仙啊，为何总是在云彩里穿梭，让我们无法一睹你的容颜？

"怎么了？好像都不大高兴，是不是第一天的工作就让你们有些懈怠了？"唐博士感觉得到我们三个人的情绪有些不对。

"绝对不是因为工作，我敢对天发誓。"鸡毛第一个跳出来回话。

"唉，都来两天了，还没有真正看到珠峰呢！我们还要等多久？"我说出了自己心中的困惑。

卓玛也认同地点了一下头,示意她也存在同样的疑惑。

"哎,为这个呀,亏你们还是搞地球科学的,这点基本的道理应该知道。你们这算什么,来珠峰旅游的游客,大多都是无功而返。珠峰的黄金旅游季节是6～9月,而这个时段又是对流天气发展最旺盛的时候,珠峰被云遮挡,这是一个很普遍的现象,那些'到此一游'的游客能够看到完完整整的珠峰的概率无疑像中了彩票的大奖。我碰到过很多老外,确实有点执着,带了帐篷,在这里一住就是一个礼拜,非得要看到珠峰才满意地离开。现在还有点早,再过些时日,我们这里就热闹了,很多老外都会来。放心吧,我们在这里要工作好几个月呢,别说一次,你们会看到很多次,朝霞,晚霞,金顶,旗云,你们基本上都能见到。"唐博士毕竟是多次来过珠峰的人,谈到这些,他如数家珍,这让我们释然,心情也轻松了许多。

晚上,睡在帐篷里,我和鸡毛搭讪,他哼哼哈哈地不太配合,我知道他还在为白天的事情和我怄气,有些想笑。卓玛是从北京来的高材生,选不选择我们,选择我们中的哪一个,那是她的事情,我们两个大老爷们争风吃醋有什么意思。这小子,就这德行,懒得理他。

▶▶ 11

早上依然按时起床,选择了业务,就选择了一份责任,不需要闹钟,心中那根绷紧的弦就是闹钟,会在适当的时候将你闹醒。

天已经亮了,高原早晨的脚步总是要缓慢一些,相比内地,时差在2小时左右。

亮了的天空一下子就显得很宽广,湛蓝中一丝云彩都没有。高原上居住和生活着的人们胸怀都比较宽广,与这里的蓝天有关吧,至少此时的我,心情非常敞亮,一扫前两天没有看到珠峰时的郁闷情绪,人显得很精神,也很亢奋。

敞亮的不仅只有天空,还有珠峰,她将自己完完全全地裸露在我们的面前,在朝阳的照射下,冰清玉洁,山顶上还顶着一抹金黄,那就是平常人们所说的金顶了。她像一个伟岸的巨人,张开双臂,希望我们走进她的怀抱。

我压抑着内心的喜悦和兴奋,按部就班地完成着观测的一切程序,然而心早已向珠峰飞了,飞入她的怀抱。

鸡毛和卓玛也满脸喜色,利用工作的空隙,时不时地瞅一眼珠峰。对于我们三个来说,这是平生第一次真实地、真切地、完整地看到珠峰——这个世界上海拔最高的山峰,这个在我们心中矗立了很久的山峰,这个在我们的梦中出现过多次的山峰——这是一个多么令人振奋的时刻啊!

我不是诗人,但在这样的时刻,我多希望有一首能够抒怀的诗歌让我大声地吟诵啊!

12

观测结束后,是早餐时间,半碗稀饭,半块饼,一点小菜,如此而已。在珠峰大本营,我们的生活显得比在县城更简单,毕竟物资的来源更为困难。

杯子里灌满水,我们出发了。鸡毛还顺手拿了一罐雪碧。

谁也没有想到,我们这次的行程竟然是一次考验生命的旅程,是一次终生难忘的经历。

"早去早回,不要走得太远,一定要注意安全。"临行前,唐博士向我们叮嘱道。

谁还能听得进去这些呢?我们要离珠峰更近一点,我们要看珠峰更真一点。在欢呼声中,我们雀跃着,欢呼着,向珠峰进发,向我们心目中最高、最美、最雄伟的山峰进发。

道路很平坦,我们走得也很顺利,我和鸡毛在高海拔地区生活了将近一年,卓玛是藏族人,大家谁也不服输,行进的速度自然很快。

"看,珠峰旗云。"卓玛突然很唐突地喊。

"什么旗云?"鸡毛不解地问。

"我好像在资料中看到过,说像一面旗子,飘扬在珠峰峰顶。"我从记忆深处搜寻着相关的信息。

"你们看,那不就像一面飘扬在珠峰峰顶的旗帜么?"卓玛指着珠峰问。

"什么呀?那更像一道被吹得歪歪扭扭的炊烟。"鸡毛不屑地说。

卓玛并没有为鸡毛的话语所扰,继续向我们介绍道:"说是旗云,但并不是所有的时候都像旗帜,大多时候像疾风中招展的旗帜,有时候又像怒发冲冠的烈马,也有一些时候像碧波荡漾的湖面,当然,有一些时候也像袅袅上升的炊烟,形态并不完全固定,瑰丽异常,为珠峰增添了无比美丽的色彩。"

"能给我们说说,旗云到底是怎么回事么?"我表现出了自己的谦恭,向一个比自己小的女性。在科学面前,没有性别和年龄的差别。

"好吧,歇一会儿吧,我给你们慢慢地介绍。"卓玛很自信地说。

13

我们找了一块路上的大石头,停下脚步,坐了上去。经过太阳的炙烤,石头是热的,很舒服。因为要聆听卓玛的解释,我们把她让在中间。

"旗云分为四个基本的阶段,初生、发展、旺盛、消散。我们现在看到的是初生阶段，云很零散，而且形状还有点飘忽，但慢慢地就会强盛起来，这个我们有的是时间慢慢去观察。"卓玛一改以往的羞怯，很大方地开始了她的讲述。

听到这里，我用唐博士给的那架相机拍了一张，一定要把这个奇观定格下来，作为资料，以后写论文也许会用得到呢。

卓玛笑了一下，两个酒窝又出现了，我喜欢她的酒窝，也喜欢看她笑。

她的笑容一闪而过，又显得很庄重地说："辛苦了，这是非常珍贵的资料，值得留存，回头也给我冲一套，我很需要这样的资料。早在20世纪50年代的时候，徐近之先生就首先发现了珠峰旗云，也作了一些研究，而且对旗云产生的原因作过一些初步的解释。"

听到了卓玛对我的赞扬，这比得到什么样的礼物都让我感到高兴。我也发现了我和卓玛的一份默契，在遇到科学方面的问题时，我们都显得很正式，甚至有点庄严感，似乎也有一点心有灵犀，这也许就是共同点吧。我为能认识她而感到高兴，也为她知道这么多而感到惊讶。

鸡毛已经站起了身，在路上走来走去，捡拾起石头，向远方掷去，显然他对这样的话题并不是特别感兴趣，也许是对卓玛赞赏我感到不爽，用摔石头的方式发泄心中的愤懑。

"旗云产生的真正原因是什么呢？"我却对这个话题非常感兴趣，再次向卓玛请教。

▶ 14

"真正充分论证珠峰旗云成因的，是高登义先生。旗云的形成主要和珠峰的特殊高度及其地理条件有关系，不同的天气系统也会影响旗云，但也只是影响旗云的强弱、形状和飘动的方向。"卓玛说。

"也就是说，天气系统可能给旗云输送水汽，也有可能因为方向的不同和风速的大小而使其出现不同的飘动形态。"我插话道，似乎对这个奇特的现象明白了一些。

"说得很对，有专业知识就是不一样。我再来说说旗云的成因吧。这一点，要在珠峰本身去找原因，珠峰的海拔高度是8848米（当时公布的数据，后确定为8844.43米），海拔7500米以下多以碎石表面为主，而在海拔7500米以上则多是冰雪。这样，就形成了不同的下垫面，石头由于颜色比较深，容易吸热，而冰雪表面的颜色浅，则容易将太阳的热量反射出去，于是，在7500米以下的大气温度比较高，而7500米以上的大气温度则比较低。热空气有一个特性，密度比较小，就容易向上运动，于是在珠峰的表面形成了一种上升气流。在上升的过程中，冰雪表面受热升华，这样就在大气中凝聚了更多的水汽，这也就是云产生的必备条件。到达珠峰峰顶的时候，云就基本形成了，再经过不同的天气系统产生的风的作用，就像一面旗帜招展在珠峰峰顶了。"卓玛的讲述很有条理，也很明白。

"哦，我终于明白了，这样的旗云不光珠峰有，其他地方也可能有。"

"是这么回事。"

▶▶ 15

"既然旗云的形成与太阳辐射有关，那也就是说这种现象只能出现在白天了，而且根据不同的日照强度而形成有规律的出现概率。"我也试着进行思考。

"说得确实很对。珠峰旗云一般在日出后形成，11～15时出现的比较多，而到了15时以后，整个珠峰地区大气的对流发展比较旺盛，大块头的云就出现了，旗云要么被云挡住，要么和这些云汇聚在一起，就很少能够看到了。"卓玛对我能够思考这样的问题感到很满意，兴致也似乎比较高。

"反过来进行推演，根据旗云的大小、飘扬的方向，我们就有可能推断出当地受到什么样的天气系统的影响了。"我受到鼓励，试探着继续深入探讨这个问题。

"跟你谈话我觉得很愉快，你很有研究科学的天赋，也很能思考问题。这一点已经有科学家想到了，而且还作过这方面的研究，推断出天气系统来袭，就可以进行临近的或者短期的天气预报了，也就是说，利用珠峰旗云来预报珠峰地区的天气，很实用，对于登山、探险，这样的预报能够起到很好的补充作用，这确实是一件很有意义的事情。"卓玛的兴致显然是被提起来了。

"怎么你对珠峰旗云这么在行？一套一套的，我都有点崇拜你了。"我问。

"呵呵，也不算什么在行，知道一点而已。我的家乡就在日喀则，自然对这里更感兴趣，所以，我的本科毕业论文就是专门研究珠峰旗云的，在研究的过程中还发表过两篇学术论文呢。这也就是我报考唐博士的研究生的原因，也是唐博士选择我做他的学生的原因。"卓玛一点都不矜持，显得很坦诚。

原来是这样啊！我说呢，这个小师姐竟有这么深厚的学术功底，看来让她和我一起去珠峰，真是一个英明的选择。

▶▶ 16

心中的谜团解开了，又休息了好一阵子，感觉全身都很轻松，脚下也更有力量，我们继续向前，继续向珠峰进发。

很突然地，一条河就横在了我们面前，这个时候，我们有两个选择：一是到此为止，原路返回；一是蹚过这条河，继续向前。

就在我们面临抉择的当口，卓玛突然兴奋地喊："看，冰塔林！"

她很少这么张扬，在我的印象当中，她总是很文静，这么突然地喊叫，应该是看到让她兴奋的景色了。

顺着她的手指方向，我们看到了在珠峰脚下海一样铺排开来的一座连着一座的小冰山，那应该就是她所说的冰塔林了。

这个时候意见出现了分歧，因为临近中午，鸡毛的意见是原路返回，原因是将来要打钻，肯定要经过那里，而且那个时候的物资相对比较充分。卓玛的意见则是继续向前，以看到冰塔林为今天最大的收获和胜利。在这个时候，我的意见就显得很重要了，卓玛用问询的目光看着我，满脸兴奋，我很不忍心让她扫兴，但理智告诉我，确实是该返回的时候了。

怎么办？我一时并没有给他们一个答案，而是望着眼前的河流发呆。随后，我又在河边巡视了一番，查看了水流速度，也查看了河中零乱地摆放着的石头。

最后，我说出了自己的决定："这样，我们跨过这条河，再往前走走，然后根据情况返回。"

鸡毛无奈地摇了摇头，卓玛则发出一声喜悦的尖叫。

▶▶ 17

走下一个小坡，我们就到达了河边，经过刚才在高处的侦察，我认定了一个地方，可以让我们顺利地到达河对岸。因为那里有几块巨大的石头，只要能踩稳石头，就完全可以跨过去，而无需蹚水。

打头阵的任务自然交给了我，一是我在三人中年龄最大，一是我在上中学的 6 年时间里每周都要翻两座山，过一条河，不光经验丰富，胆量也非常大。

前面的两三块石头，走着过去就可以了，中间的一块巨石比较高，而且还需要一定的助跑，才能确保一跃而上。

我第一个冲了上去，很顺利。

卓玛第二个冲了过来，脚踩在了石头上，但手却并没有去抓石头，整个人瞬间往下滑落。如果滑落将会掉落水中，并被水冲到下游的乱石之中，在石头之间碰得遍体鳞伤，就在那一刻，我下意识地抓住了她的手，并顺势往上一提，她扑入了我的怀中，一对乳房狠狠地撞击了过来，她的脸瞬间变红了，我却依然还沉浸在刚才惊魂的那一刻，脑袋里闪现着如果我没有抓住的那个万一。

轮到鸡毛了，他站在石头边，腿却一直在发抖，也许是刚才的景象确实把他吓着了，也许是他从来就没有过河的经验，嘴唇也在发抖，颤颤巍巍地说："我……我……晕水，水……水在走啊，速度好……好快。"城里长大的孩子自然有他们的优越性，但在这样的时候，在面对危险和困难的时候，他俨然就是一头笨猪。

18

鸡毛不敢过来，而我想返回去的时候，却发现这是一件不可能完成的事情，我们所站的位置比较高，而且只是在一块孤立的巨石上，没有助跑的空间。就这样，我们被这股水流分开了。只好就此分手，临别前，鸡毛将他的那罐雪碧扔给了我。

走上山沟，冰塔林似乎更近了一些，这好歹让我们感到有些欣慰。珠峰的旗云也真正形成了，我按下了快门，将其记录了下来。

鸡毛似乎在对面说了些什么，但距离太远，河水又过于嘈杂，什么都没有听见，我只是向他挥了挥手，示意他可以先行回去。

这次的旅行，经过淘汰，最终剩下我和卓玛了。能够和一个美女单独在一起，这是一件很惬意的事情，我看着她笑了笑，她看着我笑了笑，会意地。

这让我突然间想起了鲁迅先生说过的一个故事，有些人就希望这个世界上只剩下他自己和一个美丽的姑娘，另加一个卖炊饼的。我算是那"有些人"中的一个吧，但遗憾的是没有卖炊饼的。

是的，爱情是自私的，我不知道我们之间会不会产生爱情的火花，但我希望我能够找到这样的姑娘，共度一生。因为我和她之间有很多的共同点，有很多共同的追求和爱好，这应该是一个不错的基础。但男女之间的事情，谁又能说得清楚呢？先不管这些，至少，我现在和一个我很欣赏的女孩在一起，这就够了，我能够和一个有好感的女孩一起向珠峰进发，这就够了。

是的，进发，不停地进发，向世界最高峰进发！

年轻的喇嘛

第十一章 6月飞雪

　　终于到了，终于触摸到冰塔了，终于置身在美丽的冰塔林之中了，那样的心情，用什么语言都无法形容。在拥抱了冰塔之后，我拥抱了卓玛，平生第一次，庆祝的拥抱，成功的拥抱，胜利的拥抱。虽然短暂，但却让我记忆一生。

▶ 1

没有现成的道路，凭着感觉，沿着河谷，以冰塔林为我们的目的地，呈直线进发。

实际上，这是一个很要命的错误，因为直觉欺骗了我们，简单的没有经验的直觉将我们引向了一条没有路的"道路"。而眼睛也在这个时候欺骗了我们，基于眼睛的基本判断，我们天真地认为，冰塔林就在不远的地方，但实际上，它距我们还很远。有过爬山经验的朋友都知道，山在眼睛看来并不高，这是一个误差性的判断，但让脚去走，就不是眼睛看到的那么回事了，要比看到的距离远上十几倍乃至上百倍。

人生面临无数次的抉择，一次抉择的错误会让一个人一生深陷痛苦当中。事实上，我们的这次抉择就是错误的，这种错误差点导致我们丧失了自己宝贵的生命。

我们首先面临的是道路的问题，关于这个问题，鲁迅先生也说过一句话，世界上本没路，但走的人多了，就有了路。话是这么说的，理也是这么一个理，但现实是，我们要走一条没有人走过的路。

没有前人脚印的道路充满了不确定性，也让人产生了一种前所未有的不踏实的感觉。行走在山间，一个脚印都会让你感动得想掉眼泪。

脚印，脚印在哪里呢？路又在哪里呢？

我们苦苦探寻，在大山之中。

▶ 2

首先摆在我们面前的是一个巨大的乱石滩，石头大小不一，最大的有一米高，小的则是些碎石，这就是我们要面对的"路"！

在这样的乱石滩中行走，无论对我，还是对卓玛来说，都不是太难的事情。一个男人，自然要承担起探路者的角色，我走在前面，找寻适合走过去的一条又一条线段。爬到高的地方，我会伸出手拉卓玛一把，那温软的小手在给我传递女人所发出的信息的同时，也给我力量和鼓舞。在低的地方，我也会伸出手，甘愿成为她的拐杖。

这样的上下和坎坷并不是最要命的，最要命的是能耗太大，如此折腾，再有体力的人，也会出现筋疲力尽的时候，还有一个要命的地方是我们并没有带什么食物，每人一杯水，还有鸡毛留给我的那罐雪碧，这就是我们的全部。路还很长，我们必须节约使用。在这样的时候，水，这种平时普通得有点多余的物质，竟然也成为了人生存最重要的元素。这个时候，喝水都不能称为喝水，而只能是舔水，嘴唇在杯沿上只要能感觉到有一丝丝滑入喉咙，就必须马上打住。这时候，我想到了一个词，润，是的，这时候的喝水只能算一种浸润。

水很珍贵，与此相反的是太阳，铺天盖地的阳光，火辣辣的，照在脸上和身上，很强的紫外线，刺得人眼睛生疼。太阳虽然辣，但并不是特别的热，这么高的海拔，气温本身就很低，加上微微地还有一些风，热度只来自身体本身，外界所供给的热量很有限。

在乱石滩中，我们喘着粗气，相互扶携着，一点一点地往前走。

▶ 3

走过乱石滩的时候，我们坐下来，在一块石头上稍憩，以恢复体力。

"怎么会有这么大一片乱石滩？"我嘀咕道，像是在问自己，也像是在问卓玛。

"山体滑坡，巨大的山体滑坡，你看高处那些痕迹就可以确定这一点。"卓玛说。

我的目光在整个山体上巡视了一遍，也终于确认了这一点。半山腰有一个巨大的缺口，而在这个缺口的正下方，就是这片乱石滩了。大自然的力量确实非常巨大，这种作品可不是人力能够创作出来的。

"怎么决定，我们是继续向前呢？还是原路返回？"卓玛瞅着我问。

"我们就这么半途而废么？太不值当了。"这是一个很艰难的决定，我并没有随意地作出，但我不甘心。

"是啊，好不容易辛苦走过了这么艰难的道路，我们再返回去，确实有些不值当。"卓玛也说出了心中的想法。

"继续向前，你怕吗？"我已经知道卓玛心里的想法了，故意问。

"怕？我从小的时候跟着叔叔放牛，整天在山里跑，这算什么！再说，不还有你吗？我就更不怕了。"卓玛猛地站了起来，信誓旦旦地说。

"一个是放牛的，一个是放羊的，遇到一起了，哈哈。"我开心地笑了，之所以那么开心，是因为刚才卓玛的最后一句话。

事实证明，这又是一个错误的抉择，为了逞强，人会有一些不理智的决定，这一决定，差点让我们命丧黄泉。

▶ 4

于是我们开始了第二阶段的攻关，这个时候的路相对来说是平坦的。路基本上没有问题了，只是有一些缓坡而已，所耗费的体力大大地降低了，只要你向前走，到处就都是路，即使没有人踩，没有脚印，那也是很不错的路，因为我们行走在草甸上。

新的问题却出现了，最为关键的是体力的透支，刚才在石滩中上上下下耗费了太多体力，人的力气已经被抽干，短暂的休息所能够提供的体力也不多，我们在行走了一百来步的时候就不得不停下来喘息，脚步沉重得像挂了两块巨大的石头。

雪上加霜的是没有热量补充，哪怕一个馒头或者一块饼子也行，哪怕一块薄薄的面包也行，但是没有，确实没有。

身边除了低矮的荒草和沙石之外，任何充饥的东西都没有。我们很饥饿，我们在饥饿中行走。

土丘，一个接着一个，慢慢地走上一个，冰塔林似乎近了，珠峰似乎近了，但真正走起来，路却显得那么漫长。

从一百步歇一次，到八十来步歇一次，最后甚至到了走二十来步就要停下来喘一会儿。

在没有食物的情况下，水也出现了危机，两个杯子里已经空了，一滴都倒不出来了，手头就只有鸡毛给我的那一罐雪碧了，它显得那么珍贵，每一滴都很珍贵。

我们两个将杯子放在地上，我将雪碧的一大半倒给了卓玛，自己只倒了不到四分之一。卓玛发现了，她不同意，用肢体示意平均分配，我说了一句："我是男人，一点水都和你争，还算什么男人?!"

卓玛没有再和我争辩，我们连争辩的力气都得省下来。她端起杯子，给我投了一个感激的眼神，然后我们继续向前行进。

▶ 5

冰塔林已经很近了，我甚至都能够触摸到它光洁的肌肤了，但我们却越走越慢，慢得像蜗牛在爬。

我们走得很近，在无意识间，我拉起了卓玛的手，我害怕她缩回去，但她友好地接受了，没有拒绝，柔软的小手捏在我的手里后，我们两个人的心就连在一起了。在这样的道路上行进，相互的鼓励也是一种巨大的力量。在这样的地方，天地很大，山峰很高，但却只有两个活物在缓慢地移动，这样的时刻，我们又怎能不紧紧地团结在一起呢？团结就是一种力量，是行动上一种相互支持的力量，是心灵上一种相互支持的力量。

冰塔在一点一点地变大，很壮美。我们也来了劲，加快了速度，这股力量来自对胜利的渴望，来自内心，来自希望，尽管体能完全透支，但依然有力量，这让我深刻地理解了马拉松运动员在看到终点那一刻突然间爆发的那股冲刺的力量从何而来，有希望就有力量。

终于到了，终于触摸到冰塔了，终于置身在美丽的冰塔林之中了，那样的心情，用什么语言都无法形容。在拥抱了冰塔之后，我拥抱了卓玛，平生第一次，庆祝的拥抱，成功的拥抱，胜利的拥抱。虽然短暂，但却让我记忆一生。

患难之后的胜利，艰难过后的成功，这一切都来之不易。

▶ 6

并没有首先欣赏美景，而是拿起杯子在汩汩流淌的溪水中盛水，然后拼命地灌进自己的喉咙。相对精神的需求，物质确实是基础，是前提。我肚子里流进去了十几杯接近零摄氏度的、刚从珠峰融化而流下来的冰水，卓玛也差不多，只管喝，顾不了其他，拉不拉肚子是明天的事情，今天我们需要补充水分，大量的水分，这一路确实有点委屈自己了。水尽管只能补充体内的水分，但它在一定程度上延缓了我对饥饿的感觉。

喝足之后，我们围绕着冰塔林开始仔细地欣赏。冰塔像一座又一座小冰山，铺排在珠峰脚下，成为了珠峰不可或缺的一个景致。恰是夕阳西斜时刻，余晖洒在冰塔上，更让其显得冰清玉洁，似冰雕，更似美玉，而冰塔缝隙间折射出来的光线，呈现出蔚蓝色、淡绿色、墨绿色，更让这一块又一块巨大的美玉增添了韵味。什么地方见过这么多的美玉啊，只有在珠峰脚下、冰塔林间，这种美无法用语言来形容，我们绕着冰塔，从不同的角度去欣赏，流连忘返。

"还是留个影吧，作为我们这次艰苦奋斗所取得的胜利的一种见证。"卓玛提议。

于是，我们站在不同的地方，和冰塔一起合影留念。与以往去过的景点的那种"到此一游"的留念不同，这是在珠峰，这是经过艰苦卓绝的努力后实现了自己的梦想而专门存照，值得一生珍藏。

人生的美好时刻有很多次，但毕竟有限，这也算是一次吧。

▶ 7

在欣赏完冰塔的美之后，我开始琢磨它们是怎么形成的，想撬开一个脚，可是人力在这个庞然大物面前显得很渺小，于是我只好求助于卓玛。她除了研究珠峰的旗云，应该还涉猎过这方面的知识。

"关于冰塔林到底是怎么形成的，我只简单了解过一些，真正了解这一块的是唐老师，他才是高原冰川的专家级人物。"卓玛显得有些不好意思地说。

"没关系，知道多少说多少吧，在冰塔林里说冰塔林更有意思一些，回到大本营，估计唐博士已经休息了。"我还是有点不太甘心。

"冰塔林是一种罕见的珍稀景观，由于冰川各部分运动速度的不同，或下垫面的变化，在冰川表面造成一些裂隙，这些纵横相间的裂隙将冰川分割成一个一个巨大的冰块。"

"也就是说，再早一点，这里全是冰川，和珠峰连接在一起的巨大冰川，这该有多么的壮观啊。"我插话道。

"应该是这样。冰塔林是大自然慢慢地精雕细刻形成的作品，只有在大陆性冰川上才可能出现冰塔林，而且还要在中低纬度的地区，高纬度地区的冰川上也不能形成冰塔林。唐老师曾经也给我讲过关于冰塔林的事情，他说，原来这里可能是一些小沙丘，下一点雪，气温在升高和降低的过程中，雪融化成水，又最终结成了冰，再下一点雪，再结一层冰……由于这里的海拔比较高，气温也相对比较低，结成冰的概率比融化成水流失的概率要大，这样长年累月地下来，就逐渐地形成了现在的冰塔林。"

卓玛对于这一现象的解释表现出了自己的谦逊，拿不准的事情，她并不妄下结论，而非自己的观点，她一定要加上得出这个结论的人的名字，这也正是一个科技工作者应该有的最起码的职业道德和操守，这，让我很敬佩。

▶ 8

看到了冰塔林，完成了我们今天自行设定的目标。补充了很多水分，又恢复了一下体力，这次我们真的该返回了，而要返回，我们必须选择一条前人曾经走过的道路，因为我们再也没有那么多的体力在路上耗费了。

经过一番观察，我们最终确定，爬上冰塔林东边的小山坡，因为那里就应该是登山和科考人员经常走的路了，这一判断应该没有错。

我们基本上没有停歇，就一路走了上去，这个时候的珠峰离我们非常近，近得可以触摸得到，因为几百米远的地方就是珠峰的山脚了，因为眼睛已经可以完全而清楚地看到披在珠峰身上的那套白色的玉一般晶莹的外衣了。但是我们不能再向前走了，我们必须返回去，我们没有食物，没有足够御寒的衣服，没有帐篷，甚至也没有光源，时间已经是下午6点钟了，是一般人吃晚餐的时候了，也是夜幕慢慢降临的时候了，在这样的大山大川之中，万一出现意外，我们将会面临生死考验。

对，返回。我们有时间，也有机会接触到珠峰身上的那套白色的外衣，因为我们还有一个使命，那就是在这件衣服上钻取一点冰样，带回兰州。

已经到了半山腰，我们甚至已经远远地看到人类在这里活动过的痕迹了，那是一种非常兴奋和愉悦的心情。

糟糕，相机没有拿，就在刚才喝水的地方，就在刚才卓玛给我讲冰塔林形成的原因的地方。高兴的时候，我们往往会犯一些低级的错误。要知道，那台相机的价格可是我两个多月的工资啊，更要命的是，相机里的胶卷完整地记录了珠峰旗云从产生到发展到旺盛到消散的所有过程，我真粗心啊！

9

我把自己的疏忽告诉了卓玛，她和我意见一致，要拿回相机，也要拿回相机里的胶卷，两者都很宝贵，哪一样都不能随意地舍弃。

卓玛慢慢地向前走，端着我的杯子。我原路返回冰塔林，取回相机。

在我折回来赶上卓玛的时候，她正在ABC（珠峰的一个营地，就在珠峰的山脚下，是登山队员休息的地方）等我，一片不小的空地上，有经幡，有被柴火熏黑的石头，有人类留下的种种痕迹，这也就是攀登珠峰的人们经过时必须停下来休整、补充能量的地方了。

在这样的地方，当我看到了人类活动过的痕迹时，一丝温暖竟然溢满了心头，刚才丢失相机而出现的沮丧心情也一扫而空。只要有路，就是爬，我们也能够爬得回去，还有什么好怕的呢？看来我们刚才的判断没有错，我们找到了一条相对乱石滩要更加平坦的道路。

时间已经是下午7点了，从卓玛手上接过水杯，我们开始了返回大本营的路程。这个时候，我们被眼前看到的景象吓了一跳。

铺天盖地的乌云瞬间将珠峰吞没，刚才还清晰可见的珠峰根本无法再看到，漫天的大雪从远处迅疾地朝我们扑来，太阳在云缝间透射出一点惨淡的光。

完了，完了，6月飞雪，在珠峰本是一件稀松平常的事情，但是对于我们来说，这却是致命的打击，凭风雪中的能见度，我们如何能够找到归路？

"玛尼堆！"卓玛有些失控地尖叫道。

什么玛尼堆？玛尼堆为什么导致她如此失态地尖叫？

10

顺着卓玛的手指，我果然看到了大石头上一堆人类刻意累积的小石头，就在玛尼堆的旁边，便是人类或家畜走过的窄小的道路，在这样的路上行走，要轻松许多，你只管往前走，不必爬上爬下耗费本已没有多少的体力。这时，我突然理解，为什么卓玛会发出那样的尖叫了。

我们已经顾不了许多了，一前一后，跌跌撞撞地往前走，我们要和即将到来的暴风雪赛跑，我们必须赶在它们的前面，只有这样，才能够为自己的生命赢得更多的时间。但因为体能的消耗，在两三百步之后，我们还是不得不停下来喘口气。5800米的海拔，这是人类生存的禁区，而在这样的地方，我们没有食物供给，现有的体能无法完成如此艰巨的任务。

我们失败了，在与风雪赛跑的途中。漫天的大雪裹挟着我们，我们就如同滔天大浪中的一叶孤舟，最终迷失在风雪当中。我们紧紧地拥抱在一起，连成一体，抵御强大的风，生怕那风将我们迅疾卷得无影无踪。

寒冷中，我们找不到温暖，只有彼此的体温。

我听得到卓玛的心跳，那种因为紧张和惧怕而强烈的、零乱的、猛烈的心跳。我不能以这样的心跳来回应她，在这样的时候，在面临生死抉择的时候，我，一个男人，必须沉静下来，稳定下来，寻找一个让我们都活下来的办法。

▶▶ 11

风慢慢地小了，雪却越来越大了，漫天的鹅毛大雪，一片一片，撕扯着，翻飞着，源源不断地从我们的头顶落下。

雪，并没有风那么可怕，而是变得很轻盈，很柔弱，很飘忽，在微小的风力的作用下，更多了一份浪漫和柔和。

"我们慢慢向前走吧，边走边根据情况再决定我们该怎么办。"我附在卓玛的耳旁轻轻地说。

她离开了我的怀抱，抬起头，感激地看了我一眼，脸上飞出一朵红色的云霞，那是女孩羞涩的云彩。在面临突如其来的袭击时，我们本能地拥抱在一起，共同抵御灾难。但当灾难消失后，我们又回归了人类的本性，显得矜持而无所适从。

也许是刚才我沉稳的心跳给了她安抚和力量，她没有任何托词，一切听从我的安排，跟随着我的脚步，继续往前走。

路宽了一些，一片草甸上落满了雪，我抓起她的手，怕她滑倒，也怕自己不慎滑倒，在这样的路上，我们需要相互的帮助。

"说说吧，说说玛尼堆。"我们不再像先前那样疲于奔命，都冷静了下来，将脚步放慢，将体力合理地匀给每一步。灾难往往能够教会你很多平时在教科书上学不到的知识，当灾难来临的时候，我们感到绝望，感到恐惧，但真正走在灾难中，心中却生出了一份坦然，跑又能怎样，躲得过自然的侵袭么？怕又有什么用，走得出即将到来的黑暗么？绝望就能救自己么，就能绝处逢生，跨越这漫漫的长路么？所以，我们必须踏稳每一步，一步一步地向大本营走去，一步一步地向生还的希望走去……

▶▶ 12

"在藏传佛教里，向路边放置石头，会给人带来好运，于是，每一个行走在路上的藏族人，都会本能地向路边堆放一些大小不同的石头，也就形成了玛尼堆。"卓玛慢慢地说。

"玛尼堆确实给我们带来了好运，感谢那些因为佛教教义而向路边放置石头的藏族同胞，他们不经意的举动给我们指明了道路，甚至解救了我们。"我感激地说。

"玛尼堆，又叫'多崩'，也就是'十万经石'的意思，信徒们每逢玛尼堆，就会丢一颗石子，而每丢一颗石子，就相当于念诵了一遍经文。在纳木错湖畔，有一个非常大的玛尼堆，有六七十厘米高，两三米宽，100多米长，全是小石头，都是转岛的人一颗一颗石子堆砌起来的。"

"那也应该成为了纳木错的一道景观了。"

"算是吧，还有更为有意思的景观，有人在板石上刻下经文，这样的板石堆积在一起所构成的玛尼堆才更是一道人文景观。"

"有机会一定得去看看，应该很壮观。"

"在山的垭口，你经常会看到五彩的经幡，上面印着经文和佛像，通常有蓝、黄、绿、红、白五种颜色的经幡，集合着天、地、水、火、土的五种意识，这些经幡经过风的吹动，会飘动，每动一次，也就相当于念了一次经文。这算是西藏一道宗教景观了。"

"这个我确实见过很多，但并不知道其中的含义竟然有这么多，看来我对西藏的了解实在是太少了。"我感慨地说。

相对于脚印留下来的关于路的印迹，玛尼堆更为持久，无论风霜雨雪都无法抹去这个指示性的痕迹，这，让我们的行进更有了方向感。感谢玛尼堆，感谢那些在路边丢放石头的信徒，他们一个不经意的行为，却让我们在迷途中找到了方向。

▶▶ 13

"停。"我的一声命令似的叫喊，让我们缓慢的行进顿时僵住了。

此时的时间是20：30，天已经完全黑了，如果继续往前走，会出现很多很不确定的甚至是突如其来的危险因素，也有可能会导致我们的生命就此结束，成为传统故事梁祝中的一对蝴蝶了。而现在的我们只是心连在一起，还没有最终确定是否就算一对，因为共同面对的困难让我们走在了一起，但爱情并没有在这个时候到来，如果就此让生命戛然而止，实在不值当。

我之所以突然喊停，不仅是因为天黑了下来，更是因为我看到了一块巨石。

我放开卓玛，绕着巨石走了一圈。石头有两间房子那么大，突兀地立在山坡之上，是天外来石吗？我没有时间仔细去想，脑子里装着的只是天黑下来了，我们该怎么办？

　　石头有一个自然的缺口，砸在地上后，形成了一个天然的小洞，我爬进洞去，只见有两三只老鼠在里面躲避风雪。见我来了，老鼠知趣地"唧唧"叫着离开了洞穴。又是老鼠，在海拔 5800 米的地方，它极强的生存能力再一次刺激了我。

　　"就这里了。"我爬出洞穴，对卓玛说。

　　"不向前走了？"卓玛很不甘心地问。

　　"不走了，今夜我们有可能就在这里度过了，这是大自然给我们盖的一间旅馆，很难再找到这么合适的房间了。"我自嘲地说。

　　卓玛没有提出任何异议，而是顺从地坐在了石头旁边，因为背风，感觉好多了，但雪依然在下，天黑得你甚至看不到对方的眼睛。

　　无边无际的黑夜里，我们停下了沉重而疲惫的脚步，望着漆黑的夜，我们看不到希望。

玛尼石

第十二章　冰山探险

　　时间就像凝固了，随之而来的也许就是我们两个渐渐地凝固，变成一对拥抱在一起的冰人，待人们发现的时候，我们已经停止了呼吸，于是会有很多新闻媒体的记者蜂拥而至，将这个事件传播得很远很远，会有很多作家挖空心思，再造出中国现代版的梁山伯与祝英台，世代传颂。

▶▶ 1

"我们不会死在这里吧?"卓玛有些伤感地问。

"不会,你尽管放心,我们的生命还不至于脆弱到这种地步。"我不知道将来,我只能自己给自己打气,也给卓玛信心。

"都怪我,我们在那条小河边就应该返回去的,但为了冰塔林,我们却落到这样的地步。"卓玛的语调依然比较颓废。

"不,决定是我作出的,责任应该由我来负,你没有错。"说到这里,我挨着卓玛,再次抓住了她的手,依然柔软,但有些冰冷。我想通过这样的方式,传递一份坚定地活下去的信心。

"为什么不走了?慢慢地摸索着往前走,我们总能回到大本营。"卓玛的语气稍微转换了一点。

"卓玛,你一定要有信心,有我在,再大的困难,我们一起面对。之所以停下来,是因为我听从于理智,我们都是成人,都应该理智地对待问题。你听,前面山涧发出的声音,是石头不断滚下悬崖发出的声音。你是懂得这一点的,在雪水的浸润下,山体表面的土壤松动了,石头在找不到坚硬的支撑的情况下开始向山下滚落。你想象一下,那些石头在滚落的过程中经过无数次的碰撞,会碎成几块。天这么黑,如果我们踩空,或者踩在松软的沙石上向下滑落,结果该是多么的可怕。所以,我们必须停下来,理智地停下来。"我说得很慢,但是每一个字都说得很清楚,我希望卓玛能够切实地认识到我们所面临的困境。

"我害怕。"卓玛轻声说。

我将她揽在怀中,轻轻地拍着她的肩膀,没有说话,希望靠这样的肢体语言给她传递一份力量。

▶▶ 2

"会有雪人么?我听唐博士给我讲过雪人的故事,它的脚掌有一个婴儿那么大。"卓玛问。

"唐博士见过雪人么?"我也有点怕,但依然压抑着自己的恐惧,平静地问。

"没有,谁都没有见过,但听他说有人见过雪人的脚印。"

"呵呵,这就说明这种巨大的动物也许有,但应该非常稀少,出现的概率非常低。"我终于找到安慰她的由头了。

"会有狼么?这样的荒郊野外,说不定会有狼,要是我把黑虎也带来那就好了,我好像听到黑虎的吠声了。"卓玛再次发问。

"狼,我还真不怕,我之所以找这个石头作为我们的依靠,就是看中了这里有一个洞。要不这样，你钻进去，躺在里面，至少不会淋雪了。"说完，我放开卓玛，强行让她挤进了这个狭小的石洞里。

"好点了吗？"我问。

"脚下有一股冷风，钻进了全身。"

我跑到洞子的后面，在开口的地方放了一些石头，又垒了一些小石头，用手扒了一些沙土，铺在上面。

"好些了吗？"我转到前面，问。

"嗯，好多了，谢谢你，你也钻进来吧，外面下着雪呢！"卓玛有点高兴地说。

我也很高兴，毕竟为她做了一件实实在在的事情，让她暂时能有一个简陋的居所。但我也感到很为难，洞子很狭窄，一个人凑合着能够躺在里面，但如果是两个人，就会显得非常拥挤，谁都会觉得不舒服。

"不，我就在这里守着吧，我是男人，这是我的职责。"我没有答应她的请求，我觉得能够做一个护花使者，很惬意，哪怕就这样让我变成一座冰雕。

▶ 3

"什么时候我们才能够离开这里，回到我们温暖的帐篷呢？"卓玛幽幽地说，像是在对自己，又像是在对我说。

"会的，雪总会停的，如果月亮出来，我们就可以趁着月光返回大本营了，哪怕有一点星光，我们也可以依靠它，还有带给我们幸运的玛尼堆，返回驻地。但现在不行，在这样漆黑的夜里，发生意外的概率实在太大了，我们要对自己的生命负责。"此时的我，显得比任何时候都冷静，我明白，如果说白天那个错误的决定只是让我们接受磨难，那么现在一个错误的决定就有可能让我们付出生命的代价，这代价实在太大了，绝对不能轻易地决断。

"唉，如果我们带一把手电筒就好了，依靠它的光亮，我们也会走回驻地的。"卓玛有些惋惜地说。

"哦，我兜里有一盒火柴，怎么就忘了。"说完，我从衣兜里掏出火柴，划着了，一片微弱的光，一丝没有什么实际意义的温暖。然后，又划着了一根，又是短暂的光亮，然后是更黑的黑夜。

"嘿嘿，你成卖火柴的大男孩了。"卓玛终于发出了笑声，这多少让我感到欣慰。

就那么划着，一明一灭，有限的光明。火柴已经没几根了，我准备停止这样没有多少意义的游戏。

"我好像看见外婆了，她正在灯下捻毛线，那么慈祥。"卓玛幽幽地说，声音有点微弱。

"我也看见外婆了，她在天堂看着我呢。"我也调侃地说。

很快，我就意识到有点不对劲，我说的是笑话，但卓玛说的有可能是梦话。如此疲劳，躺在洞里，很有可能睡着，如果睡着，就有可能冻成冰人，我被自己的这个推理吓了一跳，猛地站了起来。

▶ 4

"醒醒，快醒醒。"我摇着卓玛的头。

"怎么了？"卓玛的语调明显有些含混。

"千万不能睡着，睡着了就有可能再也醒不来了。"我喊着向她说。

"有那么严重吗？"卓玛显然是被惊醒了，惊惧地说。

不行，我得和她在一起，哪怕是冻成两个冰人也要和她在一起。让她一个人在洞里，我实在有些不放心。想到这里，我说："我也进洞了，这雪好像没有停的意思。"

"来吧。"说着，卓玛往旁边挪了挪。

我钻进了窄小的洞子，费了很大的劲。洞子实在太狭小，我们两个人基本上紧紧地贴在一起了。我的外套基本上全湿了，为了防止弄湿卓玛的衣服，我解开了外套。这样，卓玛就完全和我挨在一起了。

"我们会死么？"卓玛已经没有了刚才的那份羞涩，平静地问。

"不会，要死就死吧，我希望这样的时刻能够永久地持续下去。"在这样的时刻，我不想欺骗自己，对她的感觉由一种相互的怜悯和扶持，变成了一种好感，或者是一种说不清楚的感情。

一时无语，我们就这样紧紧地拥在一起，在一个狭小的石洞里，依靠彼此的体温战胜这漫漫长夜。

▶ 5

"我喜欢你。"沉默了一段时间之后，我对卓玛说。

夜很静，我说话的声音尽管很小，但却听得非常清楚。

没有回应，卓玛显然对我这样的表白没有什么心理准备，她是在思索该怎样回应我么？或者在想着如何拒绝我？还是在思考我怎么会在这样的时候说出这样的话？

我不知道她究竟在思考什么，但我却感觉到比黑夜更难熬的一种焦躁。

"你是真心的么？"在沉默了 5 分多钟之后，卓玛问。

"当然，你觉得我是一个随随便便的人么？"我对她的怀疑感到不满。

"我没有心理准备,还没有想好,这并不是一个简单的问题,也不能简单地回答你。"她话说得很慢,似乎每一个字都需要慎重地考虑后才能说出。

"我想吻你。"我并没有因为她的矜持和慎重而放松自己的进攻态势。

她没有任何表示,依然将脸对着我。我将唇压在她的唇上,她没有拒绝,但也并没有热烈地回应,从她的嘴唇传递到我的嘴唇的信息让我全身燥热起来,寒冷并不可怕,一个吻就能将其驱逐。

接下来的时间竟然是沉默,是我的唐突将我们之间的某种关系破坏了,在男人和女人之间,如果一种正常的状态被打乱,要么关系会更亲密,要么就可能出现冷漠或者疏远。

"对不起,怪我,面对死亡,我不能把自己真实的想法隐藏在心里,我得说出来,做出来,这样,哪怕是死,我也没有什么遗憾了。我是真心的,我不能欺骗自己,我知道我应该理智,但也许我没有机会了,也没有时间了,请你原谅我的冒失。"我感到懊悔,但更感到憋屈。

"别这样,我并没有怪罪你,爱,是一个人最基本的权利,无论谁也不能剥夺。但我确实还没有准备好,我对你也很有好感,但还没有到爱的程度,这还需要一些时间,你能理解吗?"卓玛这次说得很平和,并没有字斟句酌,多少让我挽回了一点面子。

我没有说话,只是紧紧地将她拥在怀里,与她一起等待月光,等待星光,等待生命的希望之光。

▶▶ 6

时间就像凝固了,随之而来的也许就是我们两个渐渐地凝固,变成一对拥抱在一起的冰人,待人们发现的时候,我们已经停止了呼吸,于是会有很多新闻媒体的记者蜂拥而至,将这个事件传播得很远很远,会有很多作家挖空心思,再造出中国现代版的梁山伯与祝英台,世代传颂。

不,决不!我不能成为冰冷的尸体,也不愿别人借尸还魂进行炒作而达到他们的目的,我需要鲜活的生命,我需要美丽的爱情,我需要真实的生活。

"卓玛,醒醒。"我摇晃着她,她确实太累了,确实需要休息,但一旦睡着,就可能永远睡去。

"怎么我又睡着了,真的有点困了。"卓玛迷迷糊糊地说。

"我们说说话吧,黑夜总会过去的,曙光在几个小时之后就会到来,尼玛(太阳)会将它温暖的光芒洒遍我们的全身,我们要有充足的信心和耐心等待这一时刻的到来。"我安慰着她。

"说说话吧,我的口有点渴,好像杯子已经空了。"卓玛说。

我伸出手，在雪地里轻轻地刨了一会儿，团出两个雪团，一个给她，一个给我，说："没有食物，但水还是有的，天仙为我们恩赐了这么多的纯净水呢！"

　　雪确实有点冰，但是一点一点地啃，用嘴含着，焐热之后，再从喉咙里一点一点地滑下，就能够浸润全身了。

　　"我想起了一首歌，现在正在流行的歌。"我说。

　　"唱给我听。"

　　"'你知不知道思念一个人的滋味，就像喝了一杯冰冷的水，然后一滴一滴流成热泪……'"

　　"多美的歌词啊，你思念那个人么？你会把冰冷的水化成热泪么？"

　　是啊，这是一个我无法回答的问题，在这样的时刻，我会思念谁呢？我会为谁而把这冰冷的雪水化成热泪呢？

▶▶ 7

　　"怎么不说话了，怎么不唱了，你在想什么呢？"卓玛见我并没有回答她的问题，问道。

　　"思念父母，在这样的时候，我很想他们，离别他们很久了，我一直没有回去，我甚至都没有给他们寄钱回去。"在面对死亡的时候，我突然间懊悔，我不应该为了友情而轻视了亲情，那些钱，我也许真的应该寄给父母，而不是拿给马蜂。

　　"除了父母，会不会还有一个女孩值得你思念呢？"

　　"没有了，过去的，就让它过去吧，我现在有你。"

　　"哼，骗人，你这样的男人，不会没有女孩子喜欢，也不会没有谈过恋爱。"

　　"有过，她叫娜，我们大二的时候确定恋爱关系的，但在大四的时候不得不分开了。她不愿意来西藏，我不愿意留在她父母所在的那个城市吃软饭，于是，受伤的我毅然来到了西藏，西藏是一剂疗伤的好药，大山大川、大风大雨之中一切伤口都会慢慢地愈合。"

　　"你和她上过床么？"

　　"差点，衣服都快脱完了，我又穿上了。那是在我们都有了各自的决定的那个晚上，准备为这段恋情画上一个句号，用上床的方式，以自己的身体作为告别的礼物，奉献给对方，算是最终将这段历史以某种高潮的方式终结。然而进了房间，当一切在紧张而沉闷的气氛中进行的时候，我却失去了兴趣，在扒她内裤的那一刻，我停住了手，选择了逃遁。还是把这一切都留给她的新男友吧，我们之间已经出现了很大的裂缝，我们的爱情已经风雨飘摇，我们还需要像动物那样用性来弥合那巨大的裂缝么？当性没有爱情作为基础和支撑，我们与动物又有什么区别呢?"

一时无语,听得见雪花飘落的声音,我在回想那段逝去的时光,她在回味我刚才所说的一席话。

8

"我无权评价你的对错,但我相信你说的都是真的,我觉得你做得对,你很绅士。"卓玛先开口了。

"世间的很多事情,无法用对或者错来作出简单的评判,只要无愧于心,就足够了。在这样的时刻,也许明天我们无法见到初升的太阳,面对死亡,我无需再讲假话了,假话还有意义吗?人,在两种情况下,肯定会讲真话,一是酒喝高了或者喝醉了,一是快要死的时候。其他时间是否讲真话,就需要分析、判断或者验证了,其实人活得很累,也活得很假。"我觉得我自己变成了一个哲学家,什么原因?也许是死亡教给我的吧。

关于生与死,在佛教当中有专门的说法,弃恶扬善、因果报应、六道轮回……这些,在我的意识中表现得并不明确,也不清晰。此时的我,却对生与死有了一些新的认识,对于人来说,死亡是必然的,但什么时候死,怎么死,并不能够预料,也许明天我们就死了,但至少今天我们要努力地让自己死亡的概率降低,比如锻炼,比如定期体检,比如平复心态……而更重要的是,我们要让今天过得更有意义,更有价值。

"说说你吧,尽管说话要耗费我们的体力,但说话可以让我们意识清醒,让我们的机体活着,不至于冻僵,我们要活下去,我们需要说话。我知道,你内心有一些隐情,如果愿意,说出来吧,这样心里会好受一些。"听不见卓玛说话,我只好鼓励她,我希望通过这样的方式来降低我们死亡的概率。

9

卓玛先是叹了一口气,又低下头思索了一会儿,像是在梳理自己的情绪,又像是在给自己鼓励。

"我也有过爱情,也是从大二开始的,但大三就结束了,他是个藏族人,叫加布,他和一个美国女孩交往了,就疏远了我,并提出和我分手,我没有说什么,一个人在操场的角落里哭了半个晚上。此后,我决定考研,将所有的时间和精力都放在学习上,想忘却这一切,但每次在从教室回宿舍的路上,或者睡前躺在床上时,都会想起他。有时候,在校园里,我会看到他和那个金发碧眼的美国姑娘手牵着手从我的面前走过,我心如刀割,但我必须克制自己。在爱情面前,我只学会了一个词——折磨,无边无际的折磨。所以当你说你喜欢我的时候,我不知道该怎么办，能让你这么优秀的男孩喜欢，应该说是一件很幸运的事情，但我感到的是恐惧，而不是欣喜，我惧怕爱情，排斥爱情。因为就在我返回西藏，来珠峰之前，加布和那个美国姑娘去了美国，和你一样，我是带着创伤回到西藏的。"卓玛如泣如诉地说，让我的心都有些碎了。

我没有说话，而是更紧地将她拥在自己的怀里，那对温热的乳房在我的胸前燃烧，在冰天雪地里，我分明感到了一团炽热的火焰，熊熊燃烧。我看到了星星，看到了月亮，看到了曙光，甚至看到了灼热的太阳，看到了希望。

▶▶ 10

当你心中一片光明时，再大的黑暗也就显得那么微不足道了。尽管我看到了希望，但生命依然还处在黑暗之中。在这样的黑暗中，我感到庆幸，我们都打开了自己的心扉，我们的心灵一片敞亮。

我很矛盾，我希望时间能过得快一点，这样，我们就会更早地看到曙光，尽早地回到大本营。我又希望时间能过得慢一点，这样，我就能长久地拥抱着卓玛，拥抱着我心仪的女孩，从她那里得到爱的慰藉。但实际上，时间正在不快不慢地往前走，对谁都不偏不倚，很公正，我们必须在黑暗中耐心地等待。

缺乏食物，依然依靠雪来填充咕咕直叫的肚腹。雪已经停了，我不得不将手伸得更长，团出更多的雪球。

"这样的地方，说不定会有狼呢？"卓玛说。

"呵呵，这个我早已想过了，你看看洞口这几块拳头大小的石头，就是用来防备一些动物的侵袭的。"我显得很自信。

"我突然想起很久以前看到过的一本书，叫《鲁宾逊漂流记》，里面写了鲁宾逊因为翻船，一个人在孤岛上生活的故事，很感人呢！我们现在的境遇，竟然和他很相似呢。"

"我好像在上大学的时候也看过英文版的。他是一个人，而我们是两个人，感谢有你，因为你的陪伴，我比鲁宾逊要幸运。"

"应该感谢你，有了你，我才不会害怕，因为你，我才会有希望。"

生命，因为有了彼此的扶携，才会绽放出缤纷的色彩，也才会显示出更加强大的力量。

▶▶ 11

时间的脚步不急不躁，不快不慢，最终走到了凌晨 1 点钟，云彩中透出了点点星光。在黑暗中长时间地停留，对光的敏感度竟然提高了，我看到眼前一片清明。

"机会来了，我们该回返了。"我说。

于是我们爬出洞子，腿脚感觉有些微的麻木，动了动，我们开始趁着星光，依靠玛尼堆的指引向前走去。没有料到，平时那么微小的星光，竟然给我们提供了如此大的帮助。

身边是一片沼泽地，但因为有玛尼堆，我们走在前人无数次走过的小路上，心里才踏实了许多，毕竟走在这样的路上，我们才不会陷入沼泽之中，这是保障生命的小道。

走了约摸一个小时的样子，来到了一片草坝子上，上面积了厚厚的一层雪。路不怎么明显了，但更要命的是星星钻进了云层，那点微弱的光不见了，我们再次被扔在了黑暗之中，我不得不再次叫停了我们前行的脚步。

路上有一块石头，我让卓玛坐在石头上，自己朝不同的方向用脚凭感觉试探着能够走过去的路。在我匍匐着往前试探的过程当中，伸出去的一只脚突然悬在了空中，整个人因为雪的润滑，竟然开始向下滑，我感到了一股惊惧，两手抓住低矮的草，迅猛地朝上爬，最终回到了卓玛的身旁。

太可怕了，如果爬不上来，我会滑下悬崖被摔成肉酱，这次的尝试让我更加地理智了下来。不能再往前走了，在没有光照的情况下，在一片漆黑当中，贸然地尝试都会付出生命的代价，这代价实在太沉重了，也太不值得了。

▶▶ 12

已经过了午夜，没有了风，也没有了雪，但天上依然铺满了云。

摆在我们面前的有两大问题：一是饥饿，一是困倦。饥饿的问题依靠雪来缓解，尽管不能彻底地解决问题，但毕竟会稍微地缓和一下饥饿的感觉。困倦的问题却很让我们感到为难，体力的过度消耗，本已让我们非常疲惫，加上如此长时间没有睡眠，我们确实需要好好地睡一觉了。

在这样的环境下，睡眠就等同于死亡，怎么办？

我最终作出了一个决定，毕竟是两个人，体力和精力可以合理分配。于是我让卓玛在石头上坐着打会儿盹，我则在雪地里来回走。过一阵子，我坐在石头上打盹，她则在雪地里来回走。这样能够短暂地补充一点睡眠，也能够让身体在走动中获得热量，不至于冻僵。

我们在和时间打持久战，只要熬过这艰难的五六个小时，看到曙光，我们就胜利了。

每一分钟都很漫长，每一步都很艰难，但是我们需要坚持，依靠自己的毅力来坚持。尽管身体在超负荷地运转，但身体的极度透支换来的可能就是我们的生命，这点苦和累，付出再多也是很必要的。

没有到身体的最后一点能量耗干之前，就不能放弃，就需要坚持，因为你再努力一点，再坚持一点，曙光就会到来，生命就会延续。

我们不再说话，相互之间交换着动和静的状态，谁也没有偷懒，我们自觉地、默契地交班，就这样一直重复着近似呆板的动作。

▶▶ 13

7点钟的时候，曙光终于到来了，眼前的一切都非常明晰地展现在了我们的眼前。这一刻，我们等得太久，等得太辛苦，但它终归来了。

原以为前面的道路将会有多么的艰险，但路就在我们面前几十米的地方，在黑暗中，这几十米的距离竟然显得那么遥远，等到曙光告诉我们，路就在脚下的时候，我们才恍然大悟，原来如此。

人生中将会遇到多少这样的时刻啊，我们在苦苦地找寻，为此，我们绕过很多弯路，流过很多汗水，但其实它就在我们身旁不远的地方。这种恍然大悟的时刻在人的一生中会出现多少次呢？

摆在我们面前的有两条路，一条向上，一条却是顺着山谷向下。我没有急于迈开步伐，而是开始判断。顺着向上的路走，应该是一条人们经常走的路，应该说很平坦，但道路却很远。如果向下，我们很有可能面临麻烦，但是道路却简捷得多，关键是距离短得多，依我们现在的体力，选择捷径是一个最优方案。

我把自己的想法和判断告诉卓玛，她同意我的意见，于是我们沿着河谷中的一条小路向山下走去。

事实证明，我的这个判断和选择是正确的。人生的路有很多条，在走前，不妨停下急促的脚步，稍微地思考一下，你会为此少付出很多汗水。

▶▶ 14

卓玛在前，我尾随其后，我们用不急不缓的步伐向前走。

上山容易下山难，这是通常意义上的一句话，但对于此时的我们来说，下山要比上山更轻松些。一是我们无需去克服山的势能，能够在很大程度上节约我们的体力；二是我们是怀着一种愉悦而轻松的心情踏上归途的，这种轻松是经过苦苦地煎熬得来的，很不容易，也很难用语言来形容。

途中，我们还会不时稍微地停顿一下，抓起路边的雪，送进嘴里，以补充水分，同时缓解那种饥饿的感觉。

没有人说话，说话这种通常看来再简单、再平常不过的事情，对于此刻的我们来说是那么的奢侈。交流很简单，一个眼神，一个微笑，足够了，已经能够全部表达我们内心所需要表达的感情了。

蒿草凄凄，铺满了白雪，整个珠峰银装素裹，在黎明有点暗淡的光的照耀下，显得肃穆而庄严。北国冬日才有的风光，在 6 月的时节出现在我们的眼前。内地应该是初夏了，可这里却被白雪包裹，这就是西藏，神奇的西藏，独特的西藏。

景色很美，但我们却无意驻足，无心欣赏，我们心中只有大本营，那里有我们熟悉的同事，那里有我们睡过的床榻，那里有我们果腹的食物，那里有生命的希望和物质基础。

脚步不快，但每一步都很沉稳，我们踩着死神的肩膀归来，我们迎着生命的曙光归来，我们胜利了，雪人没有来，狼没有来，死神也没有来，只是饥饿，只是寒冷，如此而已。生命很强大，生命不容易被打垮，我们坚定地张扬着生命的活力，每一步都宣示着生命的伟大。

▶ 15

走下山谷，再绕过一个山脊，我们就看到了熟悉的场景，眼前是昨天我们涉过的那条小河。站在高处，我却感到为难了，河还是那条小河，但是水却比昨天大了三倍，要想在这个地方过河，绝对不可能。

我们再一次面临抉择，怎么办？我用询问的目光看卓玛，卓玛却用同样的目光在看我。在这样的时候，我需要给卓玛一个答案，因为在很多时候，身为男人就意味着你必须承担更多的责任。

我并没有轻易地给出这个答案，而是站在原地观察整个河流和两岸的情况，掌握这些基本情况，才能作出基本的判断和选择。

最后，我朝上指了指，算是给卓玛答案。之所以作出这样的选择，有两个原因：一是尽管远，但是却有一条很多人走过的路，我们可以在那里渡过河；二是越往上走，河水就会越小，渡过的可能性就越大。无论有多大的可能性，毕竟预示着希望，我们一路走来，就是在希望的鼓励下一点一点坚持到现在的。

在向上走的时候，我们却发现了一个非常现实的问题，坡很陡，每走一步，都要耗费很大的体力，走上十几步，我们就不得不停下来喘几口气，然后再向前走，速度极其缓慢，上坡的速度相当于刚才下坡的几十分之一。

这就是现实，但再慢我们也要向前，一点一点地向前，只要向前，就会胜利！

高原神晕

第十三章　带着爱，活着回来

和煦的阳光照在我们身上，两个疲惫的人，同时进入了梦乡。

饥饿，惊惧，恐慌，疲惫……这一夜，我们过得惊心动魄。

畅谈，鼓励，拥抱，热吻……这一夜，我们过得非常坦诚。

▶ 1

"停!"我欣喜地喊道,在半个多小时艰难的跋涉之后。

卓玛用惊讶的眼光看着我,不知道出了什么事情。

"我们就从这个地方过河。"尽管声音比较小,但我说得很果断。

卓玛没有反对,一路下来,她已经产生了对我的依赖,我所说的,必然有我的道理。

我们从山坡径直下到了河边,经过仔细考察,我确定了过河的路线。这个地方的河面相对比较宽,河中有三块大石头,把河水分成了四部分,这是一座天然的桥。而河面宽,相对来说,河水就比较浅,万一落入河中,只会遭更多的罪,但却没有生命危险。

坐在河边休息了3分多钟时间后,我起身,第一个跃上了第一块石头。卓玛效仿我,也迈了过来,基本上没有费多大的劲,第一步就完成了。

第二块石头也比较轻松地跨了过去,因为这块石头的面积很大。

第三块石头就有点问题了,因为它距第二块石头的距离相对比较远,照正常的跨越肯定会落水。我选择了助跑,在具备一定的初速度的情况下,我稳稳地落在了第三块石头上。我用鼓励的目光看着卓玛,她有些胆怯,但很快就镇静下来了,跨过来,才能继续向前,否则,一切都将半途而废。

卓玛的脚尖点在了石头上,身体有一个向前冲的速度,我在接住她的同时,身体拧了一下,才将她稳稳地抱在怀里,否则,我有可能被她的惯性冲进水里。

▶ 2

最后一步,我们就剩下最后一步了,这一跨将意味着我们的完全胜利。

我跨了过去,有点艰难,但基本没有问题。问题留给了卓玛,她的步幅没有我大,而第三块石头比较小,并不能提供助跑的空间。鼓足勇气,卓玛跨过来,脚没有踩在河岸,而是踩到了水里,差点摔倒,我一把抓住了她的胳膊,将她猛地拎了起来。

过来了,尽管卓玛的一只脚湿了,但是我们胜利了。在这个时候,我再次吻了卓玛,这是胜利之吻,这是重生之吻。她没有拒绝,而是主动地轻轻地还了一个吻,那感觉很好,当这种亲密的动作是相互的,而不是单向的时候,其美好程度远比上一次要更强烈,尽管上一次是拥吻,而这一次只是轻轻地吻。

就在这时,太阳出来了,天和地一下子就被点亮了,通亮通亮。蓝天上没有云彩,瓦蓝瓦蓝,洁白的珠峰此时显得更加突兀,也更加雄伟。河岸的慢坡上,草垛子上顶着一朵又一朵白雪,像缩小版的成群的绵羊,我用相机留下了这些美景。因为胜利，我有了兴致看雪后的珠峰美景。

"哇，苦的。"卓玛叫道，手里还拿着一个雪球。

我也抓了一把雪，尝了一下，果然是苦的，刚才还有点甘甜的雪，怎么在太阳出来之后就变苦了呢？这个问题我没有找到答案。

在很短的时间内，我们走到了很宽阔的道路上，一切都在太阳的照耀下，我们安全了。因为体力不支，我们选择了一块石头坐了下来，背靠着背，在短短几秒钟时间里，我们同时睡着了。

▶ 3

和煦的阳光照在我们身上，两个疲惫的人，同时进入了梦乡。

饥饿，惊惧，恐慌，疲惫……这一夜，我们过得惊心动魄。

畅谈，鼓励，拥抱，热吻……这一夜，我们过得非常坦诚。

这样的时刻，我们需要食物，但更需要睡眠，20多个小时，没有正常的睡眠，现在我们释然了，放松了，彻底地把自己交给了太阳。

半个小时后，我们惊醒了，因为身体的错位。

继续赶路。在太阳的照耀下，短暂的休息后我们加快了脚步。就在这个时候，我们看见了一群人，那几张熟悉的面孔，正朝我们匆匆赶来。

卓玛发出了抽泣声，喜极而泣。

鸡毛在远处喊道："海子，说句话啊！"

我已经没有力气说话了，只是向他们挥了挥手，说明我们还活着。

司机大胡子冲过来，抓起我的手，开始摸我的脉搏，我轻声说："好着呢，没有事，你们放心。"

鸡毛肩上扛着一个十字镐，还有一盘绳子，我知道，那可能是准备来找我们的尸体，而绝对想不到我们会活着回来。

唐博士从背包里取出来两罐八宝粥，我和卓玛坐在石头上吃完了，实在太美味了。22个小时，半块饼，半碗稀饭，这就是我们全部的食物供给，实在是太饿了。

随后，我们每人又拿到了一瓶矿泉水，雪在太阳的照耀下已经融化了很多，而且味苦，水也就显得宝贵异常了。

几乎没有停歇，我们一路走回了大本营。那是食物供给我们的力量，也是同伴们供给我们的力量，更是获得胜利后内心所供给的巨大力量。

▶ 4

帐篷里多了一张陌生的面孔，见我们都回来了，也没有再说什么话，只是和唐博士打了个招呼，就匆匆地走了。

厨师帮我们弄了点吃的，无非是平常的饭菜，但对于我和卓玛来说，这热腾腾的饭菜无异于世间的珍馐美味。

吃完饭，我钻进了自己的帐篷，开始呼呼大睡，其他的事情先不管了，先将欠的账补上，先将体力恢复了再说。没有人来打扰我，一直睡到下午6点多，鸡毛来叫我吃饭，才慢慢地从被窝里爬起来。

大家似乎都显得很疲惫，除了吃饭，除了观测，并没有多少言语，这让我感到异样。回到帐篷，我想问鸡毛，但这小子也像是没有睡好，钻进被窝，就准备睡觉了。

"怎么了？你倒是给老子说句话啊，怎么大家看我们的眼神都怪怪的，我们又没做亏心事，你们这样对待我们，这有点不公平吧。"我心里很不舒服，但这种情绪只能对鸡毛宣泄。

"唉，算了吧，不说了，我很困，我需要睡觉，你就别折腾我了。你们能活着回来，我哪一天真要到菩萨那里烧高香去，我解脱了，解脱了就想睡觉，其他啥也不想做。"鸡毛的话语中满含着疲惫。

"他妈的，老子能活着回来，你应该高兴，难道你想老子死在山上？你今天不给老子说清楚，就休想睡觉。"这样的语气，让我越发地想知道到底发生了什么，于是逼着他说出实情。

"说实话，我们去找的根本就不是活人，我们想着只要能找到尸体就算是万幸了，既然你想听，我就给你讲，讲出来我心里或许会好受一点。"鸡毛无奈，在我跟前，他是兄弟，我是老大，这一点地位，在定日的时候就已经确立了。

鸡毛转过身，面对着我，开始了他的讲述……

▶ 5

我确实感觉到自己有点笨，一条小河就把我给挡住了。但那确实没有办法，我在城里长大，见过河，却没有蹚过河的经验，所过的河都有宽阔的大桥，车都跑得过去，人过去就像过马路一样。

没有办法，我只能原路返回了，再说，我对冰塔林什么的，没有你们那么大的兴趣，我只是一个中专生，搞搞观测，混碗饭吃就可以了，这些东西就只能你们去研究了。

我对珠峰还是很神往的，世界上海拔最高的山峰，就在定日县的境内，而我又在定日工作，如果不走近点看一看，确实有点说不过去。我看到珠峰了，而且看得这么清楚，就心满意足了，也该回来了，过不了河，刚好，我可以返回来。

走前，我在河边还对你们叮嘱过，早一点回来，注意安全，我估计你们没有听到，因为你只是向我挥了挥手。

回到大本营，唐博士感到很惊奇，问我："怎么你一个人回来了？他们两个呢？"

我把路上的经过向他说了，他也没有在意，大家一起吃中午饭，然后该干嘛干嘛，谁也没有在乎，毕竟你们两个都是成人，都知道分寸。

到了吃晚饭的时候，我发现唐博士脸色不对，我也没敢招惹他，毕竟我们三个一起出去的，但是我一个人回来了，而你们两个到底走到哪里了，我们根本不知道。这怎么说我都有责任，我像一个小偷，接受着大家审判的目光，但在心里，我想着你们很快就会回来的，只要回来了，这些异样的目光也自然就会消失。

▶ 6

晚上 8 点钟，照常观测。你知道，业务上的事情，丝毫马虎不得，也耽搁不得，你们不在，我和姚华工程师一个人当两个人，将所有的观测任务都完成，回到了大帐篷。

唐博士，大胡子，蒋厨子，他们三个人坐在那里，谁都没有说话，空气显得非常凝重，我知道不对头，就找了一个角落乖乖地蹲了下来，像是一个做错了事情的小孩子，等待着大人的责罚和辱骂。

"得找！"唐博士只说了两个字。于是分工，大胡子和蒋厨子在附近用手电筒给你们示意，看能不能听到你们的回音。剩下我们三个人，沿原路去寻找你们的下落。

但是当我们还没有走到小河那里的时候，风雪就已经来了，我们出来得突然，并没有带太多的装备，硬着头皮往前走了一段路程，到了河边，唐博士让我们停下了脚步，他说："这样的天气，如果继续找下去，我们三个人的生命都没有办法保障。"

摸着黑，在风雪中，我们无功而返，一路上谁都没有说话。最可怜的是我，我跟在他们身后，脑袋里一片空白，不知道该怎么办，万一你们出现了意外，我这一辈子就会在自责和愧疚中度过。

到了大本营，黑虎不咬他们两个，而是对着我一通狂吠，这哥们好像也通人性，它知道是我干的事情，弄丢了它的主人，对我一点都不客气，差点将绳子挣脱扑在我身上。我很狼狈地走进帐篷，五个人坐在床上，都没有说话，整个帐篷弥漫在一种死一样的寂静当中。

▶ 7

就是在这个时候，我心中还存有一份侥幸，我想你们会平安回来的，我也在心中默念着，菩萨保佑你们平安归来。

坐在床上，我如坐针毡，为了平复我的心情，我连着抽了七根烟，烟灰很长了，我并没有意识到要弹一下。等到烟头烧到我的衣服了，我才清醒过来，衣服上留了两个洞。

大家就这么坐着，各自想着心事，却都有一个共同的愿望，那就是希望你们能够奇迹般地突然间出现在帐篷里，但是长久的等待并没有等来奇迹。

黑虎在帐篷外焦躁地来回转悠，铁链子发出很大的响声，它并不像往常那么温顺，像一只狼，发出比狼还凄厉的哀嚎，我算是真真正正认识藏獒是怎么回事了，它比人还聪明，比人更重感情。实话对你说吧，我曾想过卓玛一个人在这里，或许我有机会，我曾经在晚上出来撒尿的时候，在卓玛的帐篷前探察过，想搞明白一个女孩会在帐篷里做些什么，但是黑虎会在悄无声息的情况下立在我的面前，怒目而视，差点把我吓死。

这一次，我算是把黑虎得罪了，它对我会像对待仇人一样了，我再也没有这样的胆量去巡视卓玛的帐篷了。不过，我倒是觉得，你们两个更说得来，有更多共同的兴趣和爱好，我是真心希望你们能够在一起。

爱情这玩意，有时候显得有点难以捉摸，它不简单地体现在男人和女人之间，需要更多的感情去滋润。我的感情很丰富，但是总显得有点浮夸，不像你那么老到，那么有城府，或许这一趟观测下来，你们两个还真能成呢。我祝福你们，真心地祝福你们。

▶ 8

帐篷里开始有了声音，主要是姚工程师和唐博士之间的对话，他们在作着种种假设，因为他们对于线路比我们任何人都熟悉，只有他们才有发言权。

当他们得出一个结论的时候，我被吓傻了。

"最大的可能性就是他们两个掉进了冰窟当中。"唐博士说。

姚工程师点了点头。我却对那样的点头认可感到莫名的害怕，脊背发凉，四肢也在发抖。

"如果掉进去，这样的风雪交加的夜晚，没有食物，没有光亮，生还的希望就非常渺茫了。"姚华说。每一句话都像一把刀子，割着我的心脏。

"我们希望有最好的结果，但要作最坏的打算，明天早上7：30，大家都同时起床。小张和小纪抓紧时间完成观测任务，大胡子准备十字镐和绳子，我去和登山队的旺堆队长联系，寻求他们的帮助。老蒋在家留守，好，就这样吧，大家赶紧睡觉。"唐博士显得出奇的冷静，向我们下达了命令。

时间已经是凌晨1点多钟，走出帐篷，大胡子关了柴油发电机，回去休息了。

我没有立即回自己的帐篷，也没敢在黑虎面前晃悠，而是来到了旁边的土丘上。

雪已经停了，在星光的映照下，眼前白茫茫一片，我心里也白茫茫一片，也许这里又会堆积起两座坟冢，我不敢想，但我希望不是这样的，我希望你们能够平安归来。

在那里，我坐了很久。然后回到帐篷，没有你，只有我一个人，我感觉到帐篷里格外寒冷，冷到了我的骨子里头。

▶▶ 9

整整一个晚上，我没有睡好，每当我闭上眼睛，就会看到你们两个在冰窟里冻成冰人的样子，很可怕，都在做着一个向上攀爬的动作，但已经都变成了雕塑。

噩梦，一个接着一个的噩梦，我在噩梦中惊醒，又在噩梦中入睡，最终被闹钟叫醒。

观测，马上进行观测，这样的时候，我就像上了发条的钟表，按部就班，一丝不苟，这是一种职业习惯，短暂地忘记了你们，在紧张当中。

吃早餐的时候，登山队的旺堆队长来了。他听了唐博士简单的介绍后，同意我们的方案，如果下午还不能找到，要及时赶回，不要耽搁。明天准备动用登山队的专业人员，甚至需要雇用一些夏尔巴人加入寻找的队伍，一句话，活要见人，死要见尸。

我没有什么胃口，简单地吃了一点东西，就上路了。拖着疲惫的身躯，跟随在他们身后，阳光照在身上，很温暖，但我没有感觉；经过雪的反射，强烈的阳光进入眼睛，很刺眼，但我没有感觉。我像一个机器人，呆板地，教条地，一步又一步向前走。

你们两个人突然出现，让我差点瘫软在地。终于找到你们了，而你们也终于活着回来了，这种感觉不知道该怎么向你说。我就像大病了一场一样，既感到很欣喜，又感到很虚弱。

这就是我们这边的情况，大家之所以不怎么理你，有很多很复杂的感情在里头，是生气，是抱怨，是疲惫……很多吧，我说不清楚，至少现在我就想踏踏实实地睡上一觉，而不愿搭理你，我累了，该睡了。

▶▶ 10

"对不起，真的对不起，鸡毛，让你受了这么大的委屈和煎熬，我真的感到很抱歉。"没有想到，我们莽撞的举动竟然给牵挂我们的人惹出了这么多的麻烦，我心中满是愧疚。

"唉，算了，海子兄，你娃命大，你能活着回来，我还要去给菩萨还愿呢，我在心中不知向菩萨祈祷过多少次，希望她能保佑你们平安。如果你们不能活着回来，我怎么向扎珠站长交代？怎么向牛局长交代？怎么向王县长交代？还有鸽子、马蜂，唾沫都会把我淹死，我真的不敢想。"鸡毛心中的怨气显然还没有消尽。

"鸡毛，原谅我们吧，其实我们过得也不轻松。"我再次向他道歉。

"海子兄，甭再道歉了，一遍就够了，咱哥俩，谁跟谁啊。哎，你跟卓玛孤男寡女，20多个小时，没有发生点什么吗？"鸡毛的本性又露出来了。

在晚饭过后，我已经将我们的经历向大家讲过了，这也算是一种交代，但是我隐瞒了很多细节，其他人对细节并没有多大兴趣，那是我个人的私事，只有鸡毛不会放过我，而对这样的事情满怀兴趣。

"你小子，老子连命都保不了，还想那些事情，你是成心开涮我的吧？"我并不想告诉他关于我和卓玛的更多细节，还不是时候，顺其自然才好，我知道瓜熟蒂落的道理，绝不会在没有把握的时候显摆自己。

"开个玩笑，睡吧，我真困了。"鸡毛见掏不到什么秘密，失去了兴趣，打理好被子，准备入眠了。

我没有打搅他，他的鼾声在很短的时间内就已经响起了。是的，他该好好地休息一下了，我也该休息了。

累，是缠绕在我们身上的一个共同的词，今夜，我们选择了早早地入眠；今夜，我们能够安心入眠。

第十四章　活化石与夏尔巴人

　　皎洁的月光洒在珠峰身上,她就像一个睡美人,裸露着冰清玉洁的肌肤,在这样的夜晚沉沉地入睡。如果我是一个诗人,我会写出多少首诗来赞美她啊,可我不是,我只是一个普普通通的科技工作者,仅此而已,能够奉献给她的,只有一份凝视,一份守候。

▶ 1

一切都复归了平静，每天除了观测工作，就是吃饭睡觉。我还多了一件事情，那就是学习，是工作之后的充电。带了几本书，工作空闲的时候，我会翻一翻，遇到不懂的问题会不断地向唐博士和卓玛讨教，很便利，问题解答得也很迅速，很透彻。对于我来说，这真的是一个难得的机会。

学习，让人过得充实，而不断地学习又会让人变得谦逊，这绝对不是做作，我赞同一位名人说过的话：已知的领域就是一个圆，当圆很小的时候，它的周长就很小，所接触的未知世界也就很小，也就会很容易满足，也很容易自夸或者浮夸。但当你的知识不断增多，圆就会变大，它的周长也就会变大，所接触到的未知领域就会更大，也就更会觉得自己无知，自然就会变得谦逊。

作为一个地学工作者，分类非常细，而我对这个专业的知识并没有掌握多少，随着知识的不断积累，我就越觉得自己知道得太少，自然就愿意去请教别人或者自己钻研，这是一个循环，但我乐在其中，因为这样，我会不断地积累更多的知识。

随着时间的推移，关于我和卓玛的那次生死经历，大家似乎已经渐渐地淡忘了，对我们的怨气也慢慢地消散殆尽了，大家还是以往的同事关系，而这种关系随着时间的推移更加地和谐、亲密。人，就是这样一种奇怪的社会动物，越是艰苦，关系越好，而物质文明越是发达，人与人之间的关系越是淡漠和虚假。

▶ 2

"你和卓玛是不是谈上恋爱了？"睡在床上的时候，鸡毛突兀地问。

"没有呀！"我本能地迅即回答。

"装啥装，这种事情我一眼就能看个清清楚楚，明明白白。别看我平时嘻嘻哈哈的，但对于男女之间那点破事，我可是长了火眼金睛的，你们之间的举手投足，眉来眼去，表情，话语，无不显示着你们已经跌入爱河当中。老实交待，别再装了，咱们兄弟俩，你再这么装下去，有这个必要吗？"鸡毛啥都好，就是这张破嘴，不给你任何回旋的余地。

"我对她确实有好感，也确实喜欢她，特别是当我们两个人相互鼓励，彼此帮助，度过了那段艰难和惊恐的生死时刻之后，这种好感就一直在不断地加深。但我不敢肯定，卓玛是否对我也有这个意思。这里面有很多问题，我们先撇开民族之间的隔阂吧，因为这不是个问题，藏汉之间通婚早已有了。生活习惯也不是问题，卓玛受过高等教育，又在内地生活了这么多年，而我在西藏生活，糌粑，酥油茶，青稞酒，生牛肉，对我来说都没有问题。现在存在的最大问题是我在西藏的一个小县城工作，而卓玛则是科学院的准硕士，这种差距是一道门槛，能否迈得过去，才是我追求她的过程中最大的问题。"既然兄弟把话头提起来了，我就索性将这段时间萦绕在心头的困惑说出来。

"海子哥，这一点上你就有点犯傻了，人家都说恋爱中的男人或者女人都有点傻，这话真有道理，两个人是否能够在一起，是一种缘分，更是一种感觉，学历、收入，这些玩意都是次要的，都是可以克服和解决的。"鸡毛占了上风，开始教导我了，这在我们一年的交往中还是头一次。

▶ 3

爱是什么？是一种相互的吸引，是一种共同的扶携，是一种自然而然的默契，是一种无法替代的感觉。而我却把爱具象化了，世俗化了，如果相爱，距离不是问题，学历不是问题，收入也不是问题，不就是个研究生么？我完全可以拿得到。

"鸡毛，你可以算得上是爱情专家了。"我说。

"嘿嘿，别给我戴高帽子，我的理论水平很高，但实战经验很匮乏，有点游戏人生破罐子破摔的鸟样。别把话题转移到我这里，还是说你吧，卓玛是个不错的姑娘，漂亮、苗条，有学识，你们又有共同的兴趣和爱好，过了这个村可就没有这个店了。海子兄，还等什么呢？赶紧上吧，别错过这么大好的机会。"鸡毛的话语中多了一些真诚。

我知道无论他怎样嬉皮笑脸，我们之间总是能够像兄弟一样坦诚相待。他的话不是没有道理，可这样的事情，急是急不来的，努力吧，一切随缘。

"我想考研。"最终我作出了这样的一个决定。

"你想好了？"

"嗯，这件事情今天就算决定了。"

"考唐博士的研究生？"

"是，这个机会不能错过。"

"好啊，看来我没有白说，这样，你就和卓玛是师兄妹了。呵呵，防火防盗防师兄啊。"刚说了两句正经话，他的坏劲又来了。

"为了她，也为了我自己，除了观测，也搞一些研究，但我发现本科学的那点东西根本不够用，这才是主要的原因。"

"好啊，后天大胡子要去日喀则采购点东西，你可以作准备了。"

▶ 4

第二天，我先征求了唐博士的意见，他很高兴，还给我开出了一个书单。随后，我又和卓玛作了一次长谈，听取了她考研过程中的故事和收获，受益很多。

于是，我回到帐篷里，开始给北京的同学写信，希望能够得到他的帮助，也希望他将我开出的书单如数在尽快的时间里寄给我。

信交给大胡子的时候，我再三叮嘱，一定要寄挂号，一定要加急。

我不能再等了，我也等不起了，一件事情，一旦决定下来，我就会执着地去做，不达目的誓不罢休，这也是我之所以有过一次生死劫难的原因。执着，是我的优点，也是我的缺点，关键是看怎么利用这种性格趋向。不理智地一定要在那天看到冰塔林，差点让我丧命。但是，我理智地去考研，这会为我的将来开创出一条新的道路。

剩下来的时间就是等待了，等待回信，等待书本。我很兴奋，等待中的兴奋，在海拔5100米的大本营，我作出了一个将会影响我个人一生的决定，这确实让我激动。

就在这个时候，我们得到了唐博士的一个指令：采集冰芯。

前去的人员名单中有我和卓玛，这个消息更让我感到兴奋，我可以真正地接触到珠峰了，触摸到她的肌肤了，这样的机会并不是每个人都能够得到的，更棒的是，我依然能够和卓玛在一起。

▶ 5

月夜，无风。在这样的夜晚，我不想早早地把自己撂倒在帐篷的床上，而是一个人走上了大本营远处的一个土丘，这里距珠峰还要近一点。

一个多月，大家似乎对珠峰已经看够了，表现出了一种见惯不怪的漠然。但是我却没有，怎么看都看不够，那究竟是一种高山情结，还是冰川情结，或者是一种西藏情结，我分不清。我只知道我喜欢各种状态下的珠峰，雪中的珠峰，雨夹雪中的珠峰，蓝天里的珠峰，云彩中的珠峰，夕阳和朝霞中的珠峰，金顶珠峰，旗云招展的珠峰……很多种，在这一个月的时间里都出现过，我都欣赏过。

这样的月夜，珠峰却呈现出了另外一种姿态，展示出了另外一种美丽。皎洁的月光洒在珠峰身上，她就像一个睡美人，裸露着冰清玉洁的肌肤，在这样的夜晚沉沉地入睡。如果我是一个诗人，我会写出多少首诗来赞美她啊，可我不是，我只是一个普普通通的科技工作者，仅此而已，能够奉献给她的，只有一份凝视，一份守候。

我听到了脚步声，有人的，好像也有狗的，打破了属于我一个人的寂静。我知道那是卓玛，还有她的黑虎。

她来了，她怎么会知道我在这儿？她为什么要来？我没有起身，依然坐着，聆听着她的脚步由远及近，每一步都踩在我的心上，我的心已经乱了，但我还是稳如泰山地坐着。

6

"很会享受嘛,一个人独自欣赏。"卓玛走近我,坐在了我的身旁。

"月光下的珠峰多美啊,这样的时刻睡觉真是一种浪费,就来这里坐坐,也好好地静一静。"我看着她笑了一下,对她说。

"我的到来是否打扰了你的这份清静?"

"没有,欢迎,你的到来让夜色更加美好了,就像月亮中的嫦娥飘然而至。"

"你都快成诗人了。"卓玛咯咯地笑了。

"哦,对,玉兔也来了,可是颜色黑了点。过来,黑虎。"

黑虎走到我的身旁,乖乖地趴了下来,这家伙最近不怎么欺负鸡毛了,但是总有一种暗暗的戒备,可是对我,它却显得非常友好,它真的通人性么?它知道我喜欢卓玛么?我会成为它主人的另一半么?一边抚摸着它,我一边暗自地问。

"明天就要上珠峰了,黑虎我还真不知道托付给谁。要是你留守,我会让它跟着你。"卓玛见我这么爱抚黑虎,有点感慨地说。

"你希望我留守么?"我觉得她这个假设有点过分,心中生出一丝不快。

"不,有你在,我心里会更踏实。"卓玛回答得很坚决。

那丝不快在这声回答中消失了,我伸出胳膊,搭在她的肩上,将她轻轻地揽入怀中。黑虎在这一刻猛地站了起来,但很快又老老实实地趴在了我的脚下。

"从这个夜晚开始,我们恋爱吧,让珠峰来作证。"我轻声对卓玛说。

她猛地从我的怀里挣脱,但随后又轻轻地点了点头。

我紧紧地、紧紧地和她拥吻在一起。

7

和我们一起同行的还有两个夏尔巴人和两头牦牛,经验丰富的唐博士显然没有我们那么冒失,事先将一切能够想到的困难都想到了。几天时间里需要的衣服、帐篷、睡袋、手电筒、雨衣、铁锹、十字镐、绳子、喷灯、水壶、水杯、电钻、小型发电机,还有够几天食用的方便面、饼子、挂面、盐巴等等,这些物资就全部驮在了牦牛的背上,由两个夏尔巴人负责,我们几乎是赤手空拳行进,非常轻松。

登山,是一项冒险的运动,事前看似烦琐的准备,其实为保障安全奠定了非常坚实的基础,没有安全,登山就是送死。这让我后来每每都为那些盲目冒进的驴友捏一把汗,这样的玩笑不能开,因为一念之间,就是生和死的界线,盲目不得,意气不得。

这样的两相比较，我们发现了专业人士和我们之间的巨大差别，也发现了经验丰富的唐博士在冰川做科考时身上所透露出来的沉着与睿智，相形之下，我们就像两个小学生，幼稚得有点可笑。

"只能凑合了，没有钉子鞋，没有氧气罐，好在我们所要爬的高度并不算高，要求自然没有那么高了，大家再想想，还需要什么？"唐博士笑着问我们两个。

"还不够齐全啊？这已经武装到牙齿了。"我惊讶地回应道。

"嗨，相比专业的登山队员，我们这点装备差远啦，不过可以应付了。"他向我摆了摆手，又向两个夏尔巴人挥了挥手，示意出发。

趁着黎明的光亮，我们又一次向珠峰进发。

▶ 8

两个夏尔巴人牵着两头硕大的牦牛，轻松自在地走在前面，用他们自己的语言在唠嗑。

我们三个尾随其后，手上空荡荡的，什么也没有拿，显得很轻松。

"我给你们讲一讲夏尔巴人吧。"唐博士首先打破了沉默。

我们都表现出了极大的兴趣，这显然是我们两个急需知道的信息。

"我们雇用他们，每天需要支付100元的酬劳，但这钱绝对是必需的支出，相比他们，我们对珠峰道路的熟悉，简直就不足一提。很多夏尔巴人是天生的登山天才，在很小的时候就随同父辈开始了攀登珠峰的历程，在风雨中磨砺，也在风雨中成长。一生中多次登上过珠峰，我碰见过一个将近60岁的老头，他一生中曾经有16次到达珠峰峰顶，还有无数次到达珠峰的其他高度，但是他们又都是默默无闻的奉献者，成功登顶的那一刻，人们记住的是那些登山英雄，却忽略了他们。光环没有照耀到他们的身上，大家觉得这理所当然，他们也觉得这理所当然。给他们钱，他们帮你干活，活干完了，拿钱走人，谁会在乎他们呢？他们是真正的英雄，但是又都是幕后的英雄。"唐博士边走边慢慢地向我们讲述，这让我们感到意外而震惊。

这个世界永远都不会公平，辛勤地付出，不一定就能够得到相应的报酬，这与很多外部因素有很大的关系。

我向前面的两个夏尔巴人窥探了一番，一个有50多岁，另一个有20多岁，他们，有可能就是父子两个。他们有一个共同的特点，皮肤黝黑，而且都显得很瘦。是啊，在强烈的高原阳光的照射下，在高海拔地区长年接受风雪的洗礼，长年奔波，他们又怎么会变得白白胖胖呢？

▶ 9

"这么说来，在攀登珠峰的过程中，牦牛也起了很大的作用，它也是属于幕后英雄啊。"我在看到牦牛的时候，感慨地说。

"是的，它的付出也很多，很常见。"唐博士说。

"为什么是牦牛，而不是马呢？"我问。

"这个问题我来回答吧，因为我小的时候就是一个放牛的。"卓玛抢着说，"牦牛被称作'高原之舟'，它就像沙漠里的骆驼一样，是高原上不可或缺的运输工具。马的速度确实比较快，但是承载能力很有限，而且耐力也没有牦牛好。牦牛尽管行进缓慢，但是却能够长时间地忍耐，这是它最大的品质。它的性情也比较温顺，这也是高原人喜爱它的另外一个原因。"

"牦牛也有它生存的极限吧，不可能一直爬到峰顶吧？"我接着问。

"那当然，它也是一种动物，6000来米就差不多了，再往上走，一是海拔太高，一是坡太陡，还有一个原因是那里没有草了，只有雪和冰了，牦牛也就没有了食物来源。在高原上，牦牛确实是一种老百姓很喜爱的动物，但不是所有的牦牛都很温顺，这一点，我亲身领教过。在藏北无人区，海拔基本都在5000米以上，那里生存着很多野牦牛，它们体形很大，有一吨多重，我们那辆吉普车就曾经差点被一头白色的牦牛顶翻。"唐博士边比划边说。

"这么可怕？唐老师去过西藏的很多地方？"我说。

"是啊，搞地学的，我的主攻方向又是冰川科学，自然来西藏很多次了，而且来的都是有冰川的地方，也就是高海拔的地方，见过很多野生动物。"唐博士说。

牦牛已经甩开我们有一段距离了，我们加紧脚步追了上去。

10

我们这次走的是登山和科考人员经常走的那条路，虽然有点远，但并没有太大的危险。人有时候就是这样，在面对不同的道路时，往往会选择捷径，但人生的道路怎么可能处处是捷径呢？一步一个脚印，踏稳每一步，虽然慢了一点，但是却走得更平稳。看似远了，其实却近了，这是一个辩证的哲学问题。

"那你也应该见过藏羚羊了？"追上队伍之后，卓玛问。

"那当然，不光有藏羚羊，还有黄羊、野鸭、藏野驴……天上的、地上的、水里的，很多野生动物。西藏的生态环境保护得很好，这是我亲眼所见，一点都不夸张。"唐博士脸上洋溢着笑容。

在见到那块巨大的石头时，我和卓玛都停下了脚步，这里有我们永世难忘的记忆，不同的是，现在艳阳高照，而当时我们却在漆黑的夜中渴望光明。

"好吧，就在这里解决中午饭吧。"见我们停了下来，唐博士命令道。然后，他向两个夏尔巴人做了一个手势。

于是停下来，吃饼子，喝水，这就是午饭了。蒋厨子还事先给我们卤了点牛肉，在这里就显得非常珍贵了。这就是野外的生活了，在以后的日子里，我遇到过很多次，即使生活水平提高了，但在野外也基本上都这样，吃得越简单，随行的物品才会越少。在野外，需要补充的主要是糖，主食就可以了，馒头，饼子，面条，没有菜都行，顾不得什么营养不营养了，这就是野外科考工作者普遍面临的现状。

▶ 11

牦牛在到达山脚下时就留在了那里，因为山上全是冰，没有它们的食物，而且道路很滑，它们的攀登受到了很大的影响。

牦牛背上的东西全部卸了下来，大部分被扛在了两个夏尔巴人的肩膀上，只有一小部分分量较轻的物品由我们三个人来扛。即使是这样，我们都感觉非常吃力，海拔实在太高，而氧气又实在太少，在这样的境况下，人所承受的负担实在太重，这让我对两个夏尔巴人更多了一份敬意。

到达营地时，已经是夕阳西垂的时刻了。我们走进了一个关于冰雪的童话世界，冰柱，冰山，冰瀑，冰块……处处是冰，各种形态，大小不一，美如白玉。

我们无暇顾及这里独特的美景，立即开始在珠峰的冰雪表面忙碌，支起帐篷，铺上防潮垫，再铺上睡袋，我们的窝就算做成了。

一切就绪后，我们开始准备晚餐，铲了很多雪，放进锅里，用喷灯加热，于是我们就有了热水，泡了方便面，再加饼子和午餐肉，就算是吃上了一顿热饭。在海拔6400米的地方，能够吃上热腾腾的方便面，是一种奢侈，更是一种幸福。

这让我想起了上中学的一个暑假，在农田里劳作了一个上午，很累，很累，回到家里，享用了一个西瓜，竟然觉得再也没有这么美味的水果了，后来吃西瓜，再也没有吃出那样的感觉来。

随着物质生活水平的提高，人们的需求和胃口越来越大，幸福的感觉也越来越淡。其实幸福很简单，在艰苦的环境中，一点点物质的满足，就是一种很大的幸福。

▶ 12

时间还早，月亮出来的时候，我们借着月光，身在其中地去欣赏珠峰，是另外一种美，美得具体，美得精细，美得曼妙。

两个夏尔巴人早早地钻进帐篷中入睡了，遵循唐博士的教导，我们没有乱走，坐在雪地上，坐在月光下，这样的境遇也很难得。

"给你们说说登山的事情吧。"唐博士总是在我们需要的时候来一个很提神的话题。

"好，好，好。"我说。

"要登上珠峰，需要进行不断的中转。大本营显然是一个点，我们所在的这个地方，这个稍微有点宽阔的坝子，是第二个点，一般都需要在这里休息最少一个晚上。7000多米处还有一个点，在那里，可以作冲顶的准备，但需要等待，你们觉得他们等什么？"唐博士卖了一个关子。

"冲顶的命令。"卓玛说。

"好的天气。"我说。

"对，一个好的天气，是冲顶的有力保障。大型的登山运动，一般都有气象部门在大本营提供气象服务。要选择一个相对较好的天气时段，还要选择一个适合冲顶的更好的天气，风小，甚至无风，无降水，最好也无大的云团，这样的'三无'天气在珠峰很难找，高度太高，对流性天气频发，这确实有点考验天气预报人员的能力。"

"也就是说一般的登山运动就没有气象保障服务了？"我问。

"一般来说是这样的。但必须有经验丰富的老登山队员带领，他们会根据云、风等进行判断，更会根据自己的经验和直觉进行判断。"

"这样的准确率会比较低，安全性也就比较差。"

"是这样的，所以科技也是生产力，这是邓小平同志说的，绝对是有道理的。"

我感到高兴，毕竟自己是一名科技工作者，能够用自己微薄的力量为人类作出一点贡献，这是一种人生价值的体现。

▶ 13

"我们这一次可以冲顶么？"一直在听我们对话的卓玛，忽然盯着唐博士问。

"不，绝不，到此为止。"唐博士回答得斩钉截铁。

"为什么呢？"卓玛说。

"多遗憾啊。"我说。

"你们两个年轻气盛，敢于探险，乐于探险，这一点我理解。但这样的玩笑还是少开为好，生命是用来做事情的，不是拿来开玩笑的。上次你们两个给我惹了祸，我只是给了你们点脸色看，并没有深究，也没有责怪你们，谁没有年轻的时候。但是我们必须搞清楚自己是干什么的，我们是科技工作者，不是探险家，我们的职责就是完成我们应该完成的任务，舍此，我们不能有别的冒险行为。登山，探险，那是经过专业训练的，也是有专业装备的，即便如此，也有多少人将性命都留在了珠峰上啊，何况我们！这一点你们心里应该比我还清楚，上次给你们的教训难道还不够深刻吗？"唐博士平时很随和，但在说这段话的时候，却显得非常严肃。

我们没敢再说话，上次的经历还在心里隐隐发痛呢！还感到后背发凉呢！我只好说："对不起，上次是我们太过莽撞，让你为我们担心了。"

"这个就再不提了，已经过去了。但我跟你们说清楚，这次工作必须服从我的指挥，不得远离，不得擅自外出，不得贸然行事，否则，你们就回去，我派车送你们。"唐博士显然是动了真格的。

▶ 14

几顶红色的或者蓝色的帐篷点缀在雪地上，在月光的照射下，在雄伟的珠峰的衬托下，一切都显得那么静谧。空气中弥漫着湿气，但也蕴藏着寒冷，内地应该是盛夏了，人们会在门外沐浴着月光，光着膀子乘凉了，但我们却裹着羽绒服，抵御着寒冷的侵扰。地球，这是一个多么神奇的星体啊，在不同的地方，人们生活在截然相反的环境中，也正因为这样，这个世界才会变得如此缤纷多彩。

我的帐篷在唐博士和卓玛中间，我甚至能够听到唐博士的呼噜声，长期在外奔波的他，早已习惯了这种生存环境，能够做到倒头就睡。我却无法很快入眠，钻在睡袋里，身下是防潮垫，再下面是雪，是冰！这一切充满了新鲜，也让我感到刺激。这种新鲜和刺激不仅让我没有睡意，还让我感到兴奋，人生的阅历我算是有一些了，但是这样的阅历我却是第一次拥有。

隔壁，两层薄薄的帆布后，就是卓玛的帐篷，她选择了鲜艳的橘红色，那颜色反射在她的脸上，应该会更迷人，也更浪漫。没有黑虎守护，我可以跨过去，到达她的身边，依偎在她的身旁，陪伴她，或者……这想法让我感到更加兴奋。

但我却什么也没有做，静静地躺在睡袋里，有些事，你能做，也没有多大的后果，但是做了，你往往会感到后悔，还是顺其自然吧，爱情或者性，都应该顺其自然，强求得来的往往就失去了其意义。

睡吧，明天还要干活呢，我这样命令自己，渐渐地就进入了梦乡。

▶ 15

相对大本营的高度，我们早了 10 多分钟见到了太阳。早餐很简单，一杯热水，两块饼子。

然后，我们开始干活。找不同的位置，用冰钻去打钻，获取冰芯——一个很长很粗的冰柱子，并在上面标明地点、海拔高度、时间等基本信息。

动力来自那个小型的柴油发电机，供应这个冰钻绰绰有余。体力活由夏尔巴人来完成，他们瘦，但是很适应高原的气候，力气也很大。我在唐博士的指导下打钻，很快就将冰钻运用得很顺手了，打出的冰钻直溜溜一个，上面粗，下面细，像一根巨大的冰针。卓玛的主要任务则是在上面用她娟秀的笔迹标明冰芯的各类信息。

一切都进展得很顺利，只是冰太脆，经常会拦腰折断，这一点并不影响科研，所麻烦的只是要将同样的信息写两遍，并且标明这根冰芯的不同部位。

冰芯采集到手后，用厚厚的棉絮为其保温，防止其融化，这是科研工作最为原始的珍贵资料，自然要享受很优厚的待遇了。

一直忙到下午 5 点，我们才完成了所有的工作任务。巨大的轰鸣声导致我的听力出现了短暂的问题，别人说话，声音太小，我根本听不到。唐博士告诉我，这只是暂时的轻微失聪，睡一觉，第二天就没有问题了。

在大家忙着准备晚饭的时候，珠峰的天气发生了变化，开始有风，由弱到强，云团也像赶集一样地，一堆接着一堆地聚拢了过来。

"不好，天气要发生变化，卓玛负责晚餐的事情，黎海陪我去取资料。"唐博士命令道。

▶▶ 16

对于珠峰天气的变化，我上次已经深刻地领会了其可怕，丝毫大意不得。学着唐博士的动作，作了充分的准备，十字镐，手电筒，雨衣，全部备齐，以防发生意外。走前，唐博士将一个小盒子状的存储器装了在外衣的内口袋里。

风越刮越大，我们的行进非常困难，被风吹得东倒西歪，我们将羽绒服上的帽子扣在头上，系紧带子，避免风灌进脖子。

500 多米的路程，平时我们只需要十几分钟的时间，但这次，我们却走了半个多小时。

到了目的地，我才知道，原来这里也有一个小型的观测场，里面摆放了各种熟悉的观测仪器。唐博士迅速地蹲下身子，打开一个铁箱子，从里面抽出一个小盒子，又迅速将随身携带的大小一样的盒子安装了上去。

"我们的工作完成了，尽管很简单，但是在这样的天气里，付出的辛劳却比较大。"在盖上箱子的那一刻，他对我说。

这个时候，天上开始飘起了雪花，要命的恶劣天气再一次来到了我们的身边。新的考验再一次对我们发起了挑战，好在我们这一次准备得比较充分，并不害怕天气的挑战。

在返回的途中，我突然意识到，相对于5800米，这个6400米的地方的天气更加的可怕，并不只是风雪那么简单。因为下雪，道路比较滑；因为下雪，能见度比较低；而因为大风，我们的行走异常艰难；又因为在如此高海拔的地方干了一天的活，我们的体力消耗都比较大。困难，困难，我们处处面临着困难。

17

在风雪中，我们艰难地行进，但在风雪中，我们却走错了方向，根据大体的方位判断，我们凭着直觉往回赶。

就在这个时候，意外发生了。

唐博士一脚打滑，整个人迅速向下坡处滑去，突然间就不见了。我脑袋一片空白，完了，唐博士掉进冰窟里了！

我不敢造次，用十字镐谨慎地拄着地面，一点一点地向他消失的地方靠近。我高兴得差点蹦了起来：我发现了他的脑袋，也许冰窟并不深，他的脑袋竟然露了出来。

走近一看，我才发现问题并没有我想的那么简单。在滑入冰窟的一瞬间，唐博士双手抓住了十字镐，形成了一个杠杆，横在了洞口，而唐博士竟然是悬空的，下面到底有多深，谁也不知道。

我将自己的十字镐也撑在了洞口，形成一个十字，试图用力去拉他上来，但是没有成功，窟面太滑，唐博士的脚根本用不上力，一切都是白费。

"抢救资料，叫夏尔巴人来帮忙。"唐博士挤出了这么几句话。

我趴下身子，从他的口袋里掏出资料，装进自己的衣服，迅速向我们的驻地赶去。

回到驻地，我将资料交给卓玛，对她说了一声："守好阵地，守好资料。出事了，我得去营救唐博士。"

"到底发生什么事情了？"卓玛焦急地问。

"你抓紧做饭，唐博士掉进冰窟了。"我说。

并没有作过多的解释，我像一个蹩脚的将军，向两个夏尔巴人做了一些我自己都搞不懂的简单的手势，指挥他们前去营救。他们根据我的表情和紧张的情绪判断出发生意外了，拿起绳子和铁锹，就跟着我朝冰窟冲去。

18

到达冰窟的时候，唐博士的脸已经憋成了酱紫色，显然是在用尽全身的力气换得生还的一线希望。

老夏尔巴人趴下身子，迅速将绳子系在了唐博士的腰上，并抓紧了绳子，示意我和小夏尔巴人一人抓住一个胳膊，我听到了熟悉的声音："基（一）！尼（二）！松（三）！"那是用藏语发出的号子。

唐博士被拽出了冰窟，瘫软在冰面上，他确实太累了。但他比我们幸运，丰富的经验救了他，夏尔巴人及时赶到救了他，他活着，只是有点累。

小夏尔巴人捡起了一个不小的冰块，扔进了冰窟里，我们听到了冰块在冰窟中碰撞后碎裂的声音，根据回音，我们感觉到，冰窟的深度应该是十几米。如果人滑落下去，后果实在不敢想象，太可怕了！

两个夏尔巴人架起唐博士就往驻地赶，我跟在后面拿着工具和绳子于风雪中艰难地行进。珠峰给我的印象实在太深刻了，除了美丽、雄伟，还有艰难与险峻。

卓玛已经把饭弄好，脸上是紧张而焦急的神色，见我们回来，表情才渐渐地舒展了一些。

钻进各自的帐篷，将方便面和饼子送入肚子，我们的体力得到了恢复，人也显得精神多了，"人是铁，饭是钢"这话平时听着不觉得怎样，这一刻，才深深地体会到这句话的含义了。

"必须抓紧时间下山。"把我们叫到一起，恢复了常态的唐博士向我们发布了一条命令。

"天都黑了……"我疑惑地嘟囔。

"不用再说，马上整理行装，迅速下山。"说完这句话，他并没有理我，开始拆自己的帐篷。

▶ 19

既然是命令，就必须坚决执行。既然这么坚决地发布命令，唐博士自然有他的道理。在这样的地方，富有经验的他总是对的，我们只是几个小学生，没有反驳的理由，必须得乖乖地听从他的命令。

收拾帐篷和睡袋，这个平时比较轻松的活计，在这一刻，反而显得非常困难，风刮得我们几乎张不开眼睛，手也在空中乱舞。

我本来想去帮卓玛一把，因为她的动作比我艰难得多，但是还没等我插手，小夏尔巴人已经走到了她的帐篷前，熟练地开始帮她整理了，这次表现的机会算是错失了。不仅如此，老夏尔巴人也来帮我的忙。

收拾妥当，在风雪中，打着手电筒，我们开始向山下走去。

老夏尔巴人走在前面，风雪和黑暗让道路已经没有那么容易辨认了，而他多次的攀登经历，使他闭着眼睛也能够顺利地走下去。小夏尔巴人则走在队伍的最后，防止我们几个中有人出现意外。下山的时候，我们的负重增加，因为还有许多采集来的冰芯，自然是两个夏尔巴人扛得最多了。

唐博士说得很对，带着两个夏尔巴人攀登珠峰，尽管付出了一点经费，但是他们却成为我们成功的保障，甚至成为我们生命安全的保障，我们应该感谢他们，从心底里感谢他们。平时，卓玛会用藏语和他们进行一些简单的交流，而我，由于语言不通，只是向他们笑一笑，他们也友好地回赠一个憨厚的微笑，但我们却是心与心的交流，到了这样关键的时候，他们的果断、睿智、朴实、耐力就都展现在我们面前了。尽管他们显得又瘦又小，但在我的心中，他们很魁梧，很伟大。

▶▶ 20

　　正常天气下觉得并不怎么难走的道路，在这样的风雪夜晚，在负重的情况下，增加了无数的难度，经过了多次的摔倒与爬起，我们终于到达了冰塔林。

　　停下脚步，唐博士带手电在周围巡视了一番，然后返回来示意我们搬过去。

　　确实是个不错的地方，在山脚下，有一个很高的山崖，风很小，雪也被刮到远处去了，这里只是一些碎石滩，只有薄薄的一层雪。

　　"就在这里住宿吧。"唐博士说。

　　打开行李，借着手电筒的光，我们开始搭设帐篷，挨着石崖一字排开，准备在这里度过这个风雪交加的夜晚。

　　和昨天晚上不同，身体的下垫面并不平整，碎石使得防潮垫不平，睡袋不平，身体也就没有贴在雪地里那么平整了。

　　在野外，没有这么多的讲究，折腾了半个晚上，确实有点累了，没有昨天晚上那样的胡思乱想，倒下来时间不长，我就沉沉地睡着了。

　　早上起来的一幕却让我感到非常震惊，甚至让我终生都无法忘记那样的画面：两头牦牛卧在白茫茫的雪地里，黑色的毛发上披着一层洁白的雪，正在悠然自得地反刍。

　　这绝对是我在珠峰看到的又一幕难忘的风景，牦牛用它的淡定和悠闲诠释了"高原之舟"这个称号的真正内涵，绝对不是浪得虚名，它们才是高原上的强者。

▶▶ 21

　　太阳出来了，高原的天气就是这样，一会儿风一会儿雨一会儿雪，然后又是艳阳天，在夏季，这样的天气很多见，在高海拔地区，这样的天气更多见。

　　今天的行程要短许多，因为昨夜我们已经从6400米下到了只有5700多米的冰塔林。尽管路上有厚厚的雪，但是有玛尼堆，有夏尔巴人，道路的问题我们不用怕。有明亮的阳光照耀，有超强耐力的牦牛负重，我们只需跟着队伍，边欣赏美景，边聊着天，边往回赶路。

　　一场大雪，让整个珠峰裹在银装之中，雪很刺眼，我们不得不加戴一层墨镜，因为在这样的环境下，保护不好，容易患上雪盲症，这也是高原上白内障发病率比内地要高得多的原因。在高原上行走，学会保护自己，也是一项必需的技能。

在那块大石头前,我和卓玛再次停下了脚步,刻骨铭心的记忆让我们不约而同地要去回忆一番,然后是相视会心而笑,语言已经显得多余,一个微笑已经让我们的心灵充分地沟通。人和人之间的关系,特别是男人和女人之间的关系,就这么微妙,很多时候,一个眼神,一个微笑,或者轻轻地点一下头,指尖轻轻地触碰一次,一个字都不用说,就能够传递太多太丰富的信息。

在后面行走的时候,我会忍不住地去碰一下卓玛的手或者肩,有时候还会用手去捏一下她那双柔软的小手,这一切都是在唐博士一心向前走的时候偷偷进行的,尽管卓玛有意无意地回避,但我却乐此不疲地玩着这种游戏。其实,我也知道,她愿意和我手牵手肩并肩向前走,只是怕唐博士看见,才有意回避的。

爱,当其碰到某种障碍的时候,往往能激起人更大的对于它的渴望。

▶▶ 22

午饭时间,我们选择了一个稍微平整一点的地方停下来弄饭。首先是收集水,满地是雪,用之不尽的资源。唐博士和我们一起忙活,在烧水的空隙,我问:"唐老师,我很想知道,采集到的这些冰芯,到底采用一个什么样的研究方法呢?"

卓玛听我问,也凑了过来。

唐博士显然来了劲头,兴致勃勃地说:"一般对于天气或者气候的研究,多采用物理的方法,而其中又以力学为主,像流体力学、理论力学、热力学,当然也有一些热学的理论,很多搞气象的,都要学习,你们多少也了解过一些。"

卓玛插话:"很多力学的课程都比较难,我听气象专业的老乡说,所谓的流体力学,就是留级力学,专门让人留级的一门课,及格都非常困难。"

"那还是他们没有下功夫,有点难,但这确实是很基础的学问,学不好,做研究就会根基不稳。"唐博士并不以为然,他显然对自己的学生要求不低。

卓玛脸上泛起两片红晕,为了打破这种尴尬,我忙说:"听唐老师的意思,冰芯的研究是采用化学的方法?"

"对,冰川中的冰并不是一年形成的,而是成百上千年不断积累,逐渐形成的,这就使得冰川成为了一个丰富的科技资料库,而冰的凝固和低温能够很好地将这些资料完整地保存下来,我们所采集的冰芯,也就是截取一个很小的横断面,从这个巨大的科技资料库中采集一点样本而已。"唐博士谈起学术来,表现出了一个科学家的风采。

就在这时,小夏尔巴人走了过来,说了句我们都没听懂的话,但我们都知道他的意思:水开了,我们该弄饭了。

▶▶ 23

正当我们将碗筷收拾完的时候，远处走来了一群人，红色、蓝色、绿色、黑色的登山服在白色的雪地里显得非常扎眼，在这样的地方，能够见到人，感觉非常的亲切。于是，我们边收拾东西，边等待他们的到来。

走近的时候，我们才看到，走在最前面的竟然是登山队的队长旺堆，他是唐博士的熟人，自然是要说上几句的，我们也都见过面，点头算是打了招呼。

"你们也要去登山？"唐博士问。

"不，我们去救人，出事了，昨晚的风雪太大，几个日本人在7000多米的地方遇到了雪崩，四个人中，只有一个人给我们发出了求救信号，其他三个人生死不明。"旺堆对这样的事情显然是见多了，说话的时候显得非常冷静，看不出丝毫的慌张。

"那你们赶紧走吧，这事耽搁不得。"唐博士说。

"哦，你们昨晚在哪里宿营的？"旺堆问。

"看天气不对，我们从6400米的营地连夜撤到了冰塔林，凑合了一个晚上。"

"老唐，还是你有经验，如果你们昨晚住在6400米处，凶多吉少啊，还好，都好好的，这就好，你的决定是对的，我走了。"说完，旺堆拍了拍唐博士的肩膀，脸上露出了赞许的神情，转身走了。

这让我身上冒出一阵冷汗，看来在登山的学问上，我几乎是个白痴，多亏了唐博士英明而果断的决定，否则，我不知道我们几个人中还有几个能够活下来。

登山，是一项很严肃的运动，并没有我们想象的那么简单。

▶▶ 24

"又是日本鬼子。"我嘟囔了一句，心里觉得他们给旺堆等人带来了不少的麻烦，而在拉孜见到的那个拒绝我们上车的日本人突然间就从我的记忆中蹦了出来。

唐博士看了我一眼，眼神中透着不满。我低下了头，没敢再说话，尽管我们对日本人没有什么好感，但毕竟从人道主义出发，救援是我们的一种责任，这是在我们国家的地盘上，我们有这样的国际义务。

路上，大家都沉默了，出现意外，无论是谁都不愿意看到或者听到的。

蹚过那条河的时候，我还是忍不住，觉得这样的沉默太过憋屈，于是对唐博士说："你还没有告诉我们，这些冰芯回到实验室后该怎么进行研究呢？"

唐博士满脸的凝重稍微地舒展了一些，但已经没有了先前的那种神采奕奕，平静地说："冰芯要拉到兰州去，在兰州冰川冻土研究所进行化学成分的分析，这里面的化学成分还是比较丰富的，一是凝冻在冰中的固体物质，一是在冰柱中的气泡里的大气成分，主要的研究对象就是碳元素，也研究几百年前的大气成分，这样，我们就能知道很久以前珠峰地区的天气和气候状况是什么样的了。"

这个解释没有什么问题，很清楚，很明白，但让我感觉到对于地学的研究自己知道得并不多，需要学习的知识还很多。

一路顺利，我们平安地回到了大本营，并启动了柴油发电机，从那一刻开始，发电机"突突突"的声音就没有停止过，一天24小时，因为它除了晚上给我们提供照明，主要的任务就是要保障那台巨大的冰柜的用电。就是科考结束，冰柜上车，一直跑到兰州，发电机也一路在响，这可是珍贵的资料，可以说是我们用自己的生命换回的资料，弥足珍贵，电，万万是不能断的。

▶▶ 25

很累，唐博士给我和卓玛放了一天假，目的也是让我们的体力和精力能得到充分的恢复，于是我就窝在自己的帐篷里睡觉。无论是在冰雪之上，还是在碎石之上，我都没有睡好，前者是因为胡思乱想，后者是因为地面不平。

在睡梦中，我被一阵嘈杂声惊醒，赶紧起了床，跑出来看个究竟。在这个地方，就我们几个人，能够听到或者看到的新闻少得可怜，既然有嘈杂声，就证明有新的事件发生，这显然比睡眠更能提起我的兴趣。

一大群人，其中有旺堆，原来是他们回来了。看救援的情况，有两个担架，一个上面的东西被包裹得严严实实，那应该是一具日本人的尸体了，另外一个担架上，一个活着的人在呻吟，还有一个站在旁边的日本人显得非常疲惫。

旺堆示意大家继续赶路，他准备钻进我们的帐篷。这个时候，那个躺在担架上的人苏醒了过来，嘴里说着什么，我们都没有听懂，登山队中的一个营救人员说："他在问他的相机在哪里。"

于是，有人拿着一个很高档的相机在他眼前晃了一晃，他才又安静了下来。这让我感到十分纳闷，难道一部相机比人的生命还重要么？

▶▶ 26

其他人先行走了，旺堆却走进了我们的帐篷。

唐博士忙给他沏了一杯茶，并开始招呼蒋厨子给旺堆弄点饭，但被旺堆制止了。他说："不用，我也得马上跟上去，喝杯水，说两句话我就走。"

"说说，怎么回事，四个日本人只回来了三个？"唐博士问。

"我们昨天搜寻了半天没有搜索到，但见到了那个向我们求助的人，最后，我们划定了搜寻的范围，今天早上按照各自的分工区域分头寻找，见到了一具尸体，也见到了那个活着的躺在担架上的人，他的两条腿可能保不住了，巨大的雪崩造成他的两条腿有物理性的损伤，而因为他在原地无法动弹，脚和腿又经受了冻伤，估计得截肢，好在保住了一条命。另外一个人，我们没有找到，所有我们划定的地方都找了，有些地方还用铁锹刨开来看了，都没有他的任何痕迹，估计是埋在冰雪之中了。只能这样了，救活人要紧，我们也就匆匆忙忙地赶回来了。"

旺堆边喝茶边向我们讲述他们营救的经过，这一切听起来非常恐怖，对日本人那点怨恨也被一种对生命的敬畏代替，在对待生命的时候，登山队员表现出了他们的无畏和无私，这让我对他们有了新的认识。

"需要我们做点什么不？我们这里有一台越野车。"唐博士说。

"估计他们已经上车赶往医院了，这些事情我已经都向他们交代好了。如果需要，我会跟你说的，我们两个之间不需要客气。"旺堆说。

27

一时都沉默了下来，没有什么话，卓玛帮旺堆的杯子里加了点热水。

"我没有搞明白，他为什么将自己的相机看得比生命还重要？"见大家都没有说话，我憋不住，提出了自己心头的疑问。

"这个我来解释吧。他们是专业的摄影师，在珠峰上拍摄到的照片当然非常精美，也非常珍贵。回到他们的国家，可以利用这些照片来做商业广告，几张照片所产生的商业价值很有可能够他们一辈子的花销了。他的腿没有了，但只要照片在，他的后半生就可能有保障了。"唐博士抢先回答了这个问题。

"是啊，这也是这些人这么玩命地来珠峰进行探险和摄影的最大的动力了。"旺堆说。

我感到吃惊，对于一个搞科技的人来说，所有的收入，就是那点少得可怜的工资了，没想到照片竟然也能卖钱，而且会卖那么多钱。

"回去了，我还得联系上级部门，将他们安置好。"旺堆说着，起身出了帐篷。

望着旺堆远去的背影，我突然想向他及他的队员们敬礼，向他们表示一种崇敬的心情，这，只是他们诸多救援中的一次而已，他们到底救过多少人的命，又涉及了多少个国家，我不知道，但我知道，他们是登山探险人员的救星。

生命，这个坚强而又脆弱的个体，只有融入巨大的社会里，才能够多一份安全，多一份鲜活。我们在这个地球上生存，彼此之间总有那么一点联系，你帮助着我，我帮助着你，看似不相关，但一环又一环深究下去，似乎都有某种联系，或多或少。

第十五章　珠峰大本营

在一个缺少女人的地方，男人会变傻，这一点我倒是相信，女人的温柔会让男人变得聪明、睿智、坚强，所谓的没有阴就没有阳，没有柔就无法彰显刚。但是，在一个缺少女人的地方，突然来了女人，难道男人们都应该变疯么？

1

突然间，珠峰大本营就热闹起来了，一顶顶帐篷接连搭建了起来，就像雨后草原上突然间就会冒出很多颜色不同的蘑菇一样。

来的都是客，而且多是外国游客，美国的，英国的，德国的，法国的，日本的，韩国的，操着不同的语言，叽哩哇啦地又说又比划，让这里甚至显得有点让人闹心。在当时，中国游客前往珠峰的并不多，来了，一眨眼的工夫也就走了，根本看不到珠峰。他们来过这里，就算是完成任务了，这样的"到此一游"的旅游心态，在很多中国人那里得到了很好的体现。这一现象，我在后来的许多地方都见过，上车睡觉，下车尿尿，到了景点一通乱照，回去之后一问，啥也不知道。

黑色的、棕色的、白色的陌生面庞在眼前不停地晃荡，让寂寞不再，珠峰变得有些嘈杂，甚至就像一个聚集各国来客的大集市，不同的是大家来这里的目的并不是商业贸易，而是来目睹珠峰的风采。

这个时节的珠峰天气，正是对流特别旺盛的时候，你越是想看珠峰，珠峰越不愿意露出她的容颜，总是半遮半掩，吊足了游客的胃口。珠峰现在就是明星，很多人争着要和她合影留念，但总是被"保安"的巨大身形挡住，挡住珠峰的"保安"，就是那浓一块，淡一块的云彩。

我们依然忙自己的事情，偶尔也看看这些游客，用蹩脚的英语和他们聊上几句。

2

在这诸多的游客当中，有一个美国姑娘显得很抢眼，这是鸡毛躺在床上告诉我的。我心里装满了卓玛，总是希望能有时间多和她在一起待一会儿，或者聊几句，对来这里的老外只是看个大概，并没有特别的兴致。但鸡毛就不一样，只要不工作，他会经常找借口出去，看各式各样的老外，主要是看女老外。秀色可餐，他甚至忙得连吃饭的点都给误了，但好在没有耽误工作，否则他很有可能被驱逐出我们这个队伍，早早地遭送回县城里去。

"真的很漂亮，都来两天了，我去她那里，她总是对我友好地笑一笑，可惜啊，我的英语实在太糟糕，没法和她作更进一步的交流。"鸡毛眉飞色舞地说。

"好啊，那我教你一句吧。"我来了兴致，想调侃他一下。

"好，好，好，海子哥，你就是我亲哥，现学现用。"

"明天你到她的帐篷去，你就直截了当地对她说：I want to fuck you！"我笑着说。

"什么意思？"

165

"你就这么说，多重复几遍，学得要熟练一点，就是我爱你的意思。"

"'我爱你'不是'I love you'吗？"他狐疑地问。

"更深入的爱，比爱还要猛烈的爱。你可以先说'I love you!'如果她点头，或者对你微笑，你接下来就说'I want to fuck you!'"我尽力掩饰着笑，解释说。

"管用吗？"鸡毛依然疑惑地问。

"No problem！绝对好使，洋妞都很开放的。"

接下来，就是鸡毛不断地重复那两句英语，我则在偷偷的笑声中睡着了。

▶ 3

第二天吃中午饭的时候，唐博士的脸色有点不好看，我揣测可能有什么事情发生了，再去看鸡毛，只是低着头吃饭，什么话也没有，这和往常可截然相反。

撂下碗筷，鸡毛把我拉到了一边，说："你怎么能害我呢？"

"怎么了？"我觉得莫名其妙。

"就是你昨天晚上教我的英语，我默念了半个晚上，滚瓜烂熟了。今天吃过早饭，没有什么事情，我就去找凯瑟琳，见面就说：'I love you!'她尽管惊愕，但还是显得很高兴，既然她高兴，我就来劲了，说了你教给我的那句英语，结果她把我推出了帐篷。这时候，恰巧唐博士来了，凯瑟琳把我的话重复了一遍，唐博士就显得很不高兴，让我回帐篷打扫卫生。吃饭前，唐博士还凶巴巴地对我说：'以后没什么事，就老老实实在帐篷待着，别到处乱跑。'我招他惹他了？他何必对我这样！"鸡毛委屈地一股脑儿将事情给我述说了一遍。

"你平时不是挺机灵吗？怎么就犯傻了，我让你说你就说啊？不过，还有另外一种可能：唐博士也看上凯瑟琳了，这你就得自认倒霉了。"我感到好玩，但总感觉事情没那么简单。

"他不是已经结婚了吗？"鸡毛不服气地说。

"结婚了就穿上盔甲了？就上保险了？吃饱了就不能再吃点点心什么的？调调口味，况且都处于饥饿状态！"

"那倒也是，不过，那话到底是什么意思啊？"

"文明点说，就是我想和你上床，粗俗点翻译就是我想操你。"

"操，你破坏了她和我的美好关系。"鸡毛说着，就准备动手。

我看架势不对，赶紧跑了。跑到离我们的大帐篷不远的地方，卓玛正在那里站着，脸色也不好看，这都怎么了？

▶ 4

"跑哪去？"卓玛问。

"鸡毛这小子要打我。"我笑着对她说。

"他是该打你。"

"凭什么?"

"就凭你干的那些事情。"卓玛并不想放过我,盯着我说。

"我怎么了?不就开了个玩笑么?这种玩笑我跟他开过多少回了?在这样鸟不拉屎的地方逗个乐子,犯什么法了?是,我知道,这事做得有点过头,这叫作什么'国际玩笑',我做得不对,我向你们每一个人道歉。但我当时也就是和他说着玩的,谁知道这个傻子真就去对人家说了,说就说了,错已经犯了,他汲取教训,我也汲取教训,以后不做就是了。"我心里也不爽,将自己的闷气全宣泄给了卓玛。

"小纪倒好说,关键是唐博士。"

"唐博士怎么了?我一直很尊重他,但如果他真为这个事情和我较劲,我鄙视他,而且发誓不考他的研究生。"

说完,我头也不回地走了,走到了一个远离大本营的山脚下,一个人坐了下来,开始思索这个事情的每一个细节。

在一个缺少女人的地方,男人会变傻,这一点我倒是相信,女人的温柔会让男人变得聪明、睿智、坚强,所谓的没有阴就没有阳,没有柔就无法彰显刚。但是,在一个缺少女人的地方,突然来了女人,难道男人们都应该变疯么?

▶ 5

我不想回帐篷,那个装满了我们的笑声的临时居所,我曾经那么地热爱,但现在,我却不想回去,面对着突兀的山,背靠着一块巨大的石头,望着阴沉沉的天发呆。

我想一个人静一会儿,在这样的地方,没有人能够找得到我。我离那个有点像集市的大本营比较远,那里嘈杂的声音也离我比较远了。宁静,这才是珠峰该有的本色。

对,卓玛,我心爱的卓玛,她为什么对我会是这样的态度,难道就因为这件事情牵扯到了唐博士?我那么爱她,她不会感觉不到,她现在就如我这块背靠着的石头,不时给我的身体传递一份又一份冰冷。原本她是我心中的仙女,是我的月亮,总将柔和的光洒满我的心间,可她今天却对我板起了脸,这太反常。

是啊,我也不对,我不该对她那样的态度,不管不顾她的感受,一阵炮轰。她一个女子,能够承受这些么?我是个男人,遇到事情就不能忍让一点,迁就一点,担当一点么?这是我们认识以来第一次吵架,我为什么要跟她吵?难道是我觉得和她很熟,就可以肆无忌惮?不,不是这样的,不应该这样!

我陷入了愧疚之中。

"终于找到你了，干吗要躲到这个地方？"鸡毛的声音。

"你走，我做错了事情，面壁还不行吗？"我说。

"是我的错，我他妈闲得蛋疼，惹出了这么点事情，你老人家大人有大量，就别再折磨我了。卓玛在她的帐篷里呜呜地哭，你知道黑虎对我一直不友好，再说，她这会儿需要的是你的安慰呀！"鸡毛跑到我跟前，苦大仇深地说。

卓玛在哭，听到这里，我猛地坐了起来，不理鸡毛，径直大步向大本营奔去。

6

黑虎见我来了，并没有平时的那份热情，只是微微地摇了一下尾巴，算是和我打了招呼。这哥们真是比人还精明，它对我有意见，但也希望这个时候我能够出现在卓玛的身边。

钻进帐篷，空间很小，几乎没有我插脚的地方，我只好跪伏在帐篷口。卓玛抱着头，蜷缩在被子里，我摸了摸她的头，轻轻地说了一声："对不起，卓玛，我不是故意的，一茬赶着一茬，就……"

卓玛露出了脸，满脸泪痕。我有些不忍，轻轻地用手指拭了拭她脸上的泪痕。

"出去走走吧，你这个小窝没法待呀，站也不是坐也不是。"我依然说得很轻。

卓玛却"噗嗤"一下笑了，酒窝又露了出来，我还是喜欢看她笑的样子。

一笑泯恩仇，况且我们之间只是一点小小的误会，并没有什么仇。

我牵着黑虎，人多，我们每次外出都不得不牵着它。卓玛和我并肩走着，我想解释点什么，但觉得有点多余，就什么都没有说，两个人只是安静地走着。

"其实我也不对，我没有搞清事情的原委就质问你，我想你也理解，下半年开始，我就是唐博士的学生了，我不希望他不高兴。"卓玛终于开了口。

"呵呵，我不该惹你生气，听鸡毛说你哭了，你是在流泪，可那一刻，我的心却在流血。我不希望你受一点委屈，而这次竟然是我惹得你生气，让你受委屈，让你流泪了。真不应该啊，笑一笑，我喜欢看你笑。"说着，我用指头轻轻地刮了一下她的鼻子，她果真又笑了，我又见到了那两个迷人的酒窝。

笑多好啊，我在大学毕业的时候，在留言本上给一个江苏女孩写道："就这么笑着，开开心心地笑着过他妈一辈子。"她也是个爱笑的女孩，但她没有卓玛那醉人的酒窝。

7

凯瑟琳在我们相互斗气又很快化解的第二天就走了，她并没有看到珠峰，为什么不等一个好天气？已经等了几天了，何必在乎再等几天呢？谁也不知道，原因不明，那个棱角分明的大洋娃娃就消失在我们的视线外了，也慢慢地在我们的记忆中消失了。

营盘不是铁打的，而是帐篷做的，但游客却像流水。人来了，人又走了，人又来了，人又走了。大本营，没有常驻者，相比之下，我们好像成了这里的主人。

在这样的地方，也发生过一些我们引为笑话的故事。一个叫托马斯的德国人只身一人来到大本营，但很快就和一个英国姑娘混熟了，并在天黑的时候钻进了她的帐篷，第二天早上我们碰到他的时候，他略微有点难为情地用英语说："Just sleep（仅仅只是睡觉而已）！"

往后我们相互碰见了，就问："干吗去了？"回答："Just sleep！"于是大家一阵哈哈大笑。

这样的笑话像盐，只是作为一种调味品，让我们有点枯燥的生活增添了一点色彩，仅此而已。世界是多彩的，色彩各不一样，涂抹色彩的方式也各不相同，但大家有事没事地总想去描画。人们宁愿生活在艳丽的色彩中，也不愿面对那种独处的孤寂。但我却很享受独处的乐趣，特别是在盼来一个晴朗的天，那些游客熙熙攘攘地与珠峰合影留念，并喜形于色、唧唧喳喳的时候，我宁愿一个人找个地方独自面对珠峰，看傲然俯视，看耸然挺拔，看岿然不动，看千年孤独。

谁能读懂珠峰？我与她远远地对视，无数次的仰视，似乎读懂了一点，却依然一知半解，但我知道，那样的时刻，我的内心感到，我离珠峰很近。

▶ 8

司机大胡子再一次采购物资回来的时候，给我带来了一个很大的惊喜。有一个来自北京的加急的包裹，很沉，打开来看，里面装着七八本书，是专门为考研而备的，这差点让我高兴得跳了起来。

平时大大咧咧的大胡子，这一次却办了一件非常细心的事情。他给我带了一盏台灯，说是送给我的考研礼物。相处的时间长了，大家都成了朋友，再怎么粗枝大叶，总能把一种相互的温情送达，这一点让我很感动。

柴油发电机自从我们背回冰芯之后就24小时地运转，电并不能全部用完，只要需要，台灯完全可以亮着。一盏台灯虽然很小，但却照亮了我的世界，我的世界亮亮堂堂。

从那一天开始，我就让自己忙碌了起来，除了吃饭睡觉和观测，其余的时间就都用在了备考上。白天或者一个人，或者和卓玛一起，找一个地方，学习或者讨论专业知识。到了晚上，回到自己的帐篷，不再和鸡毛斗嘴，抓紧复习英语和政治。

169

生活和自然条件是要差点，但学习条件却非常好，因为我有一位大老师，他能解答我所有的专业问题，就是英语方面也是很棒的老师。而且我还有一位小老师，她把自己考研的心得，以及自己所学的知识拿出来和我讨论，争论不下的时候，再去让大老师裁决。

有谁有过这么奇特的考研经历呢？在5100米的海拔处，在珠峰脚下，趴在贴近地面的床上，准备考研。我有，确实很值得珍惜，这样的记忆让我终生难忘。

▶▶ 9

事情看起来很简单，其实并不简单。我的备考，面临诸多困难。

首先，我缺一张桌子。给学生配备一张桌子，一把椅子，似乎很简单，但却很实用，因为这样的工具才是学习所必须具备的工具。但我没有，白天可以坐在帐篷外面，搬一张简易的折叠椅，旁边再放一杯茶，基本上就够了。但晚上可就有点苦了，在台灯下面，我必须长时间地趴着，一是眼睛离书本太近；二是胸腔那二十多根肋骨承受了太多本不应该它们承受的压力；三是肘部也增加了很多负担。这样的姿势，真就不是一个好的学习方式。于是，换一个姿势，躺着看书，安逸倒是很安逸，但太过安逸就容易入睡，加之晚上多看的英语和政治都显得那么枯燥，一不小心就进入梦乡了。

再次，就是缺氧。这样的海拔，氧气含量就相当于海平面的一半，加之高强度地学习，氧气就显得更加紧缺。睡眠不好，饭吃不好，学习也就不好，本来一遍就能记住的知识，在这里，没有五六遍的重复记忆，根本就记不住。而且学习的时间还不能太长，太长就会进入一种更加糟糕的恶性循环当中去。

当然，还有其他的困难，所寄来书，作为考研的主要用书，凑合着是够用的，但是要去深究一些问题就比较困难了，而且我甚至连一本英汉字典都没有，这一点，有唐博士在，很多问题还基本上都能够解决。

两大困难，就是压在我身上的两座大山，但既然选择了这条道路，我就必须扛着这两座大山艰难地向前走，留给我的时间并不算多。

▶▶ 10

吃过苦的人，一般抗压能力都比较强。中学的时候，我在山里面每周穿梭，运送一周所需要的干粮，完成了学业，考上了大学。大学的时候，我在城市的大街小巷穿梭，搞家教，挣学费和生活费。工作了，原以为会过得很舒坦，但没想到却在海拔4300米的定日县工作，日子过得紧而且艰难。一路苦过来，我对苦就有了免疫力，就麻木了。于是，我就在珠峰大本营开始了我的考研之旅。

路，是自己选择的，一旦上路，就没有回头的必要，也没有停下来的必要，咬着牙，坚持，坚持！坚持走下去，就能够看到胜利的曙光。正如我和卓玛一起的那次生死之旅一样，坚持下来了，我们就拥有了生命，见到了曙光，沐浴在灿烂的阳光之下。

　　磨砺，很多人避而远之，但我却希望自己多一些磨砺，因为那将是我人生巨大的精神财富，这是珠峰告诉我的，也是我在珠峰的经历告诉我的。在珠峰的磨砺让我感受到了生命的脆弱，但也激发了生命的潜能。只要不畏惧艰险，勇敢地面对艰险，生命其实很强大，生命其实能够绽放出更加耀眼的光彩。

▶ 11

　　我艰难地行进在自己选择的道路上，丝毫没有放松。

　　在路上，我并不寂寞，而是在大家的宠爱之中行走。有卓玛在，有唐博士在，他们是我的益友，也是我的良师，总在我需要的时候，毫不保留地给予我帮助；有鸡毛在，有大胡子在，他们是我生活愉快的源泉，在吃饭或者我学习空隙的时候，总会挖空心思地让我开心，让我拥有舒适的心情；有姚华在，有蒋厨子在，他们在工作和生活上尽量地为我分担，尽量让我有更多的时间去学习，去休息；甚至还有黑虎在，它总是友好地和我打招呼，或者在我的身上蹭一蹭，将一种关心和慰藉送给我，通人性的它，不具备人类的语言，但却具有人类的爱心。是的，我不孤单，一路上有他们，我行进得尽管艰难，但却处处觉得温暖，处处有关怀，有爱。

　　如果要问，在珠峰上我收获了什么，除了一定程度上读懂了珠峰，除了两次难忘的生死之旅，我还收获了友情，收获了来自人类的甚至动物的一份真情。是否能够收获爱情，我不敢肯定，但可以肯定的是我们已经恋爱了，精心地耕耘，我想我会有收获。

　　感谢珠峰，感谢珠峰之旅，那是我一生中最重要的一段旅途。

▶ 12

　　忙碌的时候，时间总是过得很快。忙碌中时间在我的身边飞速地滑过。

　　流水一样涌来的人群，流水一样地退开了，就像海潮一样。大本营复归了往日的宁静和淡然，偌大的河滩上就只剩下了我们三个帐篷。

　　对于我们来说，这次科考的任务也接近了尾声。在这个时候，唐博士宣布了一个新的命令，再进行一次冰芯的采集工作，高度依然在海拔6400米，但是地点却和上次有所不同，这也是为了选择不同的时间、不同的地点，从而获取不同的冰芯样本，让研究更有代表性。和上次不同的是，人员进行了调整，依然由唐博士带队，依然有两个夏尔巴人作后勤保障，但工作人员换成了姚华、鸡毛和大胡子。我和卓玛留下来完成日常的观测和采样任务。

　　遗憾的是我不能再次上到珠峰去，但庆幸的是我依然和卓玛在一起，这也许是唐博士的有意安排，已经为人夫且为人父的唐博士不可能没有发现我和卓玛的恋情。无论怎样，我还是很感谢他，不光是因为他教给了我很多知识，还因为他像兄长一样对我的关照。

　　出发的时候，完成观测工作的我和卓玛为他们送行，这次旅途，他们将会遇到什么样的困难和危险，我们不知道，但我们为他们祈祷，祝福他们一路平安，平安地完成工作任务，平安地渡过一切难关，平安地回到大本营，回到我们身边。平安是福，在珠峰，平安更是福中之福。

▶ 13

　　他们一走，冷清的大本营就越发冷清了，我基本整天都和卓玛在一起，工作，吃饭，学习。蒋厨子除了做饭就是睡觉，偶尔去查看一下柴油发电机，其他的事情与他无关。他是一个很淡定的人，寡言少语，一脸平静，似珠峰那样的平静。你要说，他会听，但从不发表自己的意见，偶尔也憨憨地笑一笑。你要不说，他绝对不会问。就是看见什么了，也装作没有看见，绝对不嚼舌根子。

　　世界造就了人类，就有了各种各样的人，如唐博士那样的博学与健谈，如鸡毛那样的嘻嘻哈哈，如大胡子那样的大大咧咧……每个人都有每个人的性格，每个人都有每个人的处世和为人方式。有些人做了，并不说；有些人做了要到处去说，就是没有做，也想抢功，把别人的功劳想方设法地占为己有。有些人最喜欢别人的赞美和奉承；但有些人赞美也听，批评也听，甚至对你的批评还满怀感激。

　　世界很精彩，但世界也很复杂，而导致复杂的最重要的原因就是每个人各不相同的性格和行为方式。

　　从蒋厨子的身上，我看到了珠峰的身影和品格：处事不惊，稳重自然，淡定从容。可以面对喧哗，并不沾沾自喜；可以面对孤寂，并不消沉颓废；可以面对赞美，并不喜形于色；可以面对批评，并不排斥拒绝；……

　　这就是珠峰么？这就是珠峰的品格么？还有冰清玉洁，还有雄伟壮观，还有虚怀若谷，还有……

　　我似乎读懂了珠峰，但我似乎又没有完全读懂她。

虔诚的香客

第十六章 命运带来的爱情

　　火光之后是平静，被爱抚慰之后的平静，有一点疲倦，但却感受到了无边无际的幸福。而这幸福来得有点太突然，谁也没有预料过，就像天空的云彩，只是一朵又一朵不断堆积，但谁也不知道什么时候，突然间就会出现狂风暴雨。

▶ 1

一个清朗的夜晚,我没有把自己关在帐篷当中,这样的夜晚,用于学习显然有点浪费。

很快就要离开这里了,珠峰,这个我看不够,也读不够的山峰,我还能够看你多少次呢?这样的夜晚,正是天赐的良机,我得好好地看看珠峰,当然,不是一个人,还有卓玛,还有黑虎。

月光如水,洒满大地,涂抹在珠峰上,让她变得更加冰清玉洁。

月光如水,洒在我们的身上,让柔情更加似水。

"也是这样的夜晚,也是这样的月光,珠峰见证,我们恋爱了。"我说。

"月亮,美丽的月亮,总是能在这样的时候给我们一份慰藉,感谢月光。"卓玛并没有应和我,自顾自地说。

"卓玛,你爱我吗?"我终于问出了那个萦绕在心头很久的问题。

"我喜欢你。"她说,含着娇羞。

这已经足够了,我知道,就卓玛来讲,这是一个很大的转变,从爱的伤害中走出来不久的她,对爱有一种恐惧感,那个简单的词,对她来说,意味着伤害,意味着痛苦和折磨。

"他们在珠峰上应该还好吧?"卓玛转移了话题。

"这么好的月光,没有危险,放心吧。"我说。

我们起身,开始往回走。到达卓玛的帐篷前,我们的手分开了,我知道,我们该分别了。但在指尖划落的一瞬间,一股电流,刺得我全身一阵疼痛。

▶ 2

激情在瞬间被迅速点燃,沉默了很久的关于爱的萌动突然间就爆发了,在那股电流的刺痛中。一切都不管不顾了,慌乱中我们跌入帐篷,慌乱中我们相互撕扯着身上显得有点多余的衣服,慌乱之中我们……

进入卓玛身体的那一刻,我差点晕厥过去,因为缺氧,因为极度兴奋而造成的极度缺氧。但很快,一切都顺理成章地进行,爱的火焰在那个晚上,一次又一次被点燃,静静的月光下,一个小小的帐篷里腾起万丈火焰,处处是火,我们被熔化了。徜徉在爱的河流中,我们奔腾,我们咆哮,我们欢歌。

火光之后是平静,被爱抚慰之后的平静,有一点疲倦,但却感受到了无边无际的幸福。而这幸福来得有点太突然,谁也没有预料过,就像天空的云彩,只是一朵又一朵不断堆积,但谁也不知道什么时候突然间就会出现狂风暴雨。

爱,是一种情感的积累,但爱更需要一种放纵的宣泄,因为爱将两个人合二为一，也将两个人熔铸为一体。

爱，是一种必然，但更是一种自然而然，任何勉强，任何造作，任何掩饰，任何不纯的目的，都会让爱变得污浊不堪。只有双方都表露出爱的欲望，爱的渴求，爱才会显得更见清纯透明。

几个月的苦苦追求，几个月的精心呵护，爱，在那个月光柔美的夜晚，尽情地绽放，我徜徉在爱的河流中，体验着爱情的滋润，细数着生命的美好。

▶ 3

"你真的爱我吗？"卓玛依偎在我的怀里，问。

"真的爱你，我向天发誓，让珠峰为我作证。那个逃过生死劫难的夜晚，有你在，我不觉得孤单。这些在大本营的日日夜夜，有你在，我觉得美好而充实。在将来的日子里，如果能够有你陪伴，我的生命将会绽放出异样的光彩。男人的生命里需要一个女人，而你，就是佛祖派到我身边来陪伴我一生的女人。"我突然间变得像一个诗人，在卓玛的耳畔低低地吟诵我的心声。

"你是党员，你不是不信佛吗？"

"那我相信命运，是命运安排你来到我身边的。冥冥之中，命运将一切都安排好了，你想，如果我在高考志愿机读卡上不涂黑'愿否定向'那一栏，我会来西藏么？如果我被直接安排在拉萨，或者日喀则，我会来定日么？如果唐博士来找工作人员，我不积极报名，能够来珠峰么？如果来了珠峰，我们大家老老实实地搞观测，不去看冰塔林，我们会有那个生死攸关的夜晚么？这些'如果'中有一个出了问题，我们都有可能不会相爱，这一切都不是巧合，都是命运安排的。"

"巧舌如簧，这些话谁信？"

"但你必须相信一点，我爱你，我会用我的生命来陪伴你，呵护你，一生一世。"

卓玛没有再说话，只是更紧地抱着我，我感觉得到她的心跳得有点快，她是为此而感动呢？还是为此而紧张呢？我不知道，真的不知道，因为曾经被爱深深地伤害过，在表述方式上，她总是显得那么慎重。

▶ 4

他们回来了，踩着沙石路，一身疲惫。

他们回来了，就预示着我们在珠峰的工作任务完成了，我们必须返回各自的工作单位，然后各奔东西。

我希望他们早点平安地回来，但我又希望他们能晚点回来，给我多一个和卓玛独处的夜晚，那样的夜晚多么的珍贵啊，可惜只有一个晚上，仅仅一个晚上。

一切都刚刚开始，就突兀地、残酷地宣告结束了。

我已经来不及多想，抢着上去，帮他们搬卸装备和冰芯样品，然后装车，忙得气喘吁吁，忙得满头大汗。除了帐篷和被褥，其他物品基本都装上了那辆大卡车。然后，我们聚集在大帐篷里，听他们讲述这次行程中遇到的新鲜、刺激而又让人胆战心惊的故事。相比之下，这次他们的行程算是安全，没有大的天气变化过程，没有大的安全事故，一切都进展得比较顺利，相对夏、秋在珠峰算是一个温和的季节。尽管如此，我们还是愿意听他们讲一路的经过，这是一种惺惺相惜，也是一种患难与共，在珠峰我们学会了相互帮助，也学会了相互倾听。

"明天，我们就要返回了，感谢大家将近半年时间为采集科研的基础数据所作出的贡献。在这样的地方，条件非常艰苦，没有吃好，也没有住好，在工作过程中还遇到了很多艰难和危险，但是我们都一一克服了，圆满完成了各项工作任务。实话说，我很敬佩大家，也很感谢大家。"唐博士待经历讲完之后，很动情地对我们说。

这样的话，在平时听来，有点领导作报告的枯燥和做作，但在这样的时刻听着却让我们有点感动，也有很多感慨。

▶ 5

"这么说你爱上她了？"

"是的，我爱上她了，深深地。"

"她也爱上你了？"

"我无法确定，也许感激或者感谢的成分更多，我要的是对等的、深厚的爱，而不是感激、感谢，或者施舍。"

"接下来你怎么办？"

"我会继续爱下去，直到她也同样那么深地爱上我。"

"如果她的态度没有改变呢？"

"我不知道我该怎么办，真的不知道。"

说完，我深深地叹了一口气，看了鸡毛一眼，鸡毛也在这个时候看了我一眼，两对目光碰撞，都有些迷茫，都快速地选择了逃避，将各自的目光移向矮小的帐篷的帆布上，默默无语，很久，很久。

"你一定要考上研究生，而且是唐博士的研究生。"鸡毛打破了沉默。

"我不正在努力么？应该没有太大的问题吧。"

"不，不是应该，而是一定，为了你的将来，也为了你的爱情。"

"爱情与考研必须挂上钩么？"

这个不是问题的问题，让我感到有些诧异，鸡毛今天这是怎么了？

6

酝酿了一会儿,鸡毛像是憋足了劲,掉转头来,眼睁睁地盯着我。在台灯的映照下,表情显得恐惧而愤怒。

"那当然,如果你考不上,你还在定日工作,你的爱情就可能飞了。我算是看透了,人们会信誓旦旦地说:只要相爱,无论相隔多远,无论经过多长的时间,都依然会相爱。狗屁,我才不相信呢!本是美好的爱情会被时间这条狗吃掉,也有可能被遥远的距离给废掉。你不用担心,回去之后,你的一日两餐,我给你弄,放下除了工作之外所有的事情,一心一意考研,我相信你,你能行。"鸡毛说得慷慨激昂,说得唾沫横飞。

"咋啦?你是不是受什么刺激了?"我感到鸡毛有点异常。

"海子哥,你是我哥,我才给你说这些话。在远离家乡和亲人的地方,我拿你当亲哥看待。在来西藏之前,我也拥有美好的爱情,尽管我嘻嘻哈哈,可是女友就喜欢我这种吊儿郎当样子,我们一年前就上床了,爱得跟一个人似的,谁也离不开谁,可是,怎么样?我到定日才两个月,她就和别人上床了,半年时间,他们就已经结婚了,现在应该有孩子了吧。"

"兄弟,这事,你咋一直没有提起过呢?"

"丢人,失败,这样的事情,我压在心里,我不想说。但今天我不得不说了,我怕你走我的路啊!卓玛是个很不错的姑娘,这一次去采集冰芯,路上唐博士还说你们俩的事呢。他也想成人之美,你以为他傻啊?看不出来么?人家可是博士,聪明着呢!况且他比较喜欢你在学习和科研上的那股子拼劲,你考研,在相同的条件下,他绝对会优先录取你。"

我无话可说,鸡毛说的是掏心窝子的话,是动了真感情的话,我不能辜负他对我的期望。我感到了一股无形的压力,但我也感到了一股融融的暖意。

7

曙光到来,那一刻,我们开始拆卸帐篷,留恋让动作显得迟缓。

车辆启动的那一刻,朝阳给珠峰涂抹了一个金顶,一切都显得那么亮丽而完美。临别之前,珠峰留给了我们一个美的瞬间,也把我的心永远地征服了。

工作任务结束了,珠峰的旅程结束了,但珠峰给我的印象却永远地留在了我的心底,在珠峰的那段难忘的经历也永远留在了我的心底,深深地,一生也无法忘却。

上车之前,鸡毛做出了一件让我意想不到的事情,他上了越野车,而让卓玛坐上了大卡车,这样,我就又能和卓玛在一起度过短暂的一点时间了。因为急着要赶路，当晚，他们的住宿地安排在了拉孜，从珠峰到定日，这 100 多公里的路程，就是我和卓玛的分别之路了。

在加乌拉山垭口，师傅故意做了一次停留。

太阳亮堂堂地将自己的光芒铺满了大地，整个珠峰没有一丝云彩，将自己完完全全地裸露在我们的眼睛里，让我们尽情地去欣赏她的美丽。

"别了，珠峰，下次相见，不知道又会是什么时候了。"我感慨地说。

"我相信我们还会来的。"卓玛说。

"只要你选择冰川作为你毕生的研究对象，珠峰，你就可以经常来了，那里有我们需要的宝藏啊，一个天然而美丽的资料库。"

是的，珠峰，你不光用你的美丽征服了我，你也用你的险峻教导了我，你更用你的胸怀接纳了我。你的身上有我永远无法忘却的记忆，也有值得我终生为之奋斗的事业。

第十七章　卓玛一去无踪

太阳出来之后，冬日的拉萨又恢复了往日的温暖，太阳真好，在明媚的阳光下，面对考卷，那种感觉也很好。

▶ 1

　　一切都恢复了原位，但并没有回到原点，走过的路，总会留下痕迹，无论你有意或者无意，无论是现实的路还是心灵的路，总会让一个人发生某种变化。我回到了原来的地方，干着原来的工作，住着原来的房子，但我却不再是原来的我了，人总是在经历中成长，不管你愿不愿意，一次又一次不同的经历，会让你多一些磨砺，也会让你逐渐变得成熟。

　　在原来的房子，一个人的时候，我会想起珠峰，会想起在珠峰的种种经历，会想起卓玛。爱情是美好的，但美好的爱情在这个时候却变成了一种思念，变成了一种守候，变成了一种因为见不到对方而空落落的无尽的折磨。

　　我们渴望爱和被爱，但面对现实，我们却不得不彼此分开，然后相互思恋，喝下去那冰冷的水，然后一滴一滴化成热泪。

　　爱就如同雨露，花儿需要，人也需要。没有爱情的滋润，没有爱人厮守，我就生活在干涸当中了，比以前更加干旱的干涸当中。我在干涸中希望能与卓玛相聚，能够享受爱的抚慰。

　　总是觉得身心疲惫，那么多的事情发生了，又有那么多的煎熬侵袭着我，尽管还是金秋，但我却像掉进了冰窟里，感到了彻骨的寒冷，在这个时候，我渴求一点温暖，爱的温暖。

▶ 2

　　没有爱的慰藉，日子还在继续，我得为生活忙碌。

　　去了一趟诊所，见到了马蜂，哥们活得很滋润，有老婆，又有事业的双重支持，他显得愉快而充满活力。人是需要支撑的，来自家庭的，来自爱人的，来自事业的，这些支撑会让一个人焕发出青春的光芒。

　　"海子哥瘦了，也黑了。"阿莲见了我，有些心疼地说，两只硕大的奶子在她胸前一颤一颤地，很撩人，这让我想起了卓玛那对小但却富于弹性的乳房。

　　"今晚就留在这里吃饭吧，让阿莲给你弄点好吃的补一补。"马蜂殷勤地搬来凳子让我坐下。

　　"那我去拾掇饭了。"说完，阿莲转身进了里屋。

　　"生意怎么样？"我问。

　　"不错，比我们预计的要好，现在很多人都到我这里来了，医院里还给我提意见呢！"

　　"有什么意见？公平竞争，况且我们是他们的补充和服务的延续。大一点的病还是要上医院，我们大部分的营业时间是在晚上和周末，这为县城的职工也提供了很多方便。"

"话是这么说，总觉得有点别扭。"

"阿莲是不是有了？"我突然转移了话题，不想扯这些事情。

"啊，嗯，是，都三个月了。"惊愕之后，马蜂显得吞吞吐吐。

"你打算怎么办？在这里生？"

"这里，不，这太危险。我问过妇产科的医生，她的一句话让我的心凉透了。"马蜂的声音突然变小了，我知道他不希望这样的话被自己的老婆听到。

"怎么说？"

"在这里生出来的汉族小孩，没有一个存活下来的！"

这话也让我感到震惊，一时语塞，竟然不知道该说什么好。

▶ 3

"你是医生，你应该知道这是什么原因？"我也压低了声音问。

"缺氧。"这两个字是从马蜂的牙缝中挤出来的，很艰难，也很感慨。

"吸氧不行么？"我不甘心，试探性地问。

"不行，现在的孩子，多金贵啊，生下来，要放在保温箱里，即使内地的氧气很充足，为了保障其存活和健康发育还需要氧气呢，何况这里！有一个老乡，生了一个女儿，一生下来就面色发青，极度缺氧的表现，一天24小时吸氧，又跑到拉孜，跑到日喀则，跑到拉萨，最后甚至跑到内地，也没有把她救下来。"尽管马蜂说话的声音很低，但我每一句都听得清清楚楚，而且每一句都让我感到惊悸。

"你们就非得在这个时候要孩子么？"我有点生气。

"本来3年之内不要小孩的，想等事业有一定的发展再说的，唉！"

"你们都是搞医的，这点鸟事情你们都搞不定？"我还是生气。

"正是因为搞医的，太过自信，采用的是安全期避孕，结果还是出现了意外。"

"这真是一个莫大的讽刺！打算怎么办？"

"实在不行就只有先将她送回老家了。"马蜂显得很沮丧。

没有人再说话，对这样的事情，我也不知道该怎么去处理，诊所正处于很关键的时期，却来了这么档子事情，如果阿莲走了，这里就缺了一个守摊子的，更少了一个护士，整个诊所就塌了一半。

▶ 4

怕进自己那个空空荡荡的宿舍，但还是不得不回来。卓玛一点消息都没有，又遇上了马蜂那点添堵的事情，心情很不好。

打开大胡子为我留下来的台灯，我将自己强行塞进书本当中，让自己暂时和外界的事情隔绝一会儿。

要学的东西很多，留给我的时间又非常短暂，我不想再到处跑了，就老老实实地待着吧，待在这个小屋子里，除了工作，就是考研。

相对在珠峰大本营，海拔毕竟降低了800多米，氧气也稍稍地多了一些，看书的效率略微地提高了一些，能够记住一些知识了，而且不需要花过多的力气。

专业书籍看起来相对轻松多了，一是很早以前就开始进行专业知识方面的恶补，而且还撰写过一些论文；二是在唐博士和卓玛的帮助下，专业书籍里面的难点知识我已经基本上都掌握了。摆在我面前的主要就是政治和英语，背，死命地背就是了，没有什么诀窍，好在是有一些基础的，好在现在是在房间而不是帐篷里，好在现在有一张桌子而不是趴在地上，好在现在风没有那么大，天没有那么冷。

尽管现在的条件还是比较艰苦，但是在经历了珠峰大本营的那种生活之后，我甚至觉得现在的自己过得很舒适、很幸福，苦难和艰险让我学会了珍惜，这也许就是珠峰之旅留给我的最大的精神财富了。

▶ 5

扎珠请我在他家吃饭，庆贺我们这次珠峰工作任务顺利完成，并得到了牛局长的表扬，这样的时刻，需要点酒。

啤酒放了两箱，敞开喝就是了。在西藏，喝啤酒成了和吃饭一样重要的事情。

强珍也在，她总是找机会来这里待上几天，尽管他们已经结婚了，但那得之不易的婚姻，让他们一直处在热恋的状态。强珍的肚子现在已经鼓起来了，已经五个月了，乐得扎珠屁颠屁颠地忙前忙后照顾，那种喜悦是从心底里荡漾出来的，那种忙碌也是心甘情愿的，有点大男子样的扎珠在这段时间里表现得非常勤快，因为他们的爱情将要结出果实来了，这样的事情搁在谁的头上，都是喜悦中带着幸福的。

但对于马蜂来说，这样的事情却让他感到非常纠结。想要孩子，但却在还没有作好准备的时候，孩子突然间来了，是该觉得幸福呢，还是该觉得不幸呢，真是一个问题。

对于进藏干部，高原所带来的考验很多，毕竟生存能力受到了很大的挑战，就连生个孩子这么正常的事情都变得艰难了起来。我曾经听过老旦讲牧区生孩子的经过，让人感到有些后怕，要到帐篷外面去生，哪怕是下着大雪也是，这样生出来的孩子适应高原，也属于高原。相比之下，我们的生存能力十分弱小，在高原上显得弱不禁风。

▶ 6

几杯酒下肚之后，扎珠拿出了一个信封，很厚，给了我。

"这是你6个月的工资，一共8000多元，都是我帮你代领的，你数一数，你现在算我们站上的小财主了。小纪的6000多元我已经给他了，你们这次去珠峰，没有地方花钱，这笔存款数额不小啊。"

我没有数，感激地看了他一眼，很多时候，我们之间不需要感谢的言语，过多的客套会让我们有点见外的感觉。

回到宿舍，我将2000元扔在了抽屉里，6000元继续留在信封中，准备明天寄给家里人。来西藏一年多了，还没有寄给家里一分钱，这让我一直觉得很愧疚。

钱，有时候让人觉得很俗气，但那却是一种心意。就数额而言，4年大学，我一共花了15000元，其中有1万元是家里寄给我的，剩下的就是我做家教、写稿子赚来的，但我并没有因此而觉得自己如何了不得，毕竟，让一个西部小乡村里靠务农度日的父母拿出这1万元，他们已经付出了太多太多。对于我来说，拿到每一笔汇款，都不光是钱那么简单，他们的汗水，还有他们粗糙的手、佝偻的背，那形象一直在我的脑海之中浮现。那点不算太多的钱，是他们一毛一块积攒下来的，是他们从牙缝里省出来的，是他们从一块又一块补丁中抠下来的，充满了爱。

我终于能够回馈父母了，这不光是6000块钱的问题了，而是我用同样的方式回馈一种爱，一种对父母发自心底的深深的爱。这样的回馈本应早早地进行，但是为了圆马蜂的心愿，我耽搁了，延迟了，但我终于可以回馈了，我感到欣慰。

▶ 7

上完夜班，我在做着最后的校对和订正，希望自己的观测记录没有任何错误或瑕疵。邮递员却来了，给了我一封电报，是鸡毛的，因为敞着口，我拉出来看了，上面写道："父患结肠癌，已到晚期，现正在全力救治中，特告！"

当时的通讯极不发达，急事只能依靠电报。拿到这样的电报，谁又能不感到心酸呢？

我处理完手头的工作，去敲鸡毛的门，门开了，他还穿着内衣。我将电报交给他，就逃掉了，我不愿意看到他悲伤的模样，我希望他能一个人冷静地面对残酷的现实。

还没有回到自己的宿舍，就听见两声酒瓶碎裂的声音，那声音分明将我的心震碎了。但我依然没有去安慰他，任何苍白的言语都显得无力而无用。他需要宣泄，大清早的，突然间得到这样的消息，谁心里会好受呢？

回到宿舍，我跌坐在椅子上，不知道该怎么办，在相隔千里的地方，自己的亲人不能谋面不说，生了病还不能在他们的身旁端杯热水，那是怎样的一种煎熬和痛苦啊！

老西藏精神中有一种精神，那就是"特别能奉献"，这绝对不只是一句空话，而是活生生的我们经历着的事实啊！

我不想说些无用的话，从抽屉里取出留下来准备改善自己生活的 2000 元钱，顺了一下自己的情绪，径直去了扎珠的房间。他和强珍两个人正在拌嘴，开玩笑。

"你手上有多少钱？"我直截了当地问。

"我得看看。"扎珠见我脸色不好，并没有多问，翻箱倒柜地找，拿出来了 3000 块钱，交给了我。

▶ 8

"有 2000 元是我的，3000 元是扎珠站长的，是寄钱回家里，还是你直接回去，你自己决定，我就只有这么大点能耐了。我知道你心里不好受，我们心里也不好受，但是遇到这样的事情，你要正确面对，妥善处理。"走进鸡毛的宿舍，将钱放在桌子上，我对他说。

"我还是想回去一趟，见他最后一面。我是个混账，来这么长时间，手头有点钱就被我当水一样泼出去了，竟然没给父母寄过一分钱。我老爹喜欢喝酒，可我却没有给他买过一瓶酒。我曾经想着等我休假的时候，买几瓶好一点的酒，让老娘弄几个菜，我们爷俩边喝酒边拉家常，感谢他老人家的养育之恩，可是，我等到的是什么？是癌症，结肠癌，他还能喝酒么？老天咋能这样待我呢？海子哥，这不公平啊，老天它不公平啊！"鸡毛哽咽着说，弄得我心里很不是滋味。

"想哭就哭出来吧，男人也需要痛哭。"我离开了鸡毛，出门的时候刻意地将门带上，我希望那哭声只是在房间里，扩散得不要太远。

我再次来到扎珠的宿舍，将鸡毛的事情向他作了说明。

"我去看看。"扎珠听完，起身就往外走。

"我也去。"强珍跟了出来。

鸡毛有些疲倦地坐在床沿上，满脸泪痕，我知道他已经哭过了，无论怎样，这对他都有一些好处。

只是简单地安慰，我们便开始行动，扎珠帮着去联络前往日喀则的车子，我则帮着他收拾行李，语言在这个时候显得很多余，只有默默地帮助才是对他最大的安慰。

▶ 9

鸡毛走了，我显得更加孤单了。扎珠有强珍陪伴，马蜂有阿莲陪伴，我就只

185

有书本陪伴了。

卓玛依然没有来信，这让我更加寂寞。是她把我忘却了，还是她把我遗弃了？我对爱情产生了怀疑，那个月夜，那次肌肤之亲，那些往日的点点滴滴就在眼前，但却显得有些遥远了。柔美的月光透出一种冰冷，雄伟的珠峰作为我们爱情的见证，但现在却变得有些模糊了。难道正如鸡毛所言，爱情被距离废掉了么？

在月夜，我望着月亮发呆，月亮却什么也不告诉我，只向大地挥洒出一片朦胧而冰冷的光。

铺开信纸，透射着暖光的台灯竟然也显得那么冰冷，只将一小撮光洒在信纸上，整个屋子昏暗而空旷。

我的思绪很乱，在如麻的思绪里，我在信纸上流淌着对卓玛的思念。东一句，西一句，全然没有了章法，没有写新闻那样的自然，没有写散文那样的流畅，没有写论文那样的严谨，凌乱的字迹中游荡着我凌乱的语言，一颗破碎的心，在月光下滴血。

粘上信封，我望着信封上的"卓玛"两个字发呆，这是一个多月里第八封信了吧，可我却一封回信也没有收到。卓玛不会这么绝情，在我的心里，她依然是我的最爱，我们曾经用彼此的体温共同抵御过寒冷的夜晚，我们曾经让珠峰作为我们爱情的见证。

卓玛，我的卓玛！我心里一千次一万次地默默呼唤！

▶ 10

诊所基本上算是关门了。这是我们谁都没有预料过的，也是谁都不愿意看到的，但确实出现了很大的问题。

由于阿莲的离开，诊所最后变成了药店，平时没有值班的时候，我和鸽子两个人会轮换着在店子里卖药，要是病人有其他要求，我们就办不到了。晚上的时间就主要靠马蜂了，我则回到自己的宿舍忙着自己考研的事情，就是在值班期间或者卖药的空隙，也依然坚持看书学习。

其他一切事情都不重要了，只有学习，我要考上研究生，这是我剩下的还不到一个月的时间里最为重要的事情了。

至于吃饭问题，本来鸡毛答应过帮我做饭的，但家里有事，回内地去了，就基本上交给马蜂和鸽子两个人了。他们并没有什么怨言，而是显得心甘情愿，我也就乐得享受了，无论做什么菜，无论做成什么样，我都很乐意地接受。吃饭，只是为了维持人的基本的生存需要，在这个时候，还讲究什么呢？

走了阿莲这样勤快的女人，诊所里就稍微显得有一些凌乱，无论是家还是随便什么其他的住所，有个女人总会好一点的，三个男人在一起，经常会让药店里显得比较凌乱。乱就乱点吧，日子只要能往前推着走，计较这点小的细节干吗？老爹以前会跟我说："过活，磨活。"所谓的过活也就是说日子是要向前磨着走的，整天让日子花一样盛开，这也很不现实。

▶ 11

卓玛依然没有来信，两个月了，一封都没有，我在煎熬中也逐渐变得平静下来了，不再那么烦躁，也不再那么忧郁和痛苦，但却依然坚持每3天给她写一封信，述说我对她的思念，也向她讲述我在这几天里的心得。爱情，当遇到一些挫折的时候，无需抱怨，也无需灰心，坚持和守望就成为一种很好的方式，也成为了一种无奈的选择。

有时候也会在夜深人静的时候默默地沉思，我这样做到底有没有什么意义？也许卓玛已经把我忘了，把珠峰的那些经历忘了，把我和她之间发生过的事情都忘了，但我不甘心，因为我心中还存有希望，希望是我坚持和守望爱情的动力。

偶尔还会遇到一些问题，学习上的，没有了老师，所有的难题就只有自行解决了，有时候会想得脑袋发疼、发胀，但最终总能找到解决问题的办法。性格决定命运，我的性格里有一份执着，或者叫倔强，或者叫钻牛角尖，但我感谢这样的性格，在学习和做科研时，这种性格能够促使我取得成功。

我不是什么人才，但人才最重要的一点就是将自己的性格劣势转化为优势，或者将自己的特长发挥到极致，再加上一种坚持和时间的积累，再难的问题也能够最终克服，这是我得出来的经验。

我知道，我的性格不适合行政，倔强的脾气会把领导或者同事都得罪了。那么，就让我做一名科技工作者吧，这不光是我的性格因素决定的，也是我的兴趣所在。

考研，在这样的地方，对我来说是一种煎熬，但也是一种挑战，即使考不上，对专业知识的不断积累，对我的将来也会有很大的帮助，我不会白忙，这一点，我始终有一个清醒的认识，付出了，总会有收获。

▶ 12

一个月之后，鸡毛回来了，情绪稳定多了，脸上的嘻嘻哈哈褪去了不少。在经历了艰难的生活之后，人，会发生变化。

家里的事情，我没有问，因为我怕得到坏消息。如果愿意，他会讲给我听的。

"老爹的病情稳定了一些，探亲的时限到了，我不得不回来了。"鸡毛果然先行开口了，在行李收拾完之后。

"有没有好转的可能？"

"这种病，已经相当于判了死刑，只是能够在他的身边陪伴20多天，就已经心满意足了，还有其他什么奢望？要说好转或者治愈，这显然是不可能的，人瘦得皮包骨头一般的，刚开始我还在背着他的时候偷偷地哭，但后来就不哭了，活着的时候能够珍惜，死了就没有太大的遗憾了。我做不了什么事，只有在走的时候将身上的钱，除了路费全给了家里。感谢你，海子哥，在接到电报的时候，我乱了方寸，不知道该怎么办，你帮我筹钱，扎珠又准了我的假，作为人子，我总算没有那么遗憾了。"他有些疲惫，但却不颓废，这正是我希望的。

　　"嗨，兄弟之间，说这些。在西藏工作，就是一种奉献，忠孝不能两全啊。"

　　"哦，卓玛来信了吗？"

　　"没有，一封也没有。"

　　"哦，你的考试准备得怎么样了？"

　　"有点底，但没有十足的把握。"

　　"尽你最大的努力吧，在这个地方待着，我倒是无所谓，但有些委屈你了，你应该到更大的空间去施展拳脚。卓玛不来信，自然有她的原因，也许是找到了新的归宿，也许在珠峰和你的相处只是逢场作戏，那么无聊的地方，总得做点什么……"

　　"不，卓玛不是那样的人。"我粗暴地大声打断了他的话。

　　"那也许另有原因吧！"

　　"但愿，但愿只是其他的原因。"我喃喃地说着，显得很不自信。

▶ 13

　　鸡毛回来之后，我就基本上不去诊所了，有他和鸽子轮换着去，我的时间就都用在了最后的冲刺上了，"临阵磨刀，不快也光"。

　　站上所有人都知道我要考研的事情，大家也都在帮衬着我，扎珠甚至好几次为我值夜班，为了我能够有一个好的睡眠。土登两口子经常会在吃饭的时候，给我端来饭，或者直接叫我到他们家里去吃。我成了站上的大熊猫，国家级的保护待遇。

　　而这一切却都源于一种同事间的友谊，在学习上帮不了我什么，于是，他们就在工作和生活上各显身手了，这是一种在艰苦环境下流露出来的人与人之间的爱。没有嫉妒，也不羡慕，一种淳朴的、发自内心的友爱，无论藏族汉族，也无论年长年幼，那种朴实无华的爱让我在寒冷的冬日里天天沐浴在温暖中。

　　很多年之后，我都会回想起在定日的日子，特别是当我们的生活条件都提高之后，人和人之间相互的来往反而没有那么频繁，相互之间的言谈也没有那么真诚和质朴了，总是在掩饰着什么，总是在忌讳着什么，这更让我怀恋定日这段日子了。

在这样的环境下,我过得很舒适,很滋润,很安逸,于是,时间在飞速地向前奔走,考试的时间也在一天一天向我逼近。

▶ 14

在离大考还有5天的时候,我出发了。走之前,扎珠在县城里四处打听,终于找到了一辆吉普车,他们去日喀则开会,还有一个座位留给我。

这是我来定日之后,除了措果乡和珠峰之外的第三次外出,心中充满了兴奋,应该出去走走了,也应该出去看看了。

车子依然在原来的沙石路面上颠簸,但和来的时候大不相同,毕竟是在小车里。车子在前面跑,灰尘扬起,但却被远远地甩在了车后,坐在车上的人感觉不到尘土有多大的威胁,只是在会车或超车的时候,会出现一些灰尘,但我已经很满足了。更好的是,车上的人在县城里都见过,相互之间都还算熟。县城小,县城里的工作人员大家基本上都认识,这样的乘车环境甚至让人有一种幸福感。

多少年来,人们一直在讨论关于幸福的话题,这本不是什么问题,只是人们的要求太高,幸福的感觉就越来越远了,其实,只要将标准降低一点,幸福无处不在。对于幸福,很多人往往只关注两性或者家庭方面,其实推广开去,无论是物质的还是精神的,都能够让人感到幸福,比如作家写完了一部作品,他指定是幸福的,比如科学家完成了一项科研或者写完了一篇论文,他也会感到一种幸福。而在西藏,那些拿着转经筒的藏族老头、老太太,他们脸上写着慈祥,甚至也透露着幸福,为了自己的信仰做一些事情,应该是幸福的。

十几年后,拉萨被列为全国最幸福的城市,这应该是有道理的,老百姓过得也许并不富裕,但是因为对于物质的追求并没有那么刻意和猛烈,幸福的感觉自然就要比其他地方高。

▶ 15

到达地区局的时候,突然发现我曾经住过的那栋空旷的破旧的二层小楼已经不见了,而是变成了一个工地,不多的几个工人正在忙碌着进行拆迁,一年或者更多的时间,这里又会站起来一栋漂亮的楼房吧。

在发展的过程中,人们宁愿锦上添花,而不愿意雪中送炭,很多偏远的小县城,因为偏远,因为领导并不常去,于是就破破烂烂,而且是长时间的破破烂烂,很少人过问。人们总愿意把大量的资金投放到发展得已经相当不错的省城或者大都市,而遗忘了那些偏远的县城或者乡镇。于是好的地方越来越好,而破的地方就越来越破败了。

在院子里，与牛局长不期而遇，这让我多少觉得有些尴尬，但牛局长却表现得很大方，又是拉着我去看院子里的规划，又是请我到她家里吃饭，又是要派局里的越野车送我去拉萨，与我初来时看到的判若两人，热情得我都有点不好意思。我知道，她是看在唐博士的面子上才这样对我的，我不愿意活在别人的阴影中，所以我最后还是婉言谢绝了。官场上的这一套对于一个一心想从事科技工作的人来说不怎么协调，但却让我大开眼界，我没有这样的八面玲珑的本领，那就让我老老实实地从事科研工作吧，何必让自己过得那么违心呢？

按照能够支付的住宿标准，我在一个小旅馆里住了下来，要了一碗面条就把晚饭解决了。很舒坦，当你不欠别人的，而是花自己的钱时，条件再差，你也会觉得很舒坦，我庆幸自己的正确选择，也很满意自己的选择。

▶ 16

大巴车里塞满了人，以藏族人为主，和来时相同，有一股酥油的味道，但因为对藏区食品已经完全适应，那股味道里透露着一种似曾相识的东西，是扎珠的味道，是强珍的味道，是土登的味道，是多吉的味道，甚至也是卓玛的味道，是我所熟悉的很多藏族同事和朋友的味道，这让我很想念他们。

走前，扎珠让我到了日喀则一定要去找强珍，但我没有去，我只是一个匆匆的过客，何必给她增添太多的麻烦，况且她也已经身怀六甲。但在车上的时候，我甚至有点想她了，那个有点野性的率真的藏族阿佳，她和扎珠，多好的一对啊。

走前，按照惯例，我给卓玛发了一封信，我已经不希求回音了，只要她一切都好，只要我这一次能够顺利地考上科学院的研究生，到了北京，我就知道她到底出了什么问题。如果她真的有了新欢，我会祝福她，绝不纠缠，当一方的心里已经没有了另一方，任何勉强就都没有什么意义了。尽管我不希望出现这样的结局，但如果真是这样的结局，我会坦然面对。

现实生活，和梦想，和理想，和憧憬，都是有很大差别的，总会出现一些你难以想象的意外。就像鸡毛，本来想等到休假的时候回去和老爹喝上两盅，叙叙家常，但不承想这样平常而普通的愿望也变成了一种奢望。

现实是残酷的，残酷的现实教会了我们坚强地面对生活。

▶ 17

拉萨，我回来了。来的时候，只是匆匆地路过，而这一次，我却有更多的时间仔细地看看你了。看雄伟壮观的布达拉宫，看人流如织的八廓街，看整天在大昭寺前磕长头的信徒，看大街上的车水马龙，看……

这里是西藏的圣城，也是西藏的首府，汇聚了太多的景观，也汇聚了太多的人员，更汇聚了厚重的历史和文化积淀。

大考在即，我并没有为难自己，也没有再去翻开书本，我信守那句"大考大耍，小考小耍，不考不耍"的法则，在这个时候，保持一种轻松愉悦的心情，比什么都好。

依然选择了一家小旅馆，藏式的，家庭式的，当时这样的旅馆就在拉萨渐渐地随着游客增多而兴起了。

女主人很胖，但面对我的时候，总是一张舒展的笑脸，还请我去喝酥油茶，在聊天的时候得知我是来参加研究生考试的，干脆特意每天早上在我的房间里免费放了一壶三磅的酥油茶，暖暖地，很贴心。

拉萨要去的地方很多，但我却最喜欢去色拉寺。坐在半山腰，太阳温和地送来温暖，再看整个拉萨的全貌，有一种很开阔的感觉。

黄教的六大寺庙，拉萨就有三座。另外的三座，一是日喀则的扎什伦布寺，是班禅大师的驻锡地；一是甘肃的拉卜楞寺；一是青海的塔尔寺。拉萨的哲蚌寺、甘丹寺与色拉寺一并成为三大宗教中心。这些知识，我在书本上看到过，也听一些藏族朋友介绍过，传说热振活佛还曾经在色拉寺避过难，而我现在就身处这个曾经发生过重要历史事件的寺庙里，感受那段曾经的历史，更是多了许多感慨。

这样闲散的日子，我的主要任务就是散心，然后将自己的所见所闻和感受写在信纸上，寄给卓玛。

▶ 18

考场就设在一个中学里面，正好是周末，校园里很清静，为了和内地的时间同步，我早早地就起了床。黎明前的拉萨还睡在黑暗之中，真冷！

考场里有四十个座位，但却只来了三十个人，使教室显得有些冷清。

太阳出来之后，冬日的拉萨又恢复了往日的温暖，太阳真好，在明媚的阳光下，面对考卷，那种感觉也很好。我最后一个交卷，监考老师会时不时地来我跟前转悠转悠，大概他们也希望我早点交卷，这样他们就可以回家准备午饭了。但我并没有交卷的意思，这次大考，对于我来说，是一次重要的考试，我岂能草草了事？为了那个没有半点音信的卓玛，也为了我的理想和追求，这次的考试，其重要程度并不亚于高考。

让我感到惊讶的是，本来就没有坐满的教室，在下午考英语的时候，竟然又少了五个人，还没有到最后的专业考试呢，就有这么多人打了退堂鼓，依照我的性格，越是困难，越感到振奋，那股子倔劲就越发强烈，我不会当逃兵，哪怕考场上就只剩下我一个人，我也不会！

惊讶还在后头。早早地起来的时候，店主人已经给我打好了酥油茶，就着两个白饼子吃下，很暖和。趁黑来到教室，又有十个逃兵，教室里竟然只剩下了十五个人，看来英语真是考研的一道巨大的坎，让不少人望而却步。在考研中设置英语是否合理——很多学中文的都被英语打倒，很多学中医的也不得不去背英语单词——那是后来的话题，但在当时，英语却成了我竞争的一把利器，因为我自我感觉英语还不错，答卷至少写得满满当当，连监考老师都对我刮目相看。

▶▶ 19

到了专业课考试时，我就显得更加特别。一个密封袋里只装了一份试卷，那是科学院通过机要邮件专门寄给我这个特别的学生的。身处雪域高原却没有几个人潜心于冰川的研究，这让我多少有点感慨。多丰厚的天然资源啊，多丰富的资料库啊，我们应该投入更多的人力去研究这个影响全国乃至全球气候的高原。人各有志，不能强求，我所喜欢的，别人不一定就喜欢。

打开卷子大体地浏览了一番试卷，我感到一阵窃喜，相比本科所学的知识，确实要难一点，但是相比我这一年多所啃的专业书籍，这些知识又略显简单了一些。本来是为了搞点科研而让同学寄书过来的，本来是一种兴趣和爱好促使我攻克一道又一道难题的，但在这个时候，以往的付出都派上了用场，正应了那句"有意栽花花不开，无心插柳柳成荫"的古语了。许多知识就是这样，学了总比没学要强，保不准哪天就能用上，付出了，总会有收获，我依然坚信这一点。

与第一天不同，第二天的专业考试我答题的速度很快，而且卷子交得很早，那位等着回家准备饭菜的老师冲我来了一张笑脸，说了一句："这次考研，你肯定能考上。"

我感到很突然，你又不是阅卷老师，你说了也不算，干吗没头没脑地来这么一句。

"借你吉言，但愿能如意，辛苦了，老师。"说完，我转身走了，但耳旁依然回响着她的那句话。

▶▶ 20

结束了，就该踏上我的返程了，拉萨这个给我带来愉快而轻松心情的城市，这个承载着我梦想的城市，我就要暂时和它作别了。

走之前，其他地方我没有再去，而是到了新华书店，买了几本关于西藏的书。来西藏很长一段时间了，但我依然没有读懂西藏，我需要借助书本，对西藏有一个更深的了解，这是一片充满诱惑和神秘的土地，这是一个让人胆怯但又让人神往的地方，西藏，我希望读懂你！

没有打扰任何人，依然是坐长途客车，告别那个每天给我免费供应酥油茶的藏族阿佳，离开拉萨，赶往定日，赶往珠峰脚下。

坐在车上，我的心情出奇地轻松，像卸下了一个沉重的包袱，轻飘飘的，像天空中那一朵朵飘浮着的洁白而又丰满的云彩，镶嵌在蓝天里，浮游在山巅之上，自由自在。

路面的颠簸与我无关，车内的喧哗与我无关，我已经超然物外，成了洁白的云彩。

然后，我蜷缩在座椅上，沉沉地睡了，开始了我的白日梦。

我梦见了首都北京、天安门、颐和园，还有那宽阔的马路，高耸的楼房，还有我向往的科学院。校园里绿草如茵，树木成林，我走在小道上，感受着高等学府的静谧。这个时候，远远地走来一个人，身影是那么熟悉，越走越近，越近我的心跳越快，她就是卓玛啊，我朝思暮想的卓玛！穿着裙子，苗条的身体里处处透着青春的诱惑。我将她轻轻地揽入怀中，深深地，久久地吻着她的额头，她的脸颊，她的鼻梁，还有她的唇和那迷人的酒窝。

美丽的拉萨

第十八章 百封情书换来的真爱

　　一切往事都如烟云，在眼前浮现着，又消失了。爱一个人，就要有足够的信任，如果不相信卓玛，如果不相信爱情，我不会为她在没有任何回音的情况下坚守10个月的时间。之所以一直坚持着，那是因为我爱她，也因为我相信她，相信她总有一天会爱上我，相信总有一天她会来到我的身边。

▶ 1

再次回到站上的时候,大家最关心的是我的考试情况,对于这一点,我也不知道说什么好。没有得到结果之前,我不能乱说,只好一带而过,转移话题,向他们讲述我在拉萨的所见所闻。

此后的一次聚会是王震飞副县长特意安排的,他亲自操刀,因为炊饼已经走了,少了一个忙前忙后团团转的人。我对官场的规矩不怎么懂,但我能感觉得到,"官大一级压死人"那种氛围,在中国,无论哪个地方,这一现象都普遍存在。

没有了炊饼这个秘书,索性大家一起动手,洗菜切菜,洗肉切肉,也是一种很好的气氛。

"记得在你们来这里之后,我们第一次聚会时,我就知道,你们之中有很多人都会走的。炊饼走得最快,都离开我们快一年了,下一个可能就是海子了,我相信,你能考上!还是那句话,有一点,我希望你们能记住,来了西藏,来了定日,就有了西藏情结、定日情结,艰苦的日子不容易忘记,我希望你们能记住这里,在力所能及的情况下,为这里做点什么。"三杯酒下肚,王震飞开始抒发自己的感慨。

"走不走,这不是我说了算,无论走与不走,我这一辈子都会记住这里,感谢定日,感谢珠峰,当然,也感谢王县长,感谢兄弟们,患难之中才能彰显出真情,这份真情是我一生的财富,我也将会铭记一生。"我也被感染,吐露着自己的心声。

多好的一帮兄弟啊,在你面前敞开了心扉。我们都有过困难,但我们都得到过彼此的帮助。

▶ 2

日子恢复了往日的平静,我却养成了一个习惯,除了上班就是看书,这次所看的书是关于西藏的,相对于专业书籍,要风趣得多,有意思得多,不光我看,鸡毛、鸽子、马蜂也都会捡起来看一看,然后大家开始就书中的内容东拉西扯地说着关于西藏的话题。

我在药店里泡的时间比往日多了,一是我想弥补以前自己的不经心;二是药店就在大街上,总能碰到来来往往的几个熟人;三是坐在药店的门口可以一边看书,一边晒太阳。冬日西藏的太阳给了我温暖,也让我的皮肤一点一点变黑,男人的脸不能总是细皮嫩肉,黑色,让男人更多一份成熟和沉稳。

鸡毛身上那种嬉皮笑脸少了许多,父亲患病,让他一下子看上去比以前稳重了许多,尽管还是喜欢开玩笑,但少了一点痞子相。生活上也不再那么大手大脚了，买东西的时候，钱都掏出来了，但想了想又装进了自己的兜里。他对我和扎珠心存着感激，总是抢着干点力所能及的活，很多举动甚至让我感到有些意外和不适应。以前暖瓶里没有水的时候，他宁肯忍受口渴，也不愿意去烧一瓶水，现在却经常往我的杯子里添一点热水。这一点倒成了我调侃他的一个话题，他也不怎么辩解，只是嘿嘿地一笑，就算过去了。

真正让一个人成长起来的动因，还是生活，什么娇生惯养，什么不会洗衣做饭，什么不会照顾人体贴人，这都不是理由，只要让他一个人单独生存一段时间，或者让他遇到一件能够让他感触极深的事情，一切他都能学会，而且会做得很好。

▶ 3

带回来的关于西藏的几本书看完了，我就显得有点无聊了。考试成绩还没有出来，也没有网络，不能及时地查询，日子就显得有点漫长了。干点什么呢？总得干点什么吧，于是我又开始鼓捣定日站的那些资料，写几篇文章吧，搞点研究吧，这才是我本来的生活方式，只是科考和考研突然间将这一切都打乱了。尽管只有单站的资料，但是有了一年多时间对专业知识的掌握，脑袋里面似乎有了更多的想法。

这些事情，我依然会写下来，哪怕是一个很小的发现，我都会写下来，然后寄给卓玛，我已经知道她不会给我回信了，但我还是坚持这样做，这已经成为了我的一种生活方式和生活习惯。就权当写日记吧，至少在落笔的过程中，我的思路总能够捋顺一点。

就这样，我的论文一篇接着一篇写成了，有些觉得不错的投了出去，有些资料欠缺的，或者研究得还不够透彻的就暂时搁置了下来。

站上有一台486计算机，操作系统还是UCDOS，拷贝资料还使用3.5寸的软盘，但还是帮了我不少的忙，至少可以在里面利用Fortran编程软件进行数据的运算，至少可以进行一些简单图表的绘制，至少可以将论文敲成整齐而美观的方格字，这就足够了，已经相当先进了，我还奢求什么呢？

▶ 4

来自北京的一封电报，让我和我的患难兄弟们兴奋不已。

"你的理论成绩已全部过关，面试一事因在珠峰参加科考，对你的工作和科研能力进行过实地考察，非常满意，并报告院领导，同意免去你的面试，录取通知书将在不久后由院里相关部门寄发给你。唐浩。"

对着这份电报，我看了三遍，然后才递给其他人。一片欢呼之后，大家差点把我抛上了天。

按照惯例，这个时候是需要一点庆祝活动的。我在县城东头那个简易的交易市场买了些羊肉和牛肉，回到药店，让马蜂和鸡毛两个人折腾，又去了那家老乡开的小商店，提了三瓶白酒，晚上几个人一直闹腾到了深夜。

在一个小县城里待着，能够让大家兴奋的事件不多，而一旦有了高兴的事情，是需要和大家一起分享的。说实话，我也很高兴，但他们显得比我还高兴。

第二天，马蜂拿了一沓钱给我，说："这是你的本金和分红，尽管不算多，但总比存在银行的利息要高一些。"

"你这是准备撵我走了？"我有点生气。

"想着你上学总是要花点钱的，所以我就把手头的钱顺了一下，你带上用。"

"这钱给我，店子里还有流动资金么？"

"基本上就没有了。"马蜂有点不好意思地说。

"那你是让我釜底抽薪了？"

"不是，不是。"

"先放着吧，店子里现在正需要钱呢，我走的时候，如果资金充裕，就先把我的本金给我用，分红的事情等以后你们资金充足的时候再寄给我就是了。"

"那多不好。"

"别说了，就这么定了。"

说完，我在他的肩膀上拍了一下，那是给他传递一个肯定的答案，也是给他一份将这个药店继续开下去的信心。

5

扎珠要调走了，这个消息我是很突然地听到的，原因是强珍快要临盆了，扎珠需要到日喀则去照顾她，再说，两口子两地分居总不是个办法，这个理由足够充分。

就这个决定，我甚至有些感谢牛局长，尽管那女人很多时候有些不近人情，但这件事情办得还算人道。尽管我有点舍不得扎珠走，但他们两个能够在一起，这是我最大的一份心愿，深深地祝福他们。

土登被临时任命为站长，负责站里的事务，相比之下，土登缺少扎珠的一份干练，但一番磨砺之后，他完全可以成为一个合格的领导。

临走之前，我和扎珠有一次谈话，比平时更为彻底的谈话，他喝啤酒，我喝白酒，还吃了风干牛肉，一个晚上就在不断的碰杯中消耗掉了。

感觉得到他即将为人父的那份满足、喜悦和激动，这一切来得有点晚，但毕竟还是来了，两个人苦恋之后，得到的结果是开花、结果，他将拥有一个幸福的家庭，人生仅此就足够了，还需要什么更多的奢求呢？

当初一个小小的举动加速了他们之间的结合，这对我来说是一件多么小的事情啊,但对扎珠来说却是天大的事情,是一辈子的事情,正因为此,我和扎珠的关系一直很铁,两个人在一起也很真诚。对于我和卓玛的事情,除了个别隐私,扎珠知道得很详尽,他让我坚持,像他一样坚持,最后总有一个结果。

是的,我在等着那个结果,无论是什么,我都会平静地接受。

▶ 6

就在我们彻夜喝酒、彻夜畅谈的第二天,局里面来了一辆越野车,把扎珠接走了,毕竟是一任领导,毕竟为这个小站作出了贡献,这样的待遇总该有的。

送别仪式很简单,我和他拥抱,额头抵了额头,献了一条哈达,按照藏族的礼仪,就这样把他送走了。

"人往高处走,水往低处流",这是一句很多人都知道的俗语,但这句俗语在西藏却要进行一点改动,"人往低处走,水往低处流",能够从高海拔的地区调动到低海拔的地区工作,终归是一件应该庆幸的事情,从4300米到3800米,海拔落差500多米,气压高了,氧气多了,风也变小了,生命的活力提高了。马路宽了,物资丰富了,医疗和娱乐也都能跟上了,生活的品质自然也就提高了。能陪伴在强珍的身边,怀着喜悦与激动等待下一代的到来,幸福的指数自然也提高了。无论从哪一方面讲,对于扎珠,往低处走,往都市走,往亲人身边走,都是一件很惬意的事情。

往低处走,在高原上工作的人都有这么一个愿望。我不也是在从定日往北京走么?我不也希望能有一个更好的发展么?但无论走到哪里,高原永远是刻在我们的记忆中了,有了这样的经历,人生从此就会变得更加扎实,因为你已经不再畏惧艰难,你也能够坦然地面对危险,这不正是人生的一笔财富么?

▶ 7

我的录取通知书到了,轻飘飘的一个信封,但在我的心里却积淀了太重的分量。

开学时间为9月1日,这就意味着再过四个多月,我就不得不离开定日,离开珠峰了,后面的路到底怎么走,我一点都不知道,但我这一生和冰川结缘了,因为我的专业就是冻土与冰川,这一点是肯定的,是无法更改的事实。

拿到通知书的时候,大家并没有收到电报时那样的喜悦了,一切都顺理成章地进行着,该来的指定会来,该走的指定会走,大家都知道结果了,这个正式的结果就没有太多让人感到喜悦的价值了。

日子过得很平淡,就在这个时候,传来了鸽子的一点消息,家里给他找了一个媳妇,并将照片寄了过来。于是出现了一个新的话题,鸽子和那个女孩注定要进行一段长时间的书信恋爱了,能不能成,谁也不知道,但我们希望他们能够牵手，因为从照片上看，那个女孩子倒还过得去，剩下的关于女孩的情况，就知之甚少了。

两个人要走到一起，是一件很严肃也很艰难的事情，而他们之间就存在更多的艰难，书信单走一次就需要半个月的时间，就是谈上几个月的恋爱，也来往不了几封书信，再说，什么基础都没有，谈啥呢？但这就是当时在西藏存在的很现实的问题，好在还有休假，通过一段时间的书信往来，在休假的时候再谈一谈，差不多就该扯证办酒席了，如此而已，你能怎么样？

▶ 8

马蜂的媳妇阿莲生了，身体如阿莲那般壮实，因为孩子是在高原上怀的，生下来也就只有5斤重，这已经很不错了。电报里说："母子平安。"简单的四个字，马蜂整天拿着看，那是一种牵挂啊，深深的牵挂。老婆生小孩，自己不在身边，这样的事情在高原也是一种很普遍的现象。亏欠的实在太多，愧疚也就一直伴着那些在高原上不能经常陪伴老婆孩子和父母的进藏干部了。在高原上工作，是一种奉献，谁说不是呢？

马蜂还想隐瞒我，但最终被我发现了，告诉他必须寄钱回家，孩子在肚子里已经缺少营养了，生下来就不能再对不住他了。尽管是在农村，但还是要买点奶粉；尽管阿莲的身体比较壮实，但也要在月子里补一补。

"海子哥，你看这……你走的时候，我可能连本金都不能全给你了。"马蜂有点过意不去，在我强行让他寄出去3000元之后。

"兄弟，你说的是混账话，你还觉得亏欠阿莲不够?！你还觉得亏欠孩子不够?！谁都有个难处，大家一同想法子，这个坎就迈过去了，再说，我也不急着用钱，不是还有几个月的时间么？你的工资、我的工资不还可以存一点么？我们的店子不还可以赚点么？路要一步一步走，踏实了，迈出去，下一步自然能走好，也能走稳。"我在他面前以大哥自居，尽管他已经为人夫为人父。

马蜂没有再说什么，蹲在地上，眼睛里蹦出两颗豆大的泪珠。

▶ 9

大家似乎一下子都拮据起来了。鸡毛要还账，还要为父亲多寄点钱，马蜂在想着积攒点周转资金，鸽子在为自己可能举办的婚礼攒钱，我则为自己的学费而省吃俭用。于是，我们开始搭伙吃饭，这样，从能源到菜蔬，都能省下来一点，按照每月的支出平均分摊伙食费，以度过各自要面对的接下来的日子。

生活拮据了一点，但我们在一起的时候，却出现了空前的乐观，毕竟都有个盼头，毕竟都明白了要为自己的将来谋划，我们为彼此将来要干的事情相互鼓劲，日子，艰难的日子，将我们紧紧地捆绑在了一起。

从内部电台上得知了强珍已经生产，是个女孩，这让我们又唏嘘感叹了一番，好事一桩接着一桩，这日子过得越来越顺了。

只有鸡毛似乎要糟糕一点，父亲的病一天比一天令人恼火，家里来的信总是说得含含糊糊，这让人心里更加地焦急。这么远的地方，家人又怎么忍心将实情一一罗列出来呢？家人来信中所报的平安，有多少是真的平安呢？小事就这么划拉过去了，大事也尽力隐瞒，实在瞒不过去了，才不得已而告知，那个时候，什么都晚了。

在我接到的家书中，第一句总是"家中一切安好，吾儿不必挂念"，再说些村子上的事情，然后是对我的安慰和鼓励，最后总忘不了来一句"一人只身在外，要多保重自己"，这基本上成为一种程式性的信函，虽让我心里感到一些慰藉，但总还是牵念不已。是该回去看看了，但当时的政策，一年的见习期里不能休假，见习期满一年半后才能拥有正常的休假。

▶▶ 10

突然间就接到了一封来自北京的电报："信已全部收悉，近日返藏，并尽快到你处，详情面谈，卓玛。"

看到这封电报的时候，我懵了，脑袋缺氧，一片空白，不知道在想些什么。空白过后，脑袋里很快又被纷乱的思绪塞得满满当当，竟然理不出一点头绪。

看着"卓玛"两个字，我傻了，不相信这是真的，一遍又一遍地看，泪眼婆娑，那两个字就雾蒙蒙一片了。

我离开县城，走了很远的路，然后在一个土丘边坐下，沐浴着和煦的阳光，再一次看这份电报，一个字一个字地看。真的，确实是真的，千真万确，是卓玛发给我的电报。她还在这个地球，她甚至还要"尽快"来看我，这一段时间她去了哪里？太久了，整整10个多月了，我已经寄出去100多封信了，我的心都快被挖空了，我以为我的爱情已经死了。

接下来的时间我就掐指在算日子了，她从北京启程，哪一天到拉萨，哪一天到日喀则，又会在哪一天来到定日，来到我的身旁？

这时，时间却像被冻住了一样，一分一秒都过得那么缓慢。

也许卓玛是来和我摊牌的，她已经有了新的归宿，那我也不会怪罪她，只要她过得幸福，我会默默地祝福她。也许卓玛是来告诉我她爱我，只是因为别的什么原因而没有给我回信而已。我没有什么奢望，我希望有一个答案，一个我盼了10个多月的答案，仅此而已。

我等着，一分一秒地等着。

11

卓玛在3天后来到了站上,在众目睽睽下,走进了我的房间,关上门,上了插销,猛地扑进我的怀里,热烈地吻着我,呢喃地说着"对不起",不停地,无数遍地说。

烈火就在这一刻熊熊燃烧,照亮了整个屋子,温暖了整个屋子。

那一刻,我是幸福的,长久的期盼,我得到了我想要的答案,我迎来了卓玛,迎来了属于我的爱情。这个时候,什么理由、什么解释都不重要了,我可以不要这些东西,我只要我的卓玛,只要属于我的爱情。

从她身体里出来的时候,我因为极度的兴奋而略显疲倦,卓玛的脸色微红,带着一丝满足的浅浅的笑容,两个酒窝镶嵌在那粉红色的脸上,就像一朵盛开的杜鹃花,舒展而奔放。

"海子,真的对不起。"卓玛再一次向我道歉。

"别再说那三个字好吗?我不需要道歉,我只需要你,需要你陪伴在我身边,需要一份属于我们的爱情,其他什么都是次要的,你明白吗?"

"我知道你会原谅我,路上我赶得很急,不惜血本,直接从北京坐飞机到拉萨,然后一路不停歇地往你这里赶。昨天晚上在家里住了一宿,今天早上找车就赶来了,我太想见到你了,连家里人都生我的气了,但我不管,他们能谅解我。"

"卓玛,我爱你。"

"海子,我也爱你。"

然后我们什么都不再说了,紧紧地拥抱在一起,这样的时刻,不需要任何语言。

吃过晚饭,卓玛向我述说了她这段时间的经历……

12

我从西藏回到北京后,就直接被派往美国了,在那里学习10个月,去了国外,而且事先没有任何准备,我甚至连给你发一封信的时间都没有。

到了美国,学习和工作任务都很重,但我还是有一些空闲时间的,几次提笔想给你写信,但是写到一半,就撕了,我很矛盾,我被爱情伤害过,我惧怕爱情。

我去美国后不久就见到了我的前男友加布,他已经结婚了,和那个美国姑娘,但在异国他乡毕竟没有在自己的祖国过得那么称心如意,他甚至有意接近我,这让我更感到害怕,我尽量躲开他,将自己锁在宿舍或者图书馆里。他是成家的人了,而我也在珠峰的时候就喜欢上了你,我们本不应该相遇,但我们却相遇了,在异国的土地上,这确实是一件尴尬的事情,但毕竟我们相爱过啊,我能逃避他的身影,却不能逃避自己,心里有一股复杂的情绪时时折磨着我。

怎么办？我该怎么办？

我甚至连找一个倾诉的人都那么的困难，我也想过给你写信，把我遇到的事情和我内心的痛苦告诉你，但每次提笔，写到一半，我就又将信纸撕得粉碎。这些事情告诉你，算什么？你又会面临痛苦，我不能把这种痛苦转嫁到你的头上，因为我正经受着这样的痛苦，我知道那有多么地令人恼火啊！

最终我选择了沉默，干脆什么都不说，即使我回国之后，你已经淡忘了我，一切就都由我来承担吧，这是我自酿的苦果，我自己一个人品尝。

▶ 13

学校里经常会组织我们外出考察，带着任务，我对那里的美景都没有心情欣赏，该干什么就干什么，然后回到学校，或者写文章或者找资料或者做研究，把时间填充得很满，自己的闲暇时间很少，这样我才能暂时缓解那种痛苦。

在美国，我甚至想过此生不嫁，爱情只是一个谎言，加布以前那么爱我，但是他却爱上了那个美国姑娘，而且是深爱。现在他们结婚了，他竟然有意地接近我，这是对爱的一种背叛，如果只是一次，那是因为他找到了真爱；如果是第二次，我就怀疑这一切都是假的，是一场欺骗。

我也曾试图将我的爱转移到你的身上，因为我感觉得到你对我是真心的，但我依然担心，加布是这样，你会不会也是这样呢？在我离开你之后，你会不会也找到新的爱情，而将我甩在一旁呢？在这样的矛盾中，我无法向你表白，我甚至不知道该向你说些什么，那干脆就这样吧，让我把你慢慢地遗忘，也让你把我慢慢地遗忘，一切也就都复归于平静，回到原来的状态，这样对大家都好。

想开了，释然了，就没有那么痛苦了，我将自己埋在工作或者学习中，也和加布普通人一样地打招呼，渐渐地就显得自如随和起来。

10个月的时间就这么过去了，我收获了很多，英语水平有极大的提高，科研能力也有了很大的提高，临别，美国的教授还称赞我是一个非常棒的学者。够了，我还要什么呢？

▶ 14

当我回到北京的时候，我宿舍的床头整整齐齐地摆放了100多封信，信封的颜色一样，大小一样，笔迹也一样，我傻眼了。

信是我的室友帮忙收的，不仅摆放得很整齐，而且是按照时间顺序摆放的。甚至都没有来得及打开行李箱，我就开始一封接着一封读你的来信，按照时间的顺序。我忘记了吃饭，也忘记了睡觉，沉浸在你的痛苦中，也感受着你的喜悦，为你刚开始的痛苦而痛苦，也为你渐渐的淡定和祝福而感动。

我以为 10 个多月的时间，你已经把我忘记了，我在你的记忆中已经变淡了，甚至消失了，但我知道我错了。我还在傻等什么？你就是那个我可以托付一生的男人，是命运安排给我的，也是佛祖安排给我的，我不能错过你。我不仅不能违背上苍或者佛祖的意愿，更不能违背自己啊，我的心里有你，但我总是把自己有意无意地沉浸在过去，对你的接纳迟缓而凝重，相比之下，你却是执着的，热烈的，持久的。

　　信读完了，已经是凌晨 3 点钟了，我忘记吃晚饭，此时才觉得肚子有点空。我拿出了包里的两块面包，还有一瓶矿泉水，凑合着解决了肚子的问题，继续翻看你的来信。100 多封，每一封都凝聚着深情，每一封都记录着你生活的点滴，你的盼望，你的见闻，你的思想，你的喜怒哀乐……

　　黎明到来的时候，我从床上爬起来，草草地洗漱，然后就直奔邮局。

▶ 15

　　街上很少行人，清冷的早晨，寥落的几个人将脑袋瑟缩在衣领里，我却昂着头，神清气爽地迎接属于我的朝阳。

　　邮局的门还没有开，我在那里徘徊，想着你，想着我们在珠峰的日日夜夜，想着我们一起度过的那个生死攸关的夜晚，想着那美丽的月夜，往事点点滴滴都涌上了我的心头，那一切虽然艰难，但是却那样美好。

　　邮局门终于开了，我第一个冲进去，给你发了电报。然后我去学院里找老师，找领导，他们允许我提前过暑假。这一点，唐老师帮了我不少忙，我只是简单地说明了一下情况，他就带着我找人帮忙，尽管没几天就放假了，但还是有点违反规定。唐老师的面子他们总会给的，况且我在路上也简单地把我在美国那里的工作和学习情况向他汇报了，他觉得很满意，剩下的事情就全交给唐老师了。

　　假期的问题解决了，我又忙着买机票，当天到成都的时候，已经是下午 5 点多了。一下飞机，我的第一件事情就是买第二天到拉萨的机票，还好，买到了。到了宾馆，我告诉服务员早上按时叫我起来，自己又定了闹钟，然后倒在床上就睡。时差没有倒过来，又熬了一个通宵，真的有点累了。

　　在拉萨机场，我直接找了一辆到日喀则的车子，回到家里。家人对我的突然回来感到惊讶又高兴，东拉西扯地和我聊，但我的心思却早已跑到定日来了。吃过晚饭，我拉着爸啦到一些旅馆找车子，一定要在当晚落实车子的事情，否则我肯定睡不着。爸啦和我开玩笑地说："丫头，你的魂是不是上次落在定日了？"我说："不光是魂，还有命，还有我的后半辈子都落在那里啦！"

　　爸啦在政府部门工作，熟人很多，很快就给我找了一辆车。

　　就这样，我来到了你的身边，我是一刻也不想等，也不愿意你等了，你为我付出了太多。

▶ 16

夜已经深了，看着卓玛带着幸福和喜悦的疲倦面容，我有些不忍，轻轻地将她抱到床上，对她说："睡吧，宝贝，今夜有我陪伴，你好好地睡一觉吧。我是靠着一种信念在守候你，守候爱情，因为我相信你会来到我的身边，在那个漆黑的石洞里我就知道了，在那个月夜我就知道了，只是你爱情的伤口刚刚缝合，还没有结痂，需要时间来慢慢地愈合，慢慢地软化。相比一生的幸福，我付出一点时间让你的伤口慢慢愈合，恢复如初，这是完全正确的选择。我有时间，我愿意等，我等到你了，等到了爱情和幸福。请你放心，我会用我的一生来呵护你，我们的爱情由珠峰来作证。"

"我爱你，海子。"

"我也爱你，卓玛。"

我轻轻地吻了她，带着一份甜蜜，卓玛渐渐地进入了梦乡，发出轻微的鼻息。在灯光下，我傻傻地看着她，看着她如婴儿般沉静的睡姿，内心涌动着万般思绪。

一切往事都如烟云，在眼前浮现着，又消失了。爱一个人，就要有足够的信任，如果不相信卓玛，如果不相信爱情，我不会为她在没有任何回音的情况下坚守10个月的时间。之所以一直坚持着，那是因为我爱她，也因为我相信她，相信她总有一天会爱上我，相信总有一天她会来到我的身边。

躺在她的身边，我感到了从未有过的踏实，一颗悬着的心终于落地了，平静而且平稳。

▶ 17

我们拥有了二人世界，过上了夫妻一般的生活，尽管还没有买"票"——那只是一张纸而已，但我们共同享用着属于我们的时间，一起上街，一起买菜，一起做饭，一起看书，一起聊天……蜜一样的生活，甚至让我的身体微微有点发福。

我们商定，提前出发，先到她家，然后再到我家，将我们的关系公之于我们的亲人，公之于我们的朋友，公之于整个世界，正式确定我们的关系。

我们甚至讨论着什么时候登记，什么时候结婚，什么时候要个小宝宝，宝宝就叫扎西（吉祥），姓黎，黎扎西，一个藏汉结合的产儿，一个藏汉结合的名字。我们要让他最少会三种语言，藏语，汉语，还有英语。

在这期间，卓玛将她在美国学到的一些研究理论和方法全部告诉了我，毫无保留，这让我大开眼界。人是有国界的，但学术却没有国界。人是分民族的，但爱情却不分民族。

在平时的语言交流中，我们使用汉语，但也使用英语和藏语，相比我，卓玛的语言天分更高，而她在美国的经历使得她的英语口语很棒，直接成为了我很好的老师。

爱人是什么？是伴侣，是亲人，更是朋友，也是老师，我们相互陪伴，我们也相互学习，我们甚至计划着要出一本关于珠峰的专著，关于西藏冰川的专著，这属于我们的爱好，也属于我们共同的事业。

▶ 18

快乐的时间总是过得很快，一个半月的时间就这样急急忙忙地结束了，我们该启程了，开启我们未来的旅程。

开始办理相关的手续，开始和昔日的朋友一一话别，开始清理我在定日的一些事务。

马蜂将我加入药店的本金给了我，分红等到年底再寄给我。

鸡毛将借我的钱还了我，我不要，他非得给，因为他告诉我这里还有鸽子和马蜂在，而我上学确实需要一些花销。

牛局长打电话到站上，卫星电话信号不稳定，话语断断续续。她想派局里的车子送我到拉萨，但我还是谢绝了，私事就是私事，为什么非得要占用公务车辆呢？

卓玛的爸啦来电话说刚好有一辆他们单位的车子到定日办事，让我们顺道一起回去，这一点，我没有拒绝，毕竟是顺道，毕竟是未来老丈人的一点心意。

来定日将近两年的时间，家当其实很简单，除了一些书，就是被褥和衣服了。书通过邮局直接寄往北京，被褥也由鸡毛在我走之后帮我直接寄到北京去，请唐博士代收。剩下的就是几身衣服了，随身携带。

要走了，要离开这个承载了我太多记忆和梦想的小县城了，我有点不舍，带着卓玛转遍了我曾经去过的县城的每一个地方，再一次回味过去，回味岁月留给我的艰难而美好的记忆。

临别时，站上的职工，还有王震飞，还有马蜂，都来为我们送行，献上了洁白的哈达，献上了美好的祝福。

钻进车子，我的眼睛湿润了，模糊之中，看着我昔日的朋友渐渐远去，看着那个小县城渐渐地远去。

别了，定日！别了，珠峰！

这个承载着我青春岁月的地方，承载着我痛苦与欢乐的地方，我以为自己正在一步步远离它，远离这里的山山水水，亲友师长；甚至将远离拉萨，远离西藏，远离这个离天堂最近的地方。我没有想到的是，我的命运已经与西藏紧密相连，不久之后，我又将出现在这片热土上，生活、工作在这里，一待就是15年。

西藏，一旦你来了，你就不忍离开。